詭異死亡

懸疑官場小說

李全——著

目次

引子

東江市東面臨海，北面有一座大山，名叫雷公山，山上樹木鬱鬱蔥蔥，晃眼看去像是一座原始森林。慈恩寺便隱藏在雷公山的半山腰，如果不是寺裏的鐘聲和往來的香客，很難讓人想起這山裏還有一座寺廟。

這天上午十一時許，一輛小車在寺院的前門停下來，一個五十多歲的男子從車下來，徑直從寺廟的側門走了進去，在一處貼有「閒人莫進」的小門前停下來，掏出手機打了一個電話。不一會兒，一個小和尚從裏面把門打開了，雙手合十對著男子說：「阿彌陀佛。施主請隨我去後院用茶。住持慧通大師片刻之後就過來。」

男子還禮後隨小和尚去後院用茶。雖說是用茶，卻不是單獨的茶室，而是一間供有一尊大佛的小房間。男子進去後，在案桌上拿了一根香點燃，雙手握香放至額頭，朝大佛拜了幾拜後，才將香插至香爐裏，接著又從口袋裏掏出一張百元大鈔放進功德箱裏，然後才坐下位喝茶。明眼人一看就知道男子是這裏的常客。

不大一會兒，一個老和尚走了進來，男子慌忙站起身來，朝老和尚低下頭、雙手合十，說道：「慧通大師，今天又來打擾你，我只想問問我與您說過的那件事……」男子的話還未說完，慧通大師便揮手打斷了他的話。

「施主，塵事自有塵緣。已經是過去的事，施主又何必執意放在心上呢？只要施主做好眼前的事，過去的事自然就會在你心裏抹平。阿彌陀佛。」

「大師，我這次不是說以前與您說的事，而是我最近老是做夢，夢見我的兒子在我身邊。他每次見到我都要躲得遠遠的，而且這個感覺越來越強烈。自我年輕時做錯那件事，丟下他們母子倆，一直沒有過上安穩的日子。」男子一口氣把他的往事說出來。

「阿彌陀佛。施主還是第一次對我說這樣的話。老納本來不問塵間事，可施主是老納多年的好友，老納勸施主不要對往事耿耿於懷。」

「大師，不是我執意要隱瞞這段往事，可這段往事常常敲打我的心扉啊。那時年輕氣盛，把問題看得太簡單了，丟下他們母子後，我又後悔不已，卻一直沒有勇氣去找他們。直到我知道事情的真相後，更是後悔不已。我回老家找他們時才知道他們在我離家後一年也搬走了，從此便杳無音信。」

「阿彌陀佛。施主，凡事都有一個因果。你能夠在我佛前懺悔，說明施主明白世間情意。這就是所謂的因果循環，我相信凡事終有一天會有一個結果的。」

「多謝大師指點迷津。我一定會遵守佛法，以後多做善事，來彌補這段過錯。」

「我佛慈悲，事情會有一個圓滿的結果的。」

「大師，我真對不起我的妻子和兒子。至今想起來，作為一個男人我的肚量太小了。」男子還在懺悔。

「阿彌陀佛。施主，不要過於自責，凡事皆有定數，有因便有果，一切隨緣吧。」

「謝謝大師，又為我解開了心結。」男子站起來，又雙手合十向慧通大師道謝。

男子告別慧通大師出來，上車後剛要發動車子，從反光鏡裏看到一個熟悉的面孔正從寺廟的大門走進去，趕緊發動車子，一溜煙跑了。

第一章 記者失蹤

九月三日下午十六時，東海。

儘管各類媒體早就爭相報導，三股颱風從東海自下而上，不但將影響東江全境，還會給東江市全境帶來一定的自然災害。但颱風絲毫沒有影響到在東海上一條遊船上人的雅興，因為他們獲知了最新的天氣消息，颱風還未抵達東江界境後已變成了熱帶風暴。雖然風力仍然不小，遊船上卻沒有船工，這著實令人意外。

此時，坐在船裏的幾個人正談笑風生。為首的是東江市組織部副部長魏一明，旁邊的都是東江市有頭有臉的人物，他們分別是文聯主席秦思思、國土局副局長江建國、稅務局副局長潘雨欣、城區宣傳副部長張國林和沒有官職的特殊人才荀東賢，另外還有東江電視臺女記者江小麗和攝影師吳小田。

東道主是苟東賢，作為苟明房地產開發有限公司大老闆，他如今是錢和名都有了，唯一的遺憾是沒有進入政府部門工作。他的最大願望就是當上公務員，這不，他今天硬把這幾人「請」到了遊船上來決定他的命運！

「魏部長，請恕我直言，既然苟東賢同志是特殊人才，就特殊辦吧。苟東賢同志唯一不理想的事就是他的年紀稍微大了些。」第一個說話的人是江建國，他對魏一明的考察態度有些不滿，又說，「其實名曰考察，只不過是走走過場而已，就這麼定下來吧。」

江建國一表態，魏一明知道再不說話是不行的，便側過頭問苟東賢：「大老闆，你今年五十八歲了吧？」

「是的。魏部長。」苟東賢趕緊唯唯諾諾地回答。

「苟東賢同志為我們市的房地產開發作了不少的貢獻，按道理苟東賢同志早就該是有編制的人了。」這次說話的人是張國林。

「大家都知道我們文聯是個清水衙門，如果這幾年沒有苟東賢同志的幫助，我們市豈能成為全省的文化大市？僅憑這一點，苟東賢同志進到組織裏來是無可厚非的事。」秦思思說這話時，顯得很激動。

「理是這個理，可王部長生病住院，我才全權主持部裏的工作，萬一王部長病好……」魏一明左右為難。

「王部長現在不是還在醫院裏嗎？你現在可是部裏的老大。」一直沒有說話的潘雨欣搶過了魏一明的話。潘雨欣之所以這麼說，是緣於她與魏一明的關係非同一般。

「對對對，小潘說得對。」張國林馬上附和道，「魏部長，你就認真考慮考慮吧。」

「小潘，你們這在為難我啊。」魏一明真的為難了。

「老魏，你還在為難個什麼？風越來越大，再這樣討論下去，我們葬在這東海裏都不會結果。再說荀東賢同志的事基本都定下來了，組織上讓你來考察他，還不是走個場而已啊。」潘雨欣有些不滿地說。

「只是……只是上面的檔案一直在王部長手裏……」魏一明左右為難。

「魏部長，你為難個什麼？荀東賢同志為我們市的特殊人才，引進特殊人才，我們在座的都有責任啊。」秦思思說。

秦思思的話音剛落，張國林就站了起來，朝江小麗喊道：「小麗，你和吳小田做好準備。」江小麗點了點頭，回頭喊攝影師吳小田，卻發現吳小田不在船艙裏，便朝船艙外大聲喊起來，一連喊好幾聲，既沒聽到吳小田的回答，也不見他進來。

「還是我去喊他吧。」荀東賢的話聲剛落下，人已經到了船艙外。

好大一會兒，荀東賢走了進來，連連說：「怪了，怪了。人不在船艙外，這麼大的風，他會跑到哪裏去了？攝影機還放在甲板上。」

只一會兒，大家都失望地回到船艙內，荀東賢已經電話聯繫了送他們來的船工，得到的是否定答案。江小麗便再次撥打吳小田的手機，聽到的仍然是「您所撥打的電話已經關機」的聲音。

「難道他掉進東海了？」張國林很冒失地說了一句。

魏一明頭都大了。船隻有那麼大，大家找遍了整條船都沒有發現吳小田的影子，萬一吳小田不小心掉進東海裏，那可不是鬧著玩的。本來考察苟東賢當公務員的事，很多部門都反對。那些部門反對不是無道理。苟東賢已經五十八歲了，無論他是什麼特殊人才，按照政策，他是不可能當公務員了。但幾個要害部門的人來說情，王部長因為頂不住這個壓力才裝病進了醫院，把這個難題留給了自己。

「那怎麼辦？」秦思思首先著急了，吳小田與江小麗可是她叫來的。

「報警吧。」魏一明無奈地說了一句。

「報警？就算員警趕來了，這麼大的風這麼大的浪，他們又去哪裏去找他？」苟東賢最為擔心的是魏一明雖然表了態，但魏一明的考察結論沒定下來，員警一來還不壞了事？大家都脫不了嫌疑。被喊去問話不說，他當公務員的事全東江人都會知道，那時他還怎麼當公務員？

「不報警，你說該怎麼辦？」魏一明有些火了，狠狠地刮了苟東賢一眼，拿出手機剛要撥打一一〇，卻被張國林按住了。

「魏部長，先別打電話，聽我先說兩句。如果吳小田真的掉進了東海裏，員警來了也救不活了。只是，只是……」

「只是什麼？」另外幾人不約而同地問道。

「我剛剛在檢查攝影機時，發現了一個問題……我怕……我怕大家不高興。」

「你要急死我啊。」苟東賢對張國林說話吞吞吐吐的樣子顯得非常不滿。

「這件事還要請教江小麗同志。」

「為什麼要牽涉到我？」江小麗此時正在生氣。

「你們電視臺現在的攝影機是不是不用錄影帶了，改用硬碟了？」張國林不緊不慢地問，眼睛卻一刻都沒離開江小麗的臉。

「是又怎樣，不是又怎樣？與吳小田失蹤有關嗎？」江小麗看不慣張國林目中無人的樣子。

「那就對了。我剛剛檢查了這臺攝影機，裏面沒有那種硬碟，也就是說即使吳小田跟我們錄影，也不可能保存的。這是為什麼？」

「怎麼會這樣？」秦思思有些慌了，她非常明白張國林話中的分量。

「我哪知道？我又不是攝影記者。」江小麗不由生出一股無名火，大家不顧吳小田的生死，卻扯到攝影機裏硬碟的事。

「你不知道誰知道？再說，你與吳小田的關係……」張國林還要說下去，被秦思思拉了一把，不得不把剩下的話嚥了回去。張國林的話不錯，江小麗與吳小田是多年的搭擋，更主要的是江小麗還暗戀著吳小田，但江小麗是一個十分含蓄的女孩子，另外是她的工作又不允許她過早的結婚。如果換成的別的女孩子早就以身相許了。

「我們還是趕緊報警吧，報警遲了員警又要問個沒完沒了的。特別是那個李准，可是個難侍候的主兒。前一陣子，他還親手把親爹抓了，送進了監獄。」潘雨欣迫不及待地說。

「你有什麼高見？」秦思思、張國林和江建國異口同聲地問道。

「我們就說吳小田在保護那張硬碟時，不小心掉進海裏，儘管我們盡力營救，都以失敗告終。只要在場的人不說，員警不得不相信。」潘雨欣為自己的這個天才想法，非常得意。

「魏部長，你看……」秦思思被潘雨欣的話一說，也沒有了主意，只得向魏一明徵求意見。

「你們這是……」魏一明有些為難。

「魏部長，就這樣說吧。這件事本來與我們就沒有關係，就算吳小田意外地掉進東海裏，也不是我們逼迫他的。」張國林和江建國又是異口同聲。

「報警吧。」魏一明只感覺頭一昏，一頭栽了下去。眾人急忙把他扶起來，紛紛問他有沒有事。

「沒事，船晃得厲害，沒站穩。我看對苟東賢同志的考察改天再談吧。」魏一明還是裝作若無其事地說，「大家這就散了吧。」

不散又如何？

第二章　刑警隊長

九月三日下午十七時，東江市區。

根據市公安局的統一部署，局長嚴立明讓李准帶領市刑警支隊的隊員到東江市市河上指揮那些未進港的船隻到避風港裏。助手沈雨薇笑著說，他們哪裏是刑警支隊的人，簡直是水上交警嘛。李准聽後笑了笑，局長安排的工作，只能執行。

越忙越出亂子。李准剛剛指揮好一條掛槳船停住，另一條掛槳船就撞了上去，雖說只是輕輕一撞，卻造成了連鎖反應，一條條掛槳船都被相互撞得搖搖晃晃的。被撞的掛槳船主人就吵開了。

李准拿著擴音器喊起來，「你們再不好好的把船停好，就讓船被颱風吹走吧。」李准威嚴的聲音讓船主們停止了爭吵。這時，李准的手機響了起來，是局長嚴立明打來的：「李准，你馬上回局裏來，有案子。」

「好啊，我們好久都沒有破案子，該是你顯身手的時候，不然你這塊鋼都要成鐵了。」沈雨薇聽到了李准與嚴局的通話，調皮地說。

「東江市歷來就是和諧的地方，哪裏有什麼大案子，肯定是嚴局大驚小怪。」如果不是局長嚴立明剛才的這個電話，李准還真把自己當成了水上交警。

回到局裏，嚴立明只叫李准一個人進他的辦公室，關上門後，把一份文件遞給了李准，「這是剛剛一一〇報警中心送來的。你看看。」

「吳小田在東海上失蹤了？那其他人呢？」李准看完資料，非常地詫異。

「當地派出所派出了警力在東海上全力搜索，加上現在風大雨大，結果是無功而返。」

「船上的人員都已經回來了。作筆錄了嗎？我想看看筆錄。」

「他們都回來了。他們都是有頭有臉的人，下面派出所的員警敢怎樣作筆錄？他們只是簡單地問了幾句，每個人的回答都是一樣的：吳小田在準備攝影時，攝影機裏的硬碟掉了出來，他去撿硬碟時，不小心掉進海裏，結果被風浪打走了，他們又沒有打撈工具，結果吳小田就失蹤了。」

「同樣的回答，是不是是預先商量好了的？」李准不無擔心地說。

「這件事是非常地怪。李准，你有什麼想法大膽地說出來吧。」嚴立明也想聽聽李准的想法。

「又是他們這幾個人？為什麼要在這麼大的風雨中去東海上考察苟東賢？難道說是巧合嗎？他們的目的是為什麼？這裏面有許多值得我們深思的事。」

「你說得不錯。這就是我讓你去調查的原因。還有，一定要把吳小田失蹤的事調查清楚。」

李准當然要把吳小田失蹤的事查清楚，只是他有點想不明白，這幾個人真要做見不得人的事，把一個電視臺的記者叫到身邊採訪，那不是自己打自己的嘴巴？

「我手機上的一條簡訊。」嚴立明把手機掏出來，翻到那條簡訊後把手機遞給了李准，「你看看。」

「他為什麼要給你發這條簡訊？難道他預先知道自己這次是有去不回？也許是他無意發送的，或者說是發著玩的。」李准在看完簡訊，便迫不及待地問。

「雖然我與吳小田見過面，可那都是在正規場合，而且也只是禮貌性的打個招呼，相互之間根本沒有要過手機號碼。他發簡訊發到我的手機上，難道不奇怪嗎？」

「要想知道你的手機號碼還不簡單，他可以向別人問啊。」

「錯。」

「他為什麼要這樣做？」

「李准，如果我現在知道了答案，還問你幹什麼？」嚴立明的臉色嚴峻起來。一個記者在三個颱風同時來時去東海上採訪，落水失蹤本是一意外事件，但偏偏吳小田是提前給他發了簡訊。簡訊裏說他萬一這次採訪回不去，煩請嚴局長抽個時間去鄉下看望一下他的老娘。令嚴立明困擾的是吳小田為什麼偏偏把這麼重要的請求給他呢？其實，李准也有同樣的想法，只不過他在等嚴立明說出來。

「李准啊，你是刑警支隊隊長，你應當有案情的思維。如果說這條簡訊只是吳小田擔心自己今天出去會出事，他會發這樣的簡訊嗎？」

「嚴局，你批評得對。要不，我現在就帶人去東海邊上瞭解情況？」李准避開了嚴立明的話題，因為嚴立明的問話的確不好回答，有誰會預知自己的將來？

「李准，不是我逼你，但你得好好想想。」嚴立明說完就下了命令，「你立即帶著沈雨薇去東海邊上調查這件事，但要絕對保密，千萬不能讓任何人知道。」

李准立即向嚴立明行了一個禮，便退出了嚴立明的辦公室。憑直覺，李准認為這是一件有預謀的事件，但他想不通的是吳小田失蹤的真正原因。

李准剛出門，沈雨薇就迎了上來，問道：「隊長，是什麼大案子？」

「雨薇，你先工作吧，沒有你的事。嚴局沒有讓我帶你去破案子啊。要不，你去向嚴局說說，說不定還有機會呢。」李准帶著歉意地笑了笑，這是他遇到棘手案子常用的做法。

「還真是保密任務啊？」沈雨薇翹起了她的櫻桃小嘴，滿臉失望。

「好了，逗你玩的。」李准一下子就笑了出來，便讓沈雨薇馬上去準備，五分鐘後出發。

五分鐘後，李准來到車庫，沈雨薇已經在哪裏等候了。李准一邊發動車子，一邊把剛才的事簡要地說給了沈雨薇聽。

「竟有這樣的事？」沈雨薇覺得非常地奇怪，有些迷惑不解。

「這就是考驗我們的時候了。」李准一邊小心地開車，一邊回答沈雨薇的話，「沒有線索也要查出線索來，我就不信這事能難倒我們。」

很快，車子已經駛出了東江市區，直奔東海而去。

第三章　望穿秋水

九月三日下午十八時三十分，東江大酒店。

幾人驚魂未定地回到酒店裏，施莉莉早已在大廳裏等待。作為酒店大堂經理，施莉莉招待客人是她的本職工作，然而她更關心的是苟東賢的前程。雖然施莉莉不是苟東賢的「正宮娘娘」，但比「正宮娘娘」還要熱心。儘管兩人在一起偷偷摸摸地過日子有十年，但她從沒怪過苟東賢。昨晚，她與苟東賢在床上親熱時，就囑咐苟東賢今天一定帶好消息回來。然而，當施莉莉看到一行人垂頭喪氣的樣子，便知道事情沒有辦好，但她還是把客人帶進事先準備好的包廂裏，然後把苟東賢叫進了她的辦公室。

「老苟，事情沒有辦妥？」施莉莉想從苟東賢嘴裏得到期待的答案。

「別提了。今天的事情來得太突然，真是千算萬算，就沒有算到吳小田會無緣無故地失蹤。」苟東賢躺在沙發上，兩眼直直盯著天花板。

「到底是怎麼回事？快告訴我啊。」施莉莉有些迫不及待。她與苟東賢有著同樣的夢想。

「本來事情馬上就要敲定，誰知電視臺的那個死攝影記者在船上失蹤了。」苟東賢無可奈何地說。

「哪個記者失蹤了？」

「就是扛攝影機的那個男的。」

「怪不得我剛剛發現少了一個人，原來是他啊。快說說到底是怎麼回事？」

「真他媽的倒楣。」苟東賢掏一支煙點燃，猛抽了幾口，接著說，「下午我們本來談得好好的，秦主席、張副部長和江副局長都幫我說話，只有那個魏一明的思想還搖擺不定，但也沒有禁住我們幾個人的輪番攻擊，才勉強答應下來，誰知在這個時候，那個攝影師不見了，生不見人，死不見屍體。」

「天啊，還有這樣的事？」施莉莉失聲叫了起來，她也萬萬沒想到會出現這樣的事。

「更令我著急的是他的攝影機裏的硬碟不見了。在船上，我可是給了他們每人一張卡，每張卡裏有五十萬人民幣啊，如果那小子把這事拍了下來，再把硬碟藏了起來，後果不堪設想啊。」其實苟東賢並沒有對施莉莉說實話，他真正擔心的事是怕吳小田搞了什麼名堂。他請吳小田與江小麗來不是拍什麼新聞，而是讓吳小田把魏一明等人收受賄賂的事拍下來，然後借機來要脅魏一明等人。可在這個節骨眼上，吳小田失蹤了，硬碟又不見了，誰知道這是不是吳小田在使詐？沒有了硬碟，到時候自己可是啞巴吃黃連。再說張國林又發現了攝影機裏的硬碟不見了。這豈不等於告訴再場的人，如果吳小田的攝影機有硬碟，等於把他們受賄的事全程錄了下來？

「這件事就這樣算了？以前你幫他們的那些事算了？他們拿了你那麼多的錢，該不會不幫你辦事吧？」

「唉，如果他們真不幫我辦事，我遲早要讓他們吐出來的。」苟東賢說這話時，咬牙切齒，還流幾滴老淚來。

「老苟，別這樣，我會心疼的。」施莉莉見苟東賢非常傷感的樣子，馬上過去把苟東賢摟進懷裏。只是她的這個摟相，有點不雅觀。苟東賢也感到有些彆扭，輕輕地推開了施莉莉，彷彿又回到了二十年前的那個春天。

二十年前，苟東賢是個無業人員，常轉悠於各大酒店找機會混吃混喝，久而久之，成為東江市各大酒店的「名人」。有一天，苟東賢得知市裏一家大型工廠在東江大酒店裏開表彰會，他翩翩地來到酒店裏等候。中午十二時，與會人員準時用午餐，苟東賢像往常一樣找了個位置坐下，卻被那家工廠裏人認了出來，硬把苟東賢從座位上喊了起來。苟東賢此時耍起潑來，不但不走，還往那些菜裏吐口水。苟東賢這下犯了眾怒，幾個人不顧電視臺在拍攝，把苟東賢暴打了一頓。

苟東賢被打得頭破血流時，酒店裏的服務生施莉莉實在看不過去了，上前來勸阻，結果也被誤傷。對於施莉莉被誤打，苟東賢感到十分過意不去，他出酒店門時，對施莉莉說，小姐，你記住我苟東賢是一個有恩必報之人。今天我落魄被人打，總有一天，我會飛黃騰達的，到時候我一定風風光光地來酒店裏吃飯，你就是我的座上賓，還要與你結婚。

數年後，當苟東賢再次來到東江大酒店裏，已經是東江市苟明房地產開發有限公司的大老闆了，他揚眉吐氣地來包下東江大酒店享受了三天，施莉莉還真被苟東賢捧為座上賓。酒店老闆見有如此豪爽的客人，都是施莉莉的原因，便破例把施莉莉提升為酒店大堂經理。

苟東賢雖然揚眉吐氣了，遺憾的是施莉莉已經結婚了，當初的誓言就意味著不能實現。這令苟東賢非常痛苦，一直哀求施莉莉離婚，然後與他結婚。可施莉莉死活不同意。最後，苟東賢才不得不結婚。

事情往往會出現令人意想不到的結果，就在苟東賢結婚不久，施莉莉的丈夫知道這件事，常常與施莉莉吵鬧，最後，兩人以離婚告終，苟東賢趁機而入，從此，兩人便做起了地下夫妻。時間一晃，好幾年過去了，苟東賢卻沒有與他的老婆離婚，這令施莉莉非常不高興。苟東賢只得勸施莉，說不是他不想離婚，主要的是他現在有一個大動作：當上公務員。只有做公務員，他才有做官的機會。能做官是苟東賢這輩子最大的夢想。苟東賢還說等他做上公務員後，馬上與老婆離婚，然後與施莉莉結婚。

苟東賢的這個夢想功敗垂成，豈能不傷感？

「老苟，我看還是算了，是你的就是你的，不是你的強求也得不來。」施莉莉見苟東賢坐在那裏一言不發，便安慰起來。

「你不想與我結婚了？」苟東賢又點燃了一支煙。

「老苟，我何曾不想？當初我救你時就知道你是一個懷才不遇的人。那時是你一直沒有找到伯樂，現在你已經成為有錢人了。公務員就算了吧。何必呢？你快六十歲的人了，我怕你禁不起折騰。」施莉莉嘴上這樣安慰苟東賢，心裏又何曾不想苟東賢快點把他當公務員的事搞定？那樣，她就馬上與苟東賢結婚。她曾向前夫發了狠話，將來一定嫁一個有錢人。施莉莉還沒有實現這個願望。

「我不能就這樣放棄了。他們還有把柄在我手裏，不給我辦事，看我如何收拾他們。」苟東賢狠狠地滅掉了煙頭說。

「老苟，你……」施莉莉還想勸苟東賢，卻被苟東賢打斷了她的話。

「莉莉，我都快六十歲，再不爭取，真沒機會了。再說，我是市裏的特殊人才。我有當公務員的權利。」

「這……你還好好考慮考慮吧。但千萬不能得罪他們。」

「這個道理，我懂。不到萬不得已，我是不會使出我的殺手鐧的。」

「好了，你快去招呼他們。在飯局上多賠不是，不要引起他們的不快。」施莉莉像妻子一樣安慰丈夫。

「我懂。」苟東賢輕輕地拍了拍施莉莉的肩膀。

第四章　三張照片

九月三日傍晚十九時十分，東海邊上，暴雨如注。

海邊空無一人。李準將汽車停在一個背風處，便打開車門，連傘都沒拿就往東海邊上跑去。沈雨薇只得冒雨追趕李准。

李准與吳小田是多年的好朋友，兩人無話不說。最近，李准發現吳小田像變了一個人似的，顯得心事重重，做事丟三落四。如今想來，吳小田的失蹤絕非偶然，這其中肯定隱藏著什麼。如果吳小田真的在遊船上失蹤，這麼大的風雨，任憑吳小田是個游泳健將，也難逃脫厄運。

沈雨薇在見李准望著東海出神，知道他正在考慮問題，便獨自走向東海邊山凹裏的一座小屋。作為刑警隊的一員，沈雨薇知道該怎麼幫著隊長查找線索。

來到小屋前，沈雨薇見門大開著，一個老者正在屋裏坐著，便向老者說道：「大爺，我想討口水喝。」

「進來吧。閨女。」老者把沈雨薇迎進了屋。

進屋後，沈雨薇打量了一下老者的家，除了一些簡單的傢俱外，就數那張床最為奢侈了。

老者看著沈雨薇穿著警服，問道：「閨女是是來查案子的？」

「是的。」沈雨薇答道。

「今天早上有個小夥子放了一樣東西在我這裏，說李准今天會來拿的。我以為李准是個男的，原來是你啊。」老者說著就在屋裏翻來翻去。

「大爺，李准是我的隊長。」沈雨薇沒想到老者這裏會有線索，也顧不上問是什麼線索，馬上又出了屋子，朝李准奔去。快到李准身邊時，沈雨薇一個趔趄，摔倒在地上半天爬不起來。李准急忙過來把她扶了起來。

「隊長，有線索了。那邊有個老爺子，他說他有東西要給你。」沈雨薇顧不上疼痛，一口氣把老者找李准的事說了出來。

「有這樣的事？走，我們去看看。」李准攙扶著沈雨薇來到老者的家裏。

「老爺子，我就是李准，請問你有什麼東西要給我？」李准顧不上全身濕透，開口就向老者要東西。

「原來你就是李警官啊。我給你們倒杯熱水。」老者說著要給李准和沈雨薇倒開水。

「大爺，我們沒事。你把東西給我們隊長看看吧。」沈雨薇知道李准不看到東西，是絕不會喝水的。

「好吧。」老者拿出一個信封遞給了李准。

李准拆開信封一看，是三張照片。第一張照片上是一個女人抱著一個孩子，第二張照片是一個背著書包，目視遠方的小學生，第三張是扛著攝影機的吳小田。這是吳小田小時候和長大後的照片。這令李准非常失望，又有些奇怪，第一張照片被剪去一塊，應當是一張三個人的合影。

「隊長，這些照片……」沈雨薇忍不住問李准，話剛說到一半時見李准正皺著眉頭，又把後半截嚥了回去。

「大爺，請問你貴姓？」李准沉思了一會兒，卻問老者的姓名。

「別大爺大爺地叫。我戶口名簿上的名字叫鄭廣德，但大家都叫我老鄭頭。」鄭廣德有些詼諧地說，「我是這裏的漁民。」

從鄭廣德的敘述中，李准得知他就是今天開遊船的人，是苟東賢出高價錢讓他出船的。鄭廣德把遊船開到離岸兩公里處，然後坐小船回了岸。

「鄭大爺。今天早上把信封交給你的那個人長得什麼模樣，他對你說了些什麼？」沈雨薇迫不急待地向鄭廣德詢問起來。

「你讓我想想。」鄭廣德想了好一會兒，才繼續說，「他說他叫吳小田，今天不打算回去了。讓我把這些照片留給你做一個紀念。他好像還說，讓你千萬不要去找他。就是找也肯定找不到的，還有個什麼……我實在想不起來了。唉，警官同志，人老了，不服不行啊。」

「他說過他不打算回去的原因嗎？」沈雨薇忍不住又問了一句。

「沒有。」鄭廣德搖了搖頭，又說，「好像他還說過別的話，我實在想不起來。」

「他還留下其他東西沒有？」沈雨薇覺得有些不可思議。

「沒有。就這個信封，我記得很清楚。」鄭廣德十分肯定地說。

李准和沈雨薇又問了些問題，基本沒有什麼價值。李准只得說：「鄭大爺，謝謝你。我們有事先回去了。」

「外面風大雨大，還是先躲躲雨雨，避避風才走啊。」鄭廣德十分熱情地挽留李准和沈雨薇。

「不用了，鄭大爺，我們還有事情要辦，就不在這裏耽擱了。」李准說著就往門外走去。沈雨薇只得跟著李准走。

來到車上，李准並沒有急著開車回去，而是坐在車上沉思起來。沈雨薇再也忍不住了，問道：「隊長，我們為什麼就這樣走了？我看那鄭大爺好像還知道很多事情，好像不願意說。」

「你說得不錯。不過我們再追問下去，也未必見得他要說出來。」李准說，「我剛剛一直在想，吳小田為什麼要把這三張照片給我，這三張照片到底說明了什麼。」

「吳小田為什麼說不回去，到底是不回電視臺，還是不回到家裏去。」

「你不用考慮了。他哪裏都不能回去了。」李准有些傷感地說。

「你的意思是他真在死在東海裏了？」儘管沈雨薇有這個心裏準備，還是把這個疑惑說了出來。

「十有八九，他現在已經離開我們了。」李准的心悲痛到了極點。同時，李准希望這只是一個幻覺，但這個幻覺只要等到天晴，就會真相大白。他太瞭解吳小田，況且他們是多年的朋友。

「隊長，那我們現在怎麼辦？」沈雨薇全身濕透了，她的臉色發青，可又不能當著李准的面說她冷。

「你放心，辦法肯定會有的。我想我們現在應該回去瞭解幾個當事人。」李准幾乎是咬牙切齒。

「隊長，他們可都是有頭有臉的人，他們能配合嗎？」沈雨薇不無擔心地說。

「如果他們清白，就不會怕我們查他們；如果他們心中有鬼，肯定怕我們查。吳小田無緣無故地失蹤，他們脫不了關係。只是這三張照片背後的含義又是什麼呢？」

「如果遊船上的人對他有威脅，他完全可以報警啊，或者……」

「他不是給嚴局發了一條簡訊嗎？讓嚴局去看望他的老娘。為什麼不是我，或者說其他人？」

「你是說他老娘手裏會有什麼線索？」

「有這種可能。只是我是他最好的朋友，他為什麼不直接把簡訊發給我，而是要通過嚴局呢？我實在想不通這一點。」

「你是嚴局的得力幹將。嚴局得到這個消息就等於你知道了。如果直接告訴你，嚴局不准你該怎麼辦？」

「你的意思我就很傻囉？」李准故意沉著臉問沈雨薇。

「隊長，我不是這個意思。我是說我們在臆想推測，只要找到他老娘，不就真相大白了嗎？」

「你分析得不錯。走，我們回局裏。」

第五章　特殊人才

九月三日晚上二十時三十分，東江大酒店貴賓客房。

飯局還沒有結束，魏一明便藉故不舒服欲離開酒店。苟東賢立馬向服務生了要一間貴賓房，與江建國把魏一明硬送到貴賓房裏。

魏一明並非真不舒服，但他的確有心事。自從王部長生病住院後，來他辦公室的人明顯增多，聊一些無關緊要的事，好像認為他們的生死大權都掌握在他的這個組織部副部長手裏。

前些日子，有人傳話，讓他把苟東賢轉成公務員。憑魏一明在組織部幹了這麼多年的經驗和知道的法規，快五十八歲的苟東賢根本沒有轉成公務員的機會了。可來人說苟東賢是東江市的特殊人才，對於特殊人才得特殊處理，讓組織部考察考察苟東賢。所謂特殊人才，就是對政府有特殊貢獻、或者有特別才能的人。王部長知道考察其實就是走走過場，但他又不願意違背自己的意願，便裝病住進了醫院，這個「光榮」的任務自然落在了魏一明的頭上。魏一明還真的認真考察過苟東賢，不考察不要緊，一考察還真考察出苟東賢的特殊性了。苟東賢的確算個特殊人才，但不是其他部門所說的那種特殊人才。苟東賢對當地政府的確有特殊貢獻，那就是他開發了不少高檔房子，獲過聯合國所頒發的獎項，但據業內人士告知，這個獎項是苟東賢花錢買來的。要說苟東賢也算特殊人才，那東江市的特殊人才就多得不計其數了。

這樣的人根本沒有資格當公務員。魏一明正想著，門被敲響了。魏一明本不想開門，可敲門聲響個不停。

站在門外的人是潘雨欣。她見魏一明遲遲地來開門，用怪怪的眼色看著魏一明，說：「老魏，我還以為你睡著了呢。」

「這個時候來找我，我們的事豈不被人知道了？」魏一明沒想到自己剋星來了。

「我們倆現在又沒有做虧心事，誰會多心？」潘雨欣有些生氣，語氣也有些高傲，惹得幾個打掃走廊的服務生趕緊走開。

「我知道你是關心我，但你要找個合適的時間。今天的麻煩已經夠多了。」魏一明話音剛落，潘雨欣已經擠身進了房間，把包往床上一甩，便倒在床上兩腿叉開，極不雅觀。

「小潘，你……」魏一明想說點什麼，話到嘴邊又嚥了回去。

「我喝多了。」潘雨欣說了一句，便不理睬魏一明。

「現在是非常時期，能否注意點形象？這要是被外人看到了，我們縱有千張嘴都說不清。」魏一明深知這個道理，別說兩人本來就不清白，就是清白也要會說成不清白了。

「別什麼形象不形象的了。我問你，苟東賢當公務員的事，你到底想怎麼樣？」潘雨欣忽地從床上坐了起來。

「他不是特殊人才嗎？這事得特殊處理。」魏一明還想著吳小田失蹤的事，心裏有些火。

「既然你知道他是特殊人才，還找他什麼麻煩？」潘雨欣有些得理不饒人。

「苟東賢能當上市裏的特殊人才，還不是你們這幫人所策劃和包裝的。」魏一明有些生氣地說。

「是我們包裝的又怎麼樣？他現在已經是特殊人才，萬一出了什麼差錯，用得著你承擔責任嗎？」潘雨欣不是不知道苟東賢如何當上特殊人才。除了她的功勞外，秦思思也是功不可沒。苟東賢助秦思思辦了一個九〇後書畫展，這個九〇後書畫展取得了空前的成功，全國知名畫家、評論家紛紛焦聚東江市。這讓秦思思大為露臉，而且因此被省裏點名去國外傳授經驗。當然，這幕後的主使仍然是苟東賢本人。他手上能人多的是，隨便出一個點子，都能讓苟東賢飛上天。

「這事我本來不用管，問題是今天那個硬碟不見了，你不覺得這是一個非常嚴重的問題嗎？」魏一明有些火了。其實在場的人誰都怕提那個攝影機裏的硬碟的事，萬一吳小田趁他們不注意時把他們的勾當拍了下來，那可是十足的證據。這個證據可以把他們多年的奮鬥以及功名全化為烏有。

潘雨欣給自己找了一個藉口，仍然想說服魏一賢。

「硬碟丟失只是一個巧合，或者說那臺攝影機裏根本就沒有硬碟，你是在給自己添麻煩。」

「世上沒有那麼巧的事。不怕一萬，就怕萬一。反正，我認為苟東賢的事到此為止。雖然上面頭頭已經點頭了，就等王部長從醫院出來後再解決吧。」魏一明想不通潘雨欣為什麼一直幫著苟東賢說話。但魏一明明白，這其中的原由肯定非同一般，以潘雨欣的個性絕不會幫一個不相干的人說話。魏一明太瞭解潘雨欣的為人處事了，他與潘雨欣相處又不是一天兩天的事。

「老魏，今天你真的與我對著幹嗎？你難道不顧我們的情誼？」潘雨欣見軟的不行，就來硬的。

「只要苟東賢把硬碟找回來，我就立馬簽字蓋章，把檔案發出去。」魏一明今天也鐵了心，他不能因苟東賢的事，弄得自己下不了臺，儘管他還不知道苟東賢給他的那張卡裏有多少錢，但他知道那些錢足可以讓他後半輩子在監獄裏度過。

「好，這話可是你說的。」潘雨欣忽地站了起來，用疑惑、還有不甘的眼神看了魏一明許久，然後甩門而出。

「這個女人……」魏一明說了半句話，就躺在床上，他的心煩極了。吳小田失蹤的事來得太突然，也來得太離奇。說到吳小田，魏一明對他總有一種親切感，但見面的時候頂多也只是點點頭，招呼一聲，自己卻從沒有與他多說一句。這個小夥子平時攝影時，話也不多，看上去就是一個忠厚老實的人，他不可能玩這麼多心眼。再說吳小田的歲數也不大，對於官場上的事他也不可能瞭解那麼多。他的失蹤背後又隱藏著什麼呢？魏一明無法解釋，也想不通這到底是怎麼回事。

但吳小田的攝影機沒有了那張硬碟，是一個鐵打的事實。

第六章　不歡而散

九月三日晚上二十時四十五分，好樂天賓館。

幾個人等來滿臉怒氣的潘雨欣，便知道了事情的結果。但荀東賢還是顯得很樂觀，笑著對大家說，接著喝、接著吃，一定要吃好喝好，有天大的事，還有個子高的頂著呢。可這幾個人哪裏還有胃口？紛紛起身向荀東賢稱謝，各懷心事離開酒店。江建國是最後一個出酒店的人，準備上車時，見潘雨欣在酒店門口徘徊，便招呼了她一起走。潘雨欣遲疑了一下，攔了一輛計程車走了。

秦思思沒有帶司機，到地下室上了張國林的車。張國林開著小車在城裏轉了幾圈後來到了好樂天賓館前。

「把車子開到這裏來幹什麼？」秦思思明知故問，她與張國林不是沒有來過這裏。

「放鬆一下，今天遇到的事情太多了。」張國林說著將車子開進了地下車庫。下了車，兩人來到底樓的電梯，張國林按了二十五樓。

二十五樓的客房，有一個別樣的名稱：空中樓閣。這是東江市特有建築物，每間客房都為三百六十度的轉向陽臺，站在窗前，整座東江城盡收眼底。說起來，這還是荀東賢的功勞。荀東賢修建這座賓館後，名聲大振，這算是荀東賢作為特殊人才的特殊之處吧。

二五一七號房永遠都是給張國林留著的。屋內的擺設並不豪華，但很古樸，江南特色，還有一種特有的溫馨。張國林從包裏拿出一瓶飲料獨自喝了起來。秦思思的臉色有些不快，她記得這瓶飲料是飯桌上的，張國林竟把它帶走了。

「思思，裏房的冰箱裏有飲料，你自己去拿。」秦思思的臉色變化沒有逃過張國林的眼睛。張國林本以為今天荀東賢的事是鐵板上的肉，怎樣宰割都行，誰知秦思思請來了電視臺的記者，結果出了亂子。前兩天，秦思思還在他面前暢想未來——秦思思成功地舉辦了九〇後書畫展，名氣大振，將升職，張國林也順理成章地調往市文聯接替秦思思的位置。現在，就難說了。還有魏一明，假如他一不高興把荀東賢送的卡交給市紀委，那可不是鬧著玩的。

「我不渴。」秦思思懶懶地回答了一句。秦思思與張國林都是與宣傳掛鉤的，都明白宣傳的重要性。把荀東賢弄進組織，不宣傳能行嗎？再說，當初要不是荀東賢出錢辦九〇後書畫展，她秦思思的知名度哪裏有現在高？就連省文聯都在號召其他地市文聯的相關人員向她秦思思看齊。文聯文聯，就是把文化聯繫起來。只有把地方文化聯起來、搞起來，擴大影響，就提高了其知名度。

「思思，我就實話實說吧，你今天請電視臺的記者來宣傳，本身就是一個錯誤。像茍東賢這樣的人進組織當公務員的事一旦傳出去，對我們都會造成不良的影響。」張國林終於忍不住了，開始埋怨起秦思思來。

「茍東賢作為特殊人才，市裏破格錄用他當公務員，這可是一次特殊的宣傳。」秦思思忽地從沙發上站起來，火藥味十足。

「總的來說，你就不該請電視臺的記者，現在出事了，大家都跟著倒楣……」張國林的話一出口，覺得不對，可已經收不回來了。

「什麼大家跟著誰倒楣？」

「作為文聯主席，你的想法是對的，但你的做法是錯誤的。我們不但得罪了魏部長和茍東賢，也得罪了江建國和潘雨欣。」張國林說這話的意思是你秦思思作為文聯主席這樣做是稱職的，但要想在官場混如魚得水，還差得老遠。

「你這話是什麼意思？今天得給我說清楚。」秦思思也聽出了弦外之音。

「思思，其實我們今天不該來攪這趟渾水，市裏也有意把你提升……」張國林緩和了一下口氣。

「我提不提升與你無關。今天的事為什麼是我一個人的錯？」秦思思咬住張國林的話不放。

「思思，我錯了。」張國林有些後悔不該當著秦思思的面說她的過錯。女人有時就是一根筋，只要說到了她的痛處，她會一口咬下去永遠不放下來。請魏一明到東海上去正式考察茍東賢的事也是他張國林想出來的，說什麼東海風景好，又讓苟東賢看了黃曆。結果挑了這樣一個三個颱風一起來的日子，真他媽的不吉利！

「我不管你有沒有錯。你憑什麼就把責任全推到我身上？」秦思思本來就膽小，今天吳小田失蹤後，員警找她問話時，一個剛調來的員警的問話問得凶些，她就差點哭了，要不一個認識她的員警把那個員警拉開後，她差點忍不住把事情的經過一五一十地說出來。

「思思，有意思嗎？」張國林心裏有火不敢發出來，只怪自己嘴快。

「沒有意思？別以為我看不出，今天大家都對我有意見。你不替我說話也就算了，現在還當面指責我。」

「你……」張國林想反駁，還是忍住了。想當初兩人讀大學，曾是同班同學，張國林在那時就追求秦思思。後來，兩人到了談婚論嫁的時候，秦思思卻突然提出分手，張國林痛苦了好幾年，直到秦思思結婚，他才不得不面對現實，草草地結婚，但對秦思思仍然念念不忘。這些年來張國林有事無事地往秦思思單位裏跑。慢慢地，秦思思又一次倒入了張國林的懷抱裏。

「我只不過把事情做得圓滿些，讓領導更滿意。你以為我真心為苟東賢著想啊？苟東賢一旦當上了公務員，他就不能當他的董事長了。以後找誰要錢去？」秦思思說出了她的心思。

「思思，如果我們不替苟東賢辦事，萬一他把我們的事捅了出去，你想想我們下半輩子會好過嗎？得平衡這個權益啊。」

「當初為了取得成績，我的確不少利用過苟東賢。現在沒有哪個人不是相互利用的，我們用了苟東賢的錢，只能幫他做事了。」

「事情出來了，總得想個辦法來彌補啊，總不能讓苟東賢的事半途而廢。思思，我思來想去，要做好魏一明的工作，非你莫屬。」

「我才不去呢。萬一事情沒辦好，你又要說是我的錯。」秦思思沒有忘記張國林剛才的話。

「思思，算我求你了，如果你不去，真的找不到別人了。」

「潘雨欣都沒有說動他，我又豈能說動他？」

「思思，你現在去找魏一明，肯定會吃閉門羹，我的意思過兩天你再去找他。」

「我不去。」秦思思不是沒想過，以潘雨欣與魏一明的關係，她都能吃閉門羹，自己去還不一樣？

「思思，你得為我們的前途想想。你要知道苟東賢是萬萬得罪不起的，萬一他不高興，我們都得玩完。」

「要去，你自己去。」秦思思有些火了，這張國林把苟東賢的事情看得比自己的事情還要重要。秦思思心裏極不舒服，拉開門氣匆匆地走了出去。

「真她媽的一個瘋女人。」張國林看著秦思思的背影，心裏暗暗地罵了一句。他得親自去找魏一明。

第七章 得道高僧

九月三日晚上二十一時十分，慈恩寺。

到嘴邊的肉都飛了。苟東賢滿肚子的火，施莉莉也暗自生氣。在送走客人後，施莉莉便迫不及待地找到苟東賢，問他是不是得罪人和神。

「前幾天，我們不是去寺裏燒香了嗎？我還捐了五百塊錢呢。」苟東賢還在氣頭上。

「老苟，關鍵時刻千萬不能氣餒，也不要放棄。」施莉莉安慰苟東賢。

「不生氣？老子花了那麼多的錢，那些狗日的只知道吃老子的，用老子的。一到關鍵時刻都給老子掉鏈子。」苟東賢不但很生氣，還覺得花了冤枉錢。

「老苟，潘雨欣不是與魏一明的關係非常近嗎？何不再找找她，只要好處到位，不信她不幫這個忙。」施莉莉給苟東賢出主意。

「她已經盡力了，不是被魏一明那個老混蛋給攆了出來？張國林和秦思思也跑了，還能找誰？」苟東賢非常地沮喪。

「不是還有江副局長嗎？剛剛他是最後一個走的，看樣子他好像有什麼話對你說，可惜你沒有跟上去。要不現在打個電話給他？」施莉莉到底是個女人，比苟東賢細心。

「是啊，我怎麼沒有想到他呢？」苟東賢說著掏出手機給江建國打電話。

江建國接了苟東賢的電話後，讓苟東賢去慈恩寺等他，有話對他說。苟東賢沒想到在最關鍵的時刻，只有江建國才是最信任的人。

二十分鐘後，苟東賢與施莉莉來到了慈恩寺，雨停了，風也小了很多。江建國早已在慧通大師那裏喝茶了，見苟東賢與施莉莉到來，江建國讓小和尚另端兩杯茶來。

「大師，又來打擾你了。」苟東賢和施莉莉雙手合十朝慧通大師施禮。

「阿彌陀佛。施主光臨寒寺，是寒寺的幸事啊。」慧通大師還禮。

「我們今天來這裏，還請大師指條明路……」施莉莉有些迫不及待地說。

「施主，凡事皆有定數，失陪一下，我去去隔壁。阿彌陀佛。」慧通大師沒等施莉莉把話說完，就打斷了她的話。

待慧通大師與小和尚走出後，苟東賢有些坐不住了：「看來這次真的沒希望了。連慧通大師都不肯幫忙。」

「老苟，著什麼急啊？」江建國穩住苟東賢，「事情也沒有你想像中那麼嚴重。今天的事放在東江大酒店裏辦就非常順利，為什麼要約到東海上去呢？」

「還不是秦思思和張國林的主意。張國林說東海上風景好，魏一明的心情一好，馬上答應了，誰知道……」苟東賢說。

「上次我們來寺裏，慧通大師也是這樣說的，讓我們找一個好一點的地方，並說這事保證行的。可是……」施莉莉有些懷疑慧通大師來。

「千萬不要這樣說。慈恩菩薩靈得很。說不定是在考驗你呢。」江建國一臉的虔誠，「你們千萬不要懷疑慧通大師，他是我們東江市最德高望重的大師，他能洞穿世間的一切事。」

「那我現在怎麼辦？我當公務員的事還沒有著落，那邊吳小田又失蹤了。員警也在過問此事了。」苟東賢有些著急了。

「慧通大師剛才說了，凡事皆有定數。吳小田雖然失蹤了，沒超過四十八個小時，員警不能把我們怎樣的，只要大家的口徑一致，員警又能把我們怎麼樣？」

「江局，等會兒幫老苟多說說話。只要慧通大師肯幫忙，我們可以給菩薩塑金身。錢不是問題。」施莉莉說。

「我會盡最大努力。老苟的事就是我的事。」江建國之所以這樣說，是因為他替苟東賢說話時，魏一明對他愛理不理的。江建國雖只是國土局的副局長，但手中有的是實權，連很多要害部門的領導對他是笑臉相迎。

三人正說著，慧通大師走了進來，坐到一邊閉上眼睛，似乎在琢磨著什麼事。苟東賢與施莉莉顯得十分虔誠，因為苟東賢在今天明白了一個道理：有些事不是錢就能擺平的。

「大師，老苟……」江建國見慧通大師進來閉目養神，不說話，有些著急起來。

「阿彌陀佛。苟施主本是房地產開發商，如今想當公務員，老納本不過問塵間事。既然施主今天來到老納這裏，就是老納的香客。老納應當為施主說說佛法，可是施主今天……」慧通大師說到這裏咳嗽不止，好不容易才止住咳嗽，又說，「今天，今天有一個施主失蹤。老納剛剛算了一卦，那位施主的命定將不保，這恐怕對施主不利啊。」

「大師是說他已經死了？」江建國的僥倖心裏完全破滅了。

「阿彌陀佛。江施主，不要著急。也許是老納的卦有誤，但老納剛剛去大堂一連算了幾卦，那個施主都是凶多吉少啊。」慧通大師也站起來，示意江建國坐下。

「大師，苟施主是我多年的朋友，還望大師開恩，為他做一個法，讓他心想事成。」

「阿彌陀佛，江施主，老納只是一個和尚而已，並非神仙，有些事還是順其自然為好。遇事不可強求。佛曰因果循規，我們不能違背天意啊。誰種的果，誰去尋找這個因。」

「大師，依您之言，苟施主的事難道沒有解法了嗎？」江建國聽出了慧通大師的言外之意。這事是苟東賢引出來的，應當由苟東賢來解決。

「阿彌陀佛。江施主，佛曰不可說不可說。你帶著苟施主先離開吧，等苟施主想明白了，他會去尋找那個因的。」慧通大師說完站了起來，就讓小和尚送客。

江建國見再問已無益，帶著苟東賢和施莉莉向慧通大師行禮告別。

走出寺廟，苟東賢就火了，衝著慈恩寺大聲罵開了：「什麼大師，我看他就是一個騙人的禿驢……」

「老苟，少說兩句。」施莉莉慌忙止住苟東賢。

「老苟啊，你這話就不對了。你別以為我比先到寺裏，可我什麼都沒有說，慧通大師就知道了吳小田失蹤一事。」

「肯定是寺裏的小和尚告訴他的。」苟東賢還是有些不服氣。

「老苟，你錯了。今天這麼大的雨，寺裏的和尚根本就沒有出去，也沒有香客來寺裏，他們是怎麼得知的？就算是東江市民恐怕現在也不知道吳小田失蹤的事吧？」

「難道他真的很神？」苟東賢問。

「不管慧通神不神，但我們得趕緊想辦法把事情擺平，還要找到吳小田丟失的那張硬碟，不然真會影響你當公務員的事。別怪我沒有提醒你。」

「老苟，聽江局的話。」

「好吧，讓我想想該怎麼來處理這件事。」

第八章　膽戰心驚

九月三日晚上二十一時三十分，東江大酒店貴賓客房。

睡覺可以暫時忘記一切，但終歸有醒來的時候。魏一明醒來時，雨停了，風也小了，只覺得全身發痛，像是被人暴打了一頓。

「他媽的，撞邪了。」魏一明罵了一句，掏出手機看時間，卻發現有二十個未接電話，來電最多的是潘雨欣。魏一明急忙撥通了潘雨欣的手機：「雨欣，我剛才睡著了。」

「你醒了，可晚了。」潘雨欣說完就掛了手機。

「什麼晚了？」魏一明馬上又撥打潘雨欣的手機，卻發現已經關機。魏一明又撥打秦思思的電話，結果秦思思的手機也關機了，又分別撥打了荀東賢、江建國的手機，奇怪的是他們的手機都關機了。魏一明十分納悶，手機突然響了起來，是張國林打來。張國林問清魏一明還在酒店裏，就讓魏一明在酒店裏等他。

在好樂天賓館與秦思思分手後，張國林決定親自去找魏一明談談。雖然張國林找魏一明是幫荀東賢的忙，其實也是在幫他自己。誰讓他有把柄在荀東賢手裏捏著呢？

魏一明的確沒有想到在這個時候只有張國林還想著他，心裏稍微感動了一下，但臉色又恢復了平靜。

「小張，讓你來接，太麻煩你了。」魏一明既客套，又讓人感到有些虛偽。

「魏部長，你這樣說就見外了。我可不像某些人找你辦事時就來跟著你，不找你辦事，連個人影都不見。」

「小張，你的好意我心領了，我還是打車回家。」魏一明能聽出張國林的話外之音。

「魏部長，我的車子就停在酒店的車庫裏。」張國林知道不能與魏一明來硬的，這人平時就是軟硬不吃。今天請他去東海上，還是秦思思的面子。

「我只是想靜一靜，想一想吳小田的事。」魏一明這句話是實話，但也只說了一半，剛才潘雨欣說了一句模稜兩可的話：晚了。難道說吳小田的事有了新的進展，自己還不知道？

「魏部長，有一件事我不知道該說不該說。」張國林賣了個關子。

「難道關於吳小田的事？」魏一明想立即知道有沒有吳小田的下落，如果沒有下落，公安肯定要詳細調查這事，到時候他真的脫不了關係。

「與吳小田有關，就是吳小田攝影機裏的那張硬碟。二十分鐘前，苟東賢給我打了個電話，他說他們已經有了硬碟的消息，已經趕往那個地點了。」張國林的確在二十分鐘前接到了苟東賢的電話。苟東賢在電話裏說他已經有了關於硬碟的消息。張國林追問消息從何而來，但苟東賢卻以事急給搪塞過去了。

「既然有了硬碟的消息，為何你不與他一起去拿？」魏一明懸著的心放了下來，但表面上顯得格外冷靜。

「我倒是想願意去，可人家不讓我去。」

「為什麼？」魏一明覺得非常奇怪，張國林明明與江建國、苟東賢等人是一夥的，怎麼在這個關鍵的時候，就撇開了張國林？

「他說他找到硬碟後，就把裏面的錄影複製幾十個，然後分別送到有關部門去……」

「他為什麼要這樣做？」魏一明火了。

「我也勸過他，可他不聽我的話，還一個勁地不讓我知道那個硬碟到底在哪兒。我知道這個消息後馬上與你聯繫，可你一直沒有接電話。」

「哦。」魏一明剛剛放鬆的心情又一下子緊張起來。

「魏部長，苟東賢的事是不是可以考慮一下？免得……」張國林見時機成熟，向魏一明建議苟東賢的事。

「這事按正常渠道辦。」魏一明說了句模稜兩可的話。在心裏，他弄不明白自己是在朝苟東賢發火，還是朝張國林發火。

「魏部長……」

張國林還想讓魏一明答應下來，魏一明打斷了他的話，並下了逐客令：「小張，你回去吧。這裏沒有你的事了。」

張國林沒想到魏一明軟硬不吃，只得灰頭灰臉的走出了房間，一邊走一邊想，看來這事少了秦思思，自己根本不是魏一明的對手。

張國林走後，魏一明在房間裏坐不住了。自己第一次被苟東賢誘惑，就帶來這樣的後果。可見苟東賢這個特殊人才，還真有他的特殊性，只是自己知道得太晚了。魏一明有些膽顫心驚，又給潘雨欣打電話，潘雨欣的手機仍沒開。

「這個鳥女人。」魏一明非常惱怒，但最多的還是害怕。自己在組織部副部長這個位置上幾十年了，一直奉公守法，卻一直沒有得到提拔，那是自己不願意與別人同流合污，有很多可以升遷的機會都從面前流失過了。自己一不貪，二不賭，上對得起黨，下對得起人民。可被許多人視為眼中釘，那就是自己太有原則了。想不到自己竟晚節不保，張國林也不是什麼好鳥。偏偏在這個時候來告訴自己這些事，這不等於把自己往絕路上逼嗎？魏一明越想越害怕，胸口也痛了起來，他摸索著在包裏找到速效救心丸，倒出一粒，連水都沒有喝就嚥了下去。

吃完藥，魏一明覺得身體稍微好了些，又開始琢磨事情的經過。但思來想去，就是想不明白吳小田明明在船上，怎麼轉眼間就沒了蹤影？難道他真的掉進東海了？還有，吳小田真的把苟東賢給大家送卡時的這場交易拍了下來？他會不會有意失蹤，然後拿著這個硬碟來敲詐自己？如果真是這樣，剛才張國林說苟東賢知道硬碟的下落就說得過去，也就是說吳小田明義上是秦思思做新聞報導，暗地裏是讓吳小田拍下來做證據……

魏一明不敢再想下去，只感覺胸口一緊，「哇」地一下把剛才吃的藥全吐了出來。

第九章　詭異心態

九月三日晚上二十二時二十分，秦思思家。

秦思思強忍著眼淚回到家裏。唯一能指望的人張國林變了，就別說魏一明了。雖然十多年前秦思思被魏一明從偏遠的山區調到文聯，可魏一明看中的不是秦思思的漂亮，而是她的工作能力和她一腔熱愛文化的熱血。前些日子，上面有消息傳來，準備在市縣文聯提升一位文聯主席到有關部門任副職。秦思思覺得機會來了，雖說是副職，這可是升遷的機會。畢竟秦思思快五十歲了，再過幾年就要退居二線了，現在得不到升遷，估計這輩子再也沒希望。因此，秦思思去找過魏一明，可魏一明說，秦思思能否升遷並不是他說了算。他頂多在考察時秦思思能幫上忙，秦思思要想升遷得找上級有關部門才行。魏一明說的是實情，但秦思思不這麼想，認為自己的工作沒有做到位，決定拿著禮品去魏一明家。令秦思思沒有想到的是，她居然被魏一明趕了出來。這令秦思思很沒有面子。

苟東賢得知了秦思思的難處，就找上門來了，他說可以幫助秦思思解決工作上的問題——出資幫秦思思辦九〇後書畫展。這個書畫展居然取得了空前的成功。秦思思因成績突出，上面就傳來消息，那個副職非秦思思莫屬。為了報答苟東賢，秦思思才在魏一明面前極力推薦他，但魏一明卻不買帳。

秦思思正想著，家裏的電話響了，是潘雨欣打來的：「思思，你手機怎麼關機了？你怎麼不打電話給我？」

「雨欣……我……」秦思思有了一種想哭的衝動。

「思思，怎麼啦？有什麼想不開的事情？」潘雨欣聽出秦思思的情緒極不穩定。

「沒什麼，我……我……」潘雨欣的問候，讓秦思思有些感動起來。

「你別急，我馬上到你家裏來。」同樣作為女人，潘雨欣知道秦思思此時特別需要安慰。

二十分鐘後，潘雨欣敲開了秦思思的門。潘雨欣驚詫不已，幾個小時不見，秦思思顯得十分憔悴。秦思思是一個比較堅強的女人，但現在與晚上飯局上的她判若兩人。

「思思，到底怎麼啦？」潘雨欣迫不及待地問了起來。但潘雨欣明白，秦思思的這種情形肯定與在東海上的事情有關。

「雨欣，別提了。」秦思思努力不讓潘雨欣看出她的窘態，可越是控制，卻越是顯示出來。

「思思，我們倆姐妹之間還有什麼話不可以說的？」潘雨欣不想秦思思把話噎在肚子裏。再說吳小田失蹤的事，遲早會有個水落石出的，到時候很難說誰是誰非。自己多拉一個人在身邊，就多了一份保險，這個道理潘雨欣比誰都清楚。

「一言難盡啊。」秦思思想把心裏的委屈一下子發洩出來。

「思思，別憋在肚子裏，說出來妹妹我替你分擔分擔。」要把秦思思拉到自己的身邊，潘雨欣覺得目前就是一個最好的機會。

「唉，雨欣……男人都不是好東西。」秦思思終於把憋在心裏的話說了出來，「張國林，他不是人……我原以為他能替我分擔工作上的不快，可他居然讓我……讓我……」

「張國林讓你做什麼？」儘管潘雨欣已經聽出了個大概，但她還是想聽到秦思思親口說出來。女人，最敏感的就是別人說話時說一半留一半。

「他說今天的事全是我的錯。說我不該請魏部長去東海考察荀東賢。雨欣，這事都是我們大家商量後的結果，張國林他憑什麼把責任推到我一個人的頭上？難道他張國林就沒有錯嗎？如果他知道今天的事情會是這樣的結果，他就不會阻止我們這樣做嗎？」

「思思，別理睬他。吳小田無緣無故地失蹤是誰也不願意見到的事，但是，我想今天去開會的任何一個人恐怕都難逃其責。思思，我們還是想想事情出來後的對策吧，要不然，我們這輩子都玩完了。」潘雨欣有著秦思思不同的想法。

「雨欣，你說我們現在該怎麼辦？」秦思思見潘雨欣說到事情的要害處，也跟著緊張起來。

「思思，你想想吳小田失蹤會給我們帶來什麼樣的後果？我們又該如何應付？這才是最關鍵的事。」潘雨欣開導秦思思起來。

「啊，雨欣，你分析得不錯。」秦思思這才覺察到吳小田失蹤之事十分嚴重。

「苟東賢的事我們已經盡力了，誰讓他的運氣不好呢？萬事已經俱備了，就差那麼一道東風。這道東風不但沒來，關鍵的時刻還卻給他來了一道西北風。我們不能為了他把自己的飯碗都砸了吧？你說是不是？」

「那我們現在該怎麼辦？江建國、苟東賢，他們難道不為此事著急嗎？」秦思思本來主意就不多，現在聽了潘雨欣這麼一分析，覺得事情太嚴重了。

「我已經打電話問過江建國了，他與苟東賢在一起，好像在商量尋找吳小田攝影機裏的那個硬碟。唉，如果吳小田攝影機裏真有硬碟，那可不是鬧著玩的。我總感覺到這件事是誰預先設計好了的。」

「預先設計好了的？為什麼要這樣做？」秦思思臉上出現了驚訝的表情。

「思思，我只是憑直覺，一個女人的直覺。但至於是否是這樣，還得查證。你想想，我們總共那麼幾個人，吳小田失蹤後，大家都各自想著心事，都沒有注意到一個人。」

「誰？」

「江小麗。就是電視臺的那個女記者。我總覺得她不是一般人，大家都在著急，可她一點都不著急，這說明了什麼？」

「說明了什麼？」

「說明她早就知道會發生這樣的事。」

「不太可能吧？我看到她的眼淚都流了出來。」

「思思啊，我們現在要團結一切可以團結的人，一致把矛盾對外，才能保住我們的位置。」

「哦。我明白了。」秦思思似乎才想起江小麗與他們一起回到東江市，進入酒店後就不見了蹤影。

「所以，我們現在要把一切責任都推到江小麗身上，才能保住我們自己。」

「這個責任怎麼個推法？總不能憑空無故地說吧？」

「這個你就不要著急，讓苟東賢想這個辦法。」

「苟東賢？」

「對。他肯定有辦法的。再說苟東賢現在還不算公務員，就算上面查起來，是一個房地產老闆與電視臺記者的事，與我們幾人沒有任何關係。」

「明白了。雨欣，你想事情總比我提前一步。」

「我們分開行動吧。我去找江建國和苟東賢。」

「那魏部長呢？」

「魏部長哪裏只有你去最合適不過了。畢竟你們還有些私交。至於張國林，我等會兒給他打個電話吧。」

「可是……」秦思思想說潘雨欣與魏一明的關係特好，她為什麼叫自己去，可一會她又想通了。晚上，潘雨欣在魏一明面前吃了閉門羹，這次把自己往浪尖上推，看來自己永遠都比潘雨欣慢半拍。

「思思，沒有可是了，我們現在就分開行動。」潘雨欣催促道。

「好吧。」秦思思無可奈何地答應下來。

第十章　確定死亡

九月四日上午六時三十分，東海邊。

颱風過去了，太陽也一大早就露出了笑臉，照在浩瀚如煙的東海上，波光粼粼，把東海點綴得別有畫意。颱風並沒有給東江市帶來多大的損失，相反，把炎熱氣溫褪去，涼爽了不少，一些漁船也開始在東海作業。

吳小田已經死亡。雖然李准早已在心中承認了這個事實，但當他和沈雨薇再次返回東海邊，看到這個場景時，心裏還是忍不住一驚。驗屍的法醫告訴李准，雖然不排除他殺，但從目前的情況來看，吳小田溺水而亡的可能性最大。

看著被水浸泡過，有些浮腫的吳小田遺體，李准心裏還是有一種說不出的酸楚。沈雨薇對鄭廣德進行了再次詢問，仍沒有得到可取的線索。

「一點線索都沒有？」李准正想著吳小田到底是他殺還是真的溺水身亡，儘管法醫已經給了一個大概的答案。作為刑警支隊支隊長的李准有他獨特的想法。

「隊長，我們該怎麼辦？」沈雨薇總在關鍵時刻詢問李准。

「他的身上都搜過了嗎？」李准最關心的是吳小田身上是否有線索。

「辦案的員警已經搜查過了，除了一些零錢外什麼都沒有。」沈雨薇回答說。

「其他的什麼都沒有？他是電視臺的記者，筆啊都沒有？」

「沒有。」

「沒有？難道其他東西都掉進海裏了？」李准覺得太蹊蹺了，既然吳小田身上的零錢都還在，其他東西也不會沒有。比如，銀行卡、購物卡啊。吳小田身上什麼都沒有？難道說他就知道自己這次會死在東海裏？

「我覺得太奇怪了，他身上怎麼沒有東西呢？」沈雨薇覺得吳小田身上沒有任何東西，讓人難以置信。

「最先發現吳小田屍體的人是誰？你問過他沒有？」李准又問了一句。

「我聽派出所的同事說，是幾個老漁民發現。中秋佳節即將到來，也是東海蟹上市的最佳時期。幾個老漁民與往常一樣，下網抓魚抓東海蟹。一個老漁民收網後發現一具屍體！死者正是昨天失蹤的吳小田。」沈雨薇回答說。

「你去把幾個老漁民的住址問問清楚，我要親自去問問他們。」李准命令道。東海蟹在東海一帶非常有名，漁民自然想有一個好收成，多掙些錢。

「我這就去。」沈雨薇說完風一樣跑開了。

李准又向幾個正在辦案的員警打聽了一些，仍無得到結果。再加上雨大風大，屍體既然找到了，現在該是破案子的時候。

很久，沈雨薇才回來，對李准無奈地搖了搖頭。

「回局裏。」

「隊長，這事太離奇了。按常理昨晚那麼大的風雨，那些漁船早就進港避風了。為什麼颱風剛停，天還沒有亮，鄭廣德等幾人就來東海裏捕魚蝦呢？」沈雨薇剛上車就發出疑問。

「他們是老漁民，熟悉東海裏的水道，捕魚捉蝦是他們的本事。」李准自己都不滿意這個回答，其實在他心裏也早就有個疑問。鄭廣德在這個時候去捕魚蝦，於情於理都說不過去。

「隊長，這不是你的辦案作風。」沈雨薇眼睛緊緊地盯著李准，希望從李准的眼裏得到答案。

「你這樣看著我幹什麼？我要專心開車。等會兒開到東海裏去，我們就與吳小田一樣了。」

李准想開個開玩笑來緩和一下氣氛，可這個玩笑他自己沒有笑，反而鼻子酸酸的。

「我不說話了。你專心開車吧。」沈雨薇也覺得鼻子一酸。她知道李准在這個時候肯定在思索一個非常重要的問題。

「雨薇，你說說你的看法吧。」李准突然問沈雨薇。

「我看這是人為的。」沈雨薇思考了一會兒說，「市裏的幾個有頭有臉的人物在這麼大風雨時到東海裏開會，肯定有什麼見不得光的事。市裏辦公室的會議室會比船上差？我想有兩種情況。第一種情況是他們想避開什麼人，或者說是什麼事才到這裏來開會。吳小田為了拍一個好鏡頭不小心掉進東海裏，那些人根本不會游泳，才導致吳小田溺水而亡。第二情況是他們的會議見不得光，卻被吳小田拍了下來，他們讓吳小田刪除錄影，吳小田不肯，他們一怒之下，把吳小田推進了東海裏。」

「你覺得你的第二種可能成立嗎？我們是員警，什麼事都得講證據。不能主觀臆測。如果都像你這樣辦案，我們刑警支隊還有存在的必要嗎？」李准把沈雨薇的推理全反駁了。

「那又是什麼？我實在想不出還有第三種可能。」沈雨薇有些洩氣，好不容易才考慮到的結果被李准否定後，沒有剛才的那種信心了。

「肯定有第三種可能。這種可能才是我們破案的關鍵……」李准的話還未說完，猛地剎車。沈雨薇的頭也差點撞在擋風玻璃上。她抬起頭一看，嚇得大氣不敢出，原來路中央橫躺著一棵被風吹倒的大樹。

「該死。早上來時都沒有樹。」李准歎了一口氣，「這麼大一棵樹，我們怎麼搬得動？」

兩人在車裏望著那棵大樹直發愣時，後面響起了汽車的喇叭聲。緊接著從車上走下幾個人，他們看清前面有大樹攔住了去路，便動手搬起來。李准見人搬樹，便也下了車。幾個人合力將樹搬開後，一個人叫住了他，問道：「警官是不是調查東海淹死人的案子？」

「是啊。你怎麼知道的？」李准覺得沒有必要向那人隱瞞什麼。

「那個電視臺的記者我認識。他人可好了啊。」那人又說。

「你認識他？」

「是啊。他以前經常來這裏採訪，拍新聞。昨天他來到東海邊上，正好我從市裏送完魚回來，他還跟我打過招呼呢。」

「他與你說過話嗎？」

「說過啊。他說他最後一次拍東海的風景了。」

「他說他最後一次拍東海的風景？」

「是啊。當時我覺得非常奇怪，他怎麼說出這樣的話來，後來我一想，也許他要調走了，或者高升了。」

「還說了其他的話嗎？」李准覺得這人的話是案子的關鍵。

「沒有了。只是我覺得他的氣色不是太好，因風雨大又要忙著拉魚，我連煙都沒有遞給他。」

「哦。太謝謝你了。」李准突然覺得眼睛一亮，馬上上了車。

「隊長，你與那人在說什麼啊？」

「他說了這個案子的關鍵點。」

「什麼關鍵點？」

「走，回局裏再說。」

二十分鐘後，李准與沈雨薇回到局裏，把查到的線索向嚴立明作了彙報後，要求去吳小田的家鄉看看。嚴立明當即答應，並囑咐李准和沈雨薇，他們去吳小田家鄉的事不要外洩。

第十一章 心急如焚

九月四日上午七時二十分，太和茶樓。

江建國在天亮時得到了吳小田死亡的消息，心急如焚，匆匆地趕到太和茶樓。茶樓還沒有開門，江建國對著門重重地踢了幾腳，服務生從睡夢中驚醒，見是江建國，趕緊把他引到一個包廂裏。

在包廂裏，江建國坐也不是，站也不是，思考了好一會兒，才掏出手機撥了苟東賢的另一隻手機號碼，等苟東賢接聽電話，火氣十足地命令：「你馬上來太和茶樓。」

十分鐘後，苟東賢來到太和茶樓，見江建國黑青著臉，只得小心翼翼地站在一邊，等待江建國發話。這是苟東賢的慣例，在領導面前，他永遠都只有站著的份。

「你看你做的好事。讓我怎麼說你？嗯——」江建國大聲訓斥起茍東賢。

「江局，我又做錯了什麼事？請明示。」茍東賢被江建國這句話說得有些摸不著頭腦，只得小心翼翼地問道。

「什麼事？那個電視臺記者的屍體今天早上從東海上撈起來了。如果員警從他口袋裏搜到那張硬碟，你說怎麼辦？」江建國的話裏帶足了火藥味。

「吳小田真的死了？屍體也撈上來了？」茍東賢有些不相信。

「難道我的朋友會一大清早打電話來騙我？」江建國更是火了，怒眼對著茍東賢，又不敢大張旗鼓地罵茍東賢。

「江局，事情不會那麼巧吧？」茍東賢見江建國發火，知道現在不能與他對抗，最要緊的是員警是否找到那張硬碟，只要員警沒找到硬碟，對誰都有好處。

「我看事情巧得很。」江建國緩了一下口氣，又說，「老茍啊，如果員警拿到那張硬碟，有什麼後果你比誰都清楚。我著急也是為你好啊，你當公務員的事就差那一點點了啊。唉，只能說你的運氣太不好了。」

「江局說得是，都是吳小田把我的美好前程葬送了。」茍東賢附和著說。

「你必須馬上去打聽員警有沒有得到硬碟。還有，千萬不能讓刑警支隊的李准插手。否則，你也甭想當公務員，我的仕途也算走到頭了。」江建國有些傷感，他說的是實話。

「江局，你放心，我會把這事擺平。我馬上那些朋友聯繫一下。」茍東賢咬牙切齒地說著走出包廂。

幾分鐘後，苟東賢緊鎖著眉頭走了起來，「江局，我……我問了幾個弟兄，他們都說沒有把握。因為這案子已經由李准與沈雨薇著手調查了。一大早，兩人已經趕往東海把吳小田身上搜出來的東西全拿走了……」

「他們拿到了那張硬碟？」江建國著急地打斷了苟東賢的話，他現在只想得一個準確的答案。

「我問過，他們說吳小田身上都被沈雨薇搜查過了。目前還不知道從吳小田身上搜出些什麼東西來。」苟東賢唯唯諾諾地回答。

「唉……」最後一線希望也破滅了，江建國垂頭喪氣地滅掉手裏的煙頭，頹喪地坐在沙發上，眼裏充滿了血。

「江局，你放心，如果硬碟在吳小田身上，被水浸泡了這麼長的時間，他們拿到了也沒有用。就算那張硬碟有用，我也絕不能讓那張破硬碟壞了我們的好事。」苟東賢咬牙切齒地說。

「你有這個把握嗎？李准是誰？連他老爹他都敢親手抓，你近得了他的身嗎？」江建國在東江市誰面前都敢放肆，但單單怕李准。

「江局，李准只是一個人，又不是神。只要是人，就有他的弱點，就有缺點，只要我找到他的弱點和缺點，就會找到突破口。」苟東賢見江建國徹底地頹喪起來，心裏也不舒服起來。

「你能找到他的弱點和缺點？我看等你找到他的弱點和缺點時，我們都被拷了起來。」江建國有些有氣無力地說。

「江局，我向你保證，我一定不會讓這樣的事情發生。我馬上安排幾個弟兄監視李准，一旦有對我們不利的事情，我就會……」苟東賢說到這裏，兩眼直冒凶光。

江建國從沒見過苟東賢這樣的表情，心裏一驚，但馬上又恢復了平靜，但在心裏忍不住悄悄地罵苟東賢。他太低估了苟東賢，別看苟東賢在自己面前人模狗樣的，暗地裏與黑道也有來往，只得緩了一口氣，說：「你做得對。」

「江局，你看我們今天是不是再去找找魏部長？」苟東賢又試探著問江建國。

「找他幹什麼？」江建國雖心知肚明，還是裝著不知道的樣子問苟東賢。

「江局，我們要趁熱打鐵，讓魏部長把字簽了，再把組織部的那個大印蓋上，我就可以……就可以……」其實，苟東賢根本不著急李准是否找到那個硬碟的事，而是在魏一明今天能否答應簽字蓋章的事。只要魏一明答應了，他苟東賢也是公務員了。

「你現在還有心情去找魏部長談你當公務員的事？這不是拿著熱臉去貼他的冷屁股嗎？如果他願意，昨天他不就簽字蓋章了？再說我與潘雨欣也聯繫過了，說魏一明也把手機關了。我看這事現在比較難辦，還是先把眼前的事解決了再想辦法吧。再說有關部門都點頭答應了，他魏一明豈能不答應？說到底，還是不那張硬碟惹的嗎？你只要把這件事解決了，他魏一明敢不簽字蓋章？我們幾個人又不是吃素的。」江建國比誰都明白苟東賢的話，如果不穩住他，拿不到硬碟，這事遲早還是會暴露的。

「我還是怕……」苟東賢還想去找魏一明。

「你怕個屁啊。萬一吳小田的那張硬碟裏把你送卡的事拍了下來，你找到了硬碟，不會拿這事去要脅他……」江建國知道自己說漏了嘴，趕緊住了口，其實他心裏也明白，自己不這樣說，苟東賢也會拿這事來要脅他們。現在，他與張國林、秦思思和潘雨欣都是拴在一條繩上的螞蚱，而苟東賢就是拿那根繩子的人。現在既要穩住苟東賢，又要迫使他去找硬碟。

「江局，你放心，我就拚老命也會把硬碟找到，絕不會讓那個李准得逞的。」苟東賢見江建國也明白硬碟的道理，他便借機下臺。

「那就這樣吧。你趕緊找人打聽硬碟的事。另外，我們要隨時保持電話聯繫，萬一有了什麼消息，好及時溝通。」江建國現在得把這個燙手山芋扔出去，他要找另外幾人商量對策。

「江局，你就等我的好消息。」苟東賢也想早點離開江建國。

第十二章 火上澆油

九月四日上午八時，魏一明家。

早上，魏一明剛翻身起床打開手機，手機就響了。當魏一明接完電話，驚得他連褲子都沒穿就呆坐在床上。自己一世的清白，現在就毀在那張小小的卡上。魏一明抖抖索索地從衣服口袋裏找出那張卡，看了許久，像是在做夢一樣。現在唯一要做的事情就是把這張卡退還給苟東賢。找誰去退這張卡呢？張國林。魏一明突然冒出這個法，便馬上給張國林打電話，誰知電話剛接通，張國林就說他在魏一明的樓下。

魏一明心裏有些不舒服起來。這張國林比苟東賢還難纏，他竟然一早就在自己的樓下等待自己了。

張國林進屋時，把魏一明的早點都買好了，並說：「魏部長，先吃飯，做工作才有精神嘛。」張國林其實想讓魏一明把苟東賢的事情給了了。雖說昨天吃了閉門羹，那是魏一明的心情不太好。

「你這麼早來我裏，有什麼事？」魏一明門見山地問張國林。

「魏部長，還不是為了老苟的那事。老苟今年都五十八歲了，好不容易才有機會當公務員，錯個了這個機會，恐怕他這一輩子再也沒有機會了。」

「你就為這事來找我？」魏一明有些火，語氣也比較重。

「魏部長，你能否仔細考慮一下，老苟有當公務員的機會純屬不容易啊。」張國林昨晚想了一個晚上，今天無論如何都要讓魏一明答應幫苟東賢轉公務員之事。

「你幫苟東賢賣命，得了他多少好處？」魏一明從口袋裏摸出那張卡丟在張國林面前。

「魏部長，這是什麼意思？」張國林見事不對，緊張起來。

「什麼意思？這張卡我能要嗎？吳小田的屍體已經從東海裏打撈上來了。」魏一明忽地站了起來，「吳小田死了，那是命案。我們會吃不了兜著走。」

「吳小田的屍體從東海裏打撈上來了？」張國林著實吃驚不小，昨晚只顧著想今天來找魏一明，如何催他把苟東賢的事情辦了，沒有打聽吳小田的事。魏一明知道了，當然江建國、秦思思和苟東賢肯定也知道了，苟東賢連一個電話都沒有，自己還在為他的事奔波忙碌。

「小張啊，你幫我把這卡還給苟東賢吧。苟東賢當公務員的事，還是按照政策來吧。你我年紀都不小了，禁不起折騰了。」魏一明緩和了一下口氣。

「魏部長，吳小田死了只是一個意外，又不是我們謀殺的，我相信員警不會把我們怎麼樣了。再說我們與員警都是吃官糧的，他們敢為難我們？」張國林雖然嘴上對苟東賢的事有些鬆懈，心裏還報著一線希望。

「你不要把事情想得太簡單，吳小田為什麼會溺水而亡，恐怕你我現在都說不清楚。只有等員警找到吳小田是意外落水死亡的證據，我們才能逃脫嫌疑。但是，刑警支隊的那個李准，連自己的親爹都敢抓，他會那麼輕易處理這件事？」俗話說久走夜路必撞鬼，魏一明第一次走「夜路」就撞上了「鬼」，心裏窩火啊。

「就算這件員警真查到我們的頭上，我們可以往苟東賢頭上推。」張國林見魏一明生氣，趕緊換了口氣。

「往苟東賢頭上推？兇手是他嗎？你有證據嗎？員警講究的是證據，沒有證據是誣衊。吳小田攝影機裏的那張硬碟不見了嗎？如果真如你們所說的那樣，那張硬碟被員警得到了，你想想後果會怎麼樣？」魏一明沒想到張國林竟是這樣的人。

「硬碟？是苟東賢唬我們的吧？」張國林緊張起來。

「嚇唬我們？是你最先發現攝影機裏沒有硬碟的？一天不到你就忘記了？」魏一明這次真火了。

「昨天發現吳小田的攝影機裏沒有了硬碟，也只是懷疑。萬一他沒有帶硬碟呢？我們這不是自己給自己添麻煩？」張國林後悔極了，昨天為什麼要當出頭鳥，說什麼硬碟不見了，現在魏一明咬住這事不放。

「我不管到底有沒有硬碟，這事你們愛怎麼辦就怎麼辦。麻煩你把卡退給苟東賢。我魏一明無功不受祿。」魏一明想不到自己竟然與張國林這樣的人扯在一起，有些受不了。

「魏部長，這卡拿到手容易，要退回去可是難上加難。」張國林真後悔自己一大清早跑到魏一明家裏，事情沒辦成，倒把他得罪了。

「那我送到紀委去。」魏一明忽地拿起銀行卡就要出門。

「魏部長，事情不要做那麼絕啊，好歹大家都是在一口鍋裏混飯吃。」張國林急了還真怕魏一明把銀行卡送到紀委。

「我已經把話說明了，苟東賢的事我作不了主。他根本禁不起考察，我憑什麼就批准他當公務員？他送了銀行卡，我就一定讓他當上公務員？這是我魏一明的個性嗎？」

「魏部長，都像你這樣當官，我們就不用活了。我現在就去給苟東賢說，讓他親自來你這裏拿這張卡。」張國林這話無疑火上澆油。

「你給滾出去。」魏一明對著張國林吼了起來。

張國林站起來，拉開門頭也沒回就走了出去。魏一明卻癱倒在沙發上，心裏堵得慌。那張銀行卡就像一塊燙手的山芋，扔也不是，不扔也不是。上了苟東賢的賊船，下來就難了。

第十三章 面如死灰

九月四日上午九時，魏一明辦公室。

九時，魏一明才到單位上班，見秦思思正在他辦公室門口發呆。

「魏部長，你才來上班啊？我剛剛敲了幾次門，都不見開門，又打你手機，被告知關機，我還以為你故意躲著我呢。」秦思思今天一早來找魏一明，是她昨夜未眠的緣故，本來是潘雨欣來找魏一明的，可潘雨欣把這個皮球踢給了她。在激烈思考一個晚上後，秦思思懷著忐忑不安的心情，厚著臉皮來找魏一明。

「你找我什麼事？」如果秦思思來找他也是談荀東賢要當公務員的事，魏一明能否像拒絕張國林那樣拒絕她？

秦思思並不急著回答魏一明的話，她知道心急吃不了熱豆腐。等魏一明開門，她就迫不及待地進了屋，替魏一明泡茶水，同時也給自己倒了一杯冰水。

「思思，在我這裏你還有什麼話不好說的呢？」秦思思越是不說話，魏一明就越是著急，他只想早點把秦思思打發走，然後找熟人詢問關於吳小田的事情進展如何。

「魏部長，昨天的事都是我不好，不該請你到遊船去考察荀東賢。」秦思思說這話時眼淚還在眼裏打轉轉。這令魏一明感到非常地意外。

「思思，這是哪裏的話。昨天的事不是你的錯，錯的是我不該去。不過昨天去東海的遊船，我的確是看在你的面子上。」魏一明現在只能對秦思思說知心話，其實這話在他肚子裏憋了一個晚上。可又找不到合適的人來傾訴，哪怕是潘雨欣，他只能說一半留一半，秦思思就不一樣了。

「誰曾想到吳小田會失蹤呢？吳小田也真是，去哪裏也不告訴我們一聲……」秦思思的話還沒有說完就被魏一明打斷了。

「只怕吳小田下輩子才能告訴你他去哪裏了。」一提到吳小田，魏一明既窩火，又害怕。

「魏部長，你說什麼？」秦思思聽出了魏一明的話裏話，趕緊問道。

「吳小田的屍體早上被人從東海裏打撈起來了。」魏一明淡淡地說，卻又想極力掩飾心中的恐懼，害怕秦思思看出來。

「吳小田死了？」這麼重要的消息，秦思思現在才從魏一明嘴裏得知。這真是晴天霹靂，秦思思頓時嚇得面如死灰，忍不住抽泣起來。

「我也是剛剛得到的消息。」魏一明說這話心裏也直打鼓，他多麼希望這是夢中得到的消息。

「他真的死了？」秦思思連魏一明後面的話都沒有聽清楚，嘴裏不停地叨念著，瞬間，她的臉蒼白起來，拿在手裏的茶杯掉在地上也渾然不知。恐怕她親生父母死了，也不會如此難過。

「思思，你怎麼啦？」魏一明見狀，也清醒過來，趕緊問道。

「他死了，他怎麼會死呢？」秦思思沒有答魏一明的話，只顧自言自語，忽地從沙發上站起來，走了兩步，又回到沙發邊坐了下去，看著地上碎茶杯直發愣。

「思思，你怎麼啦？不要緊吧？」魏一明沒想到秦思思的膽子會這麼小，如果不及時叫醒她，她肯定會發瘋。

「哦，沒事。」秦思思終於被魏一明喊醒了，臉色也漸漸地變紅，忙對魏一明說，「魏部長，不好意思，我失態了。」

像秦思思這樣膽小的女人，突然聽到這樣一個消息肯定會嚇壞的，魏一明理解秦思思此時的心態。早上，魏一明自己剛聽到這個消息時，還不是呆坐在床上，都忘記了穿褲子。

秦思思清醒過來了，心裏更顯得害怕。東海那麼寬，水那麼急，風又那麼大，誰掉進去，如果不被及時救起，必死無疑，自己怎麼就沒有想到這一點呢？這麼大的事，她居然現在才知道。秦思思越想越生氣。可生氣歸生氣，吳小田是自己請去的，員警一旦查起來，自己豈不成了首犯？秦思思不禁大哭起來。

「思思，你哭什麼？」魏一明沒想到秦思思會害怕到如此地步，想責怪她，又把話嚥回肚子裏。這個女人看上去很堅強，也只是一個遇事就沒主見的小女人罷了。

好一會兒，秦思思才扯住哭聲，看了看魏一明，問道：「魏部長，現在該怎麼辦？我好害怕。怕員警查到我的頭上。」

「思思，怕也沒辦法，員警遲早會查清這件事的。只是……只是……」魏一明想說這都是你的主意，但沒說出口。

「魏部長，你快拿個主意。」秦思思真的害怕，她說話時嘴都在顫抖。

「思思，我有什麼辦法？其實早上我一聽到這個消息時，也害怕極了，要不然我到現在才來上班？」魏一明一聽到秦思思害怕，心裏也直打鼓，一不小心就說出了真心話。

「吳小田死了，那張硬碟找到沒有？」秦思思終於想到硬碟的事。

「這個不清楚了。聽說一打撈上來，員警就封鎖了現場，李准帶人趕了過去，誰知道現在是個什麼情況。」魏一明現在也想迫切地知道硬碟的下落。

「從你現在的描述的情況來看，那硬碟肯定落在員警手裏。完了，魏部長，我完了。我千不該萬不該請吳小田去拍攝啊，更不該管荀東賢的事。」秦思思後悔得腸子都青了。

「思思，現在後悔有什麼用？最要緊的是想辦法打聽硬碟的下落。」魏一明想讓秦思思去打聽硬碟的下落，畢竟這事是秦思思惹出來。

「那怎麼辦？」秦思思沒有明白魏一明的意思。

「你趕緊向荀東賢，或者江建國和張國林那裏去打聽消息，硬碟到底在哪裏。」魏一明這次乾脆把話挑明了。

「好吧。我現在就去。」秦思思此時已經沒有了主意。

「嗯，趕緊打聽，一有消息給我來個電話。」魏一明只想秦思思早點離開，然後他好向熟人打聽。

秦思思走後，魏一明趕緊拿出另一部手機給幾個熟人打電話，可剛撥了號碼，他又把手機關了，頹然地坐在沙發上，事情肯定比想像要嚴重得多。

第十四章　提前準備

九月四日上午九時二十分，潘雨欣家。

這一夜，潘雨欣倒是睡得非常舒服，醒過來已經是上午九時了，發現手機裏有好幾個未接電話，逐一查看，全是苟東賢打來。潘雨欣想都沒想就順著回撥了過去，卻被告知關機。打苟東賢家裏和公司的電話均無人接聽，平時他的手機可是二十四小時開機啊。

「大白天的關什麼手機？」潘雨欣罵了一句把手機扔在床上，趕緊去洗漱。剛洗好臉，牙刷還在嘴裏，潘雨欣就著急了，難道苟東賢出事了？潘雨欣丟下牙刷和杯子，拿起毛巾胡亂地擦了擦嘴，跑到臥室拿起手機，分別撥打江建國和秦思思手機，均被告知關機。

「難道他們出事了？」潘雨欣突然有了一種不祥的預感。得趕緊收拾東西走人，再不走人，那麼下一個就該輪到自己了。

潘雨欣在家裏手忙腳亂的亂翻了一陣，看到自己豪華的家，眼淚在眼裏直打轉轉。以前從沒有覺得這個家有什麼豪華，更沒有覺得這個家會是她一生的避風港，如今突然要離去，還真有些捨不得。離開自己的家又能到什麼地方去？潘雨欣有些不知所措，拿著手機想翻翻熟人的號碼，居然翻到了張國林的手機號碼，一撥，通了。她馬上命令張國林去她家一趟。

沒多久，張國林來到潘雨欣家裏，苦著臉說：「雨欣，出大事了。」

潘雨欣一聽出大事了，馬上聯想苟東賢等人的手機打不通，但她還是問道：「出什麼大事了？」

「吳小田的屍體一大早被人從東海裏打撈上來了。我去魏一明家裏才聽說的。」

「你去他那裏幹什麼？」

「還不是為了苟東賢的事。我只想幫苟東賢儘快轉成公務員。」張國林解釋說。

「你啊，自討沒趣。魏一明要辦苟東賢的事情，昨天不就辦好了？苟東賢與江建國現在去了哪裏？」潘雨欣剛剛慌了一陣子，現在靜靜地想一下，員警憑什麼抓苟東賢與江建國？員警抓人是要講證據。在沒有確鑿的證據之前，員警敢惹他們？

「苟東賢的事沒辦好，一早又被魏一明罵一頓，還得知吳小田已經死亡的消息。晦氣啊。」張國林十分懊惱。

「你獨自去魏一明家，苟東賢給了你多少好處？」潘雨欣是何等聰明的人，她都不能說動魏一明，張國林在魏一明眼裏又算得了什麼？

「雨欣，老苟的事不解決，我心裏不舒服啊。」張國林看到潘雨欣，就想到潘雨欣與魏一明的關係非同一般，又打起了潘雨欣的主意。

「老張，我不知道你是真傻還是假傻。現在是為苟東賢說情辦事的時候嗎？你弄清楚了苟東賢和江建國的去向了嗎？」潘雨欣有些火了。

「我昨晚與他們聯繫過，苟東賢說他們今天準備去鄉下辦事。」張國林突然想了起來。

「哦，對了，我昨晚也與苟東賢聯繫時他好像說過要去鄉下。去鄉下也用不著關手機啊？」潘雨欣突然覺得事情比她想像中要嚴重些，又不由擔心起來，萬一是苟東賢騙她的，或者說苟東賢與江建國早就知道吳小田會死，現在是不是跑到外面躲起來了？

「是啊。我們東江市的通信可是非常的發達，即使是他們的手機沒電了，也不會巧到兩人的手機都沒有電了吧？他們關掉手機到底想幹什麼？」張國林的腦袋也突然開竅了。

「我是在想吳小田的死與他們兩人肯定有關係。要不然，他們為什麼說要到鄉下，是不是在暗示我們？也讓我們出去躲藏一陣子？」潘雨欣突然覺得苟東賢與江建國說去鄉下，又把手機關掉，肯定有原因。

「我們也出去躲一陣子？」張國林覺得潘雨欣分析得不錯，可真要離開這個地方，他絕對是捨不得的。

「不出去躲，難道等員警來抓我們啊？」潘雨欣輕蔑地看了張國林一眼，心裏在後悔怎麼與這樣笨的人攪在一起。

「我是說事情還沒有嚴重到那種地步吧？吳小田是死了，就算員警調查也得有一個過程。況且吳小田失蹤時，船上又不是只有我們兩個人，再說吳小田又不是我們故意害死的。他頂多也只是一個意外死亡。」張國林認為潘雨欣把事情想像得太嚴重了。

「隨你躲不躲，但請你不要攔住我的行動。」潘雨欣真的火了，這個張國林真是個蠢豬，員警雖然調查有一個過程，連苟東賢和江建國都跑了，自己留在這裏不等於成了他們的替罪羊？

「我是想說事情沒有我們想像中那麼嚴重。我現在怎麼走？一家大小，還有秦思思……」張國林像個女人一樣嘮叨個沒完，卻被潘雨欣打斷了。

「你現在才知道一家大小？還知道秦思思？她的手機也關機了。我打到文聯去問過，說她一早去了文聯，便再也不見人影了，你說說這些跡象都表明了什麼？他們肯定早就得了什麼消息了，然後玩失蹤。只是我這個傻子還在家裏待著，然後給你打電話。」潘雨欣此時心裏非常著急，遇到張國林這樣的人，她自認倒楣。

「就按你的意思，我們都外出躲躲。」

「不是我們，是各躲各的。」潘雨欣糾正張國林的話。

「好，我現在就回去準備準備。」張國林看到潘雨欣都如此著急，看來事情真的很嚴重。

「快回去準備吧。」潘雨欣再次下了逐客令。都怪自己太大意，以為事情就這樣過去了。

第十五章　平凡女人

九月四日上午九時四十分，三合村五社鄉間小院。

三合村在東江市西北方向，地處三交界，東南面是一個省，西北方向又是另外一個省，因而得了三合村這個地名。因各省的差異情況，三合村至今還不通公路，只有一條羊腸小徑進村，李準將車停在鄉裏，與沈雨薇穿著便衣徒步去三合村。雖說颱風影響東江市境內，但一路上除了泥濘之外，根本沒有風吹過的痕跡。三合村就有這樣一個好處，無論東江市區有多大的颱風，村裏都不會受一點點影響，頂多也只是下場大雨罷了。李准問了好幾個村民，才在一個村民的指點下，找到了吳小田的家。這是一間低矮潮濕的房子，如果不是房頂有炊煙冒出，很難令人想像這裏也有人住。

沈雨薇上前去敲了敲門，屋裏傳來了一個蒼老的聲音：「誰啊？」接著，門「吱呀」一聲被打開了。一個蒼老的婦人出現在李准和沈雨薇的視野裏。這的確是一個蒼老的婦人，但年齡不超過五十歲，只是她的相貌與她的實際年齡不相符罷了。

「你們找誰啊？」老婦人見有陌生人上門，沈雨薇手裏還提著禮物，便不住地打量了李准和沈雨薇。

「大媽，請問你是吳小田的母親嗎？」李准問。

「是啊，吳小田是我的兒子。他怎麼沒有一起回來？」吳小田母親的眼裏多了一種期盼。

「我們是你兒子吳小田的朋友，正好路過這裏，來看看你。」李准不想讓吳小田母親暫時知道吳小田已經死亡一事，只得撒了個謊。

「哦，你們是小田的朋友啊，快進屋坐。」吳小田母把李准和沈雨薇讓進了屋裏。

「大媽，你貴姓？」沈雨薇放下禮物便迫不及待地問。

「我姓吳，大名叫吳秀梅。」吳秀梅又仔細地打量了李准和沈雨薇，這不能怪吳秀梅，在這個三交界又不通路的地方，一年難得有人來家裏，今天突然來兩個自稱是吳小田朋友的陌生人，她除了驚喜還有些意外。

「大媽，吳小田他今天有事不能與我們同來。」沈雨薇看出了吳秀梅眼中的疑惑。

「你們還提著禮物幹什麼？唉，小田這孩子，也不給我來個信，讓我一點準備都沒有。」

「大媽，別太介意。我們坐會兒就要走。」通過談話，李准已經確定沒有人來過這裏，而且也不知道吳小田死亡的事。他還是想瞞一下吳秀梅，怕吳秀梅一時接受不了這個事實。

「沒什麼大事就好。我就怕這孩子出什麼事。這孩子總是長不大，什麼事都要我操心。」吳秀梅又像是自言自語地說。

「大媽，吳小田最近回來過嗎？」沈雨薇在得到李准的暗示後，問吳秀梅。

「都快一年沒回家了。前些日子，他還寫封信回來。我又不識字，只能找人念。現在村裏的人都去城裏打工，反正村裏人回來時也會給我帶來兒子的消息，我現在連信也懶得找人念了。」

「吳小田不打電話回來嗎？」沈雨薇說完這句話，有些後悔。屋裏就這麼大，有沒有電話一眼便能看出。

「閨女啊，你不知道前兩年，吳小田給我裝了一部電話，可那話費那麼高，我就撤了。」

「大媽，你剛剛說怕吳小田出事，他都這麼大的人了，你還怕他出什麼事？」李准覺得此時應該進入主題了。

「他啊，就是個倔強脾氣，什麼事兒都愛較真。有這樣脾氣的人要吃虧的。想當年，他爸就是這個脾氣……」吳秀梅說到這裏，像是意識到說出了不該說的話，馬上住了口，但沒有逃脫李准的眼睛。

「看來吳秀梅肯定在有意隱藏什麼事，難道說與吳小田死亡的事有關？」李准沒有把這些話說出來，便把照片拿出來遞給了吳秀梅。

「你手裏怎麼有這些照片？」吳秀梅看著呆了好一會兒，才愣愣地問李准。

「是這樣的。吳小田把這些照片送給我。讓我留個紀念。我怕這些照片非常地珍貴，不敢獨自留下，故拿來請你看看，如果這些照片你認為非常地寶貴，就請你收回去。」李准在這個母親面前不得不再次撒謊。

「其實……其實也沒什麼。這些都是吳小田小時候留下的照片。這孩子貪玩，有一天不小心把這照片撕去一塊，再也找不到了。他為了彌補這個過失，一直把這幾張照片帶到身上。」

「原來是這麼回事。」李准輕輕地歎了一口氣。

「大媽……」沈雨薇想說話，見李准朝他使眼色，便把話嚥了回去。

「這照片我留著也沒有什麼用。」吳秀梅遲疑了一下又把照片給了李准。

「大媽，吳小田對把照片撕去一塊，一直耿耿於懷嗎？」沈雨薇最終還是把想要問的話說了出來。

「這孩子小時候就愛較真，又愛貪玩，把照片撕壞了，他的確很後悔。」吳梅梅歎了一口氣。

「大媽，不好意思，耽誤你的時間了。我想順便問一下，吳小田的爸爸……」李准的話還未說完，吳秀梅突地站了起來，神情顯得非常激動。

「如果你們沒有別的事要問我，我要做午飯了。」吳秀梅下了逐客令。

吳秀梅的這個舉動太突然了，李准與沈雨薇對視了一下，便站起身來向屋外走去。

「隊長，我覺得這個吳大媽好像挺有心事的。還沒有問出個名堂來，我們就這樣走了？」沈雨薇只覺得今天的事來得太突然。

「當然不會這樣走了，但我們先向嚴局彙報一下這裏情況。」如果就這樣走了，那不是他李准的辦案風格。雖然他與吳秀梅只有簡短的幾句對話，但他憑多年的辦案經驗，隱隱約約覺得吳小田的死與他的身世有關，或者與吳小田的父親有關。李准掏出手機給嚴立明打了一個電話，得到的回答與李准預想的一樣：嚴立明讓他們堅守在這裏。

待李准彙報完，沈雨薇想不明白吳秀梅為什麼會這樣，又問李准：「隊長，為什麼吳大媽一提到她的丈夫就那麼激動，最後竟然把我們趕了出來，她的行為好古怪。」

「看來，事情比我們預想中還要複雜。如果這照片與吳小田的父親有關，那吳小田的父親又會是誰呢？」李准陷入了沉思之中。

「我們找個旁人問一下不就知道了？」沈雨薇有些天真地說。

「如果問旁人知道的話，還用得著現在問這個問題嗎？」李准笑了笑，說，「我與吳小田是多年的朋友，他對我提起過他的父親的事只有一次，他說他的父親死了。」

「他父親死了？這怎麼可能？」

「這話你算是說對了。我也不相信吳小田已經死了。所以，我們來這裏之前，就請嚴局幫我查一下吳小田的身世。你猜嚴局剛才怎麼說，他說，吳小田與他母親是在二十五年前搬到這裏的。之前的事怎麼也查不到，你不覺得這事可疑嗎？」

「原來還有這樣的事？」沈雨薇吃驚不小。

「我們現在該怎麼辦？」沈雨薇見李准說得這麼嚴重，心裏有些沒底了。

「我也很想知道答案，僅憑吳小田的三張照片，能在他家裏查出什麼來？我感覺這件事嚴重性已經超過了我的預期想像。」李准明白，這不單單是吳小田死亡的事件。這件事的背後肯定有一個特大的陰謀，而且是事先策劃好了。這個幕後策劃者會是誰呢？只是李准覺得不能在這裏耽誤下去，於是改變了主意，決定回局裏。

第十六章 不速之客

九月四日上午十一時，三合村小路邊。

雖然時針指向上午十一時，但還不到吃午飯的時候。在村外的小路上，有兩個急匆匆的趕路人，他們此時顯得非常地焦急，又有些詭異。在村外的一個背靜處，便坐下來大口大口地喘粗氣。這兩人就是苟東賢和江建國。

「你確定吳小田的家就住在這個村裏嗎？」江建國還是有些不放心。

「我已經打聽清楚了。是吳小田的老鄉告訴我的，他們就在我的工地上做小工，還是吳小田介紹的。」苟東賢喘著粗氣回答。

「他家裏有些什麼人？」江建國沒有先前的膽量，有些害怕起來。

「只有他老娘一個人。只要我們先嚇唬嚇唬她，她肯定會說實話的。」苟東賢胸有成竹地說。

「我是說吳小田是否回來過，他有沒有託人把那個硬碟帶回家裏。」江建國平時說話粗聲粗氣，可一旦遇到真事了，他還是有些畏首畏尾。儘管江建國心有不甘，但是苟東賢對他有著極大的威脅。江建國與苟東賢認識也有七八年了，他太清楚苟東賢的為人了。別看苟東賢平時在他面前像條狗一樣搖著尾巴，可這個人心眼卻特別多。他昨天把吳小田叫到船上，明義是做新聞報導，誰知道他有沒有讓吳小田暗中做手腳？特別是以前自己收賄苟東賢的好處時，誰知道他錄音或在暗處偷拍沒有。江建國覺得現在才明白已經晚了，他不得不被苟東賢牽著鼻子走。

「江局，你的意思是……」苟東賢此時也心裏也七上八下的。他帶江建國來這裏，還是在為自己最後當公務員的事努力拼搏。特別是昨天晚上的飯局，魏一明不爽，潘雨欣不爽，秦思思和張國林也早早地走了，從他們走時的情形都能看出，他們已經在懷疑自己。他們心裏有可能認為是自己讓吳小田這麼做，造成吳小田失蹤的假象。現在江建國來了，說明他也在開始懷疑自己了。

「老苟啊，不是我說你，你為什麼要請電視臺的記者來，你難道不知道考察你這樣的特殊人才，弄個記者來報導，這不是給魏一明添麻煩嗎？你去一趟魏一明家裏，有什麼事情辦不妥？」

江建國窩火，又走了半天的路。在市裏，他江建國進出都有小車接送，何時受過這樣的罪？現在又發現苟東賢帶他來這裏，幾乎是一場騙局。因為苟東賢自己也弄不清楚吳小田是不是已經把硬碟帶回家裏，更何況昨天有那麼大的風，吳小田能從東海裏游到岸上來？再說，今天早上吳小田的屍體已經從東海裏打撈上來了。

「江局批評得對。請記者是秦主席的意思，她說魏一明喜歡自己的形象。如果在宣傳方面做一手，魏部長會抹不下面子，會很爽快的答應我的事，哪想到會是這樣的結果。」苟東賢是個聰明人，把責任推給了秦思思。

「老苟啊，魏一明完全可以因這個理由拒絕的。在事前，我曾多次囑咐過你，只要過了魏一明這一關，其他事情都好辦。魏一明啊魏一明，你擺什麼架子啊，不是個副部長嗎？如果不是王部長生病，這事還能輪到你嗎？」江建國說了苟東賢，又埋怨魏一明來。

「江局，硬碟的事我肯定能找到。吳小田是否錄了像也很難說，再退一步，吳小田如今是生是死都還不能確定，萬一是員警用的迷魂陣呢？現在就擔心是不是太早了？」苟東賢見江建國的話有些模稜兩可，心裏極不舒服，可他又不敢表現出來。

「不怕一萬，只怕萬一。萬一吳小田錄了像，他又沒有死呢？我們豈不栽了？這事都怪你，為什麼要當吳小田的面送銀行卡？當時大家都在為你的事盡心盡力，誰也沒有注意到吳小田拍攝沒有。再說事情又如此地巧，吳小田失蹤，硬碟就不見了。萬一吳小田把硬碟送到檢察院或公安局，你想想會是什麼後果？」江建國有些恨鐵不成鋼的樣子。

「江局批評得是，我們千算萬算，沒有算到吳小田會失蹤。如果吳小田真沒有死，我也要找人讓他永遠消失。」苟東賢一想到上午的事，牙齒咬得「咯咯」地響。

「你現在怪誰都沒有用了，想想辦法吧。」江建國既火又怒，但他只能心平氣和地與苟東賢說話，他不想讓苟東賢這麼快就看出了他心裏不爽。

「江局，不說這些了。等會兒我們去吳小田家裏怎樣做？」苟東賢試探著問江建國，想從江建國口裏得到一個準確的答案，怕萬一事情沒做好，江建國又要怪他。

「這事還要我教你嗎？你當了這麼多年老闆，平時是怎麼做事的？」江建國把這個難題又推了回去，讓由苟東賢自己拿主意，萬一再出了什麼事，也與他江建國不相干。

「那……那好，就按照我的意思辦。」其實苟東賢心裏早就有主意，對付一個農村婦人，跟她講道理肯定是行不通的，農村人是怕硬不怕軟。

「隨便你怎麼做，只要能找出硬碟。」江建國只想能夠儘快地找出硬碟。

第十七章　思念如水

九月四日中午十二時三十分，東江電視臺。

午間新聞一播完，江小麗拖著一身的疲憊回到辦公室，趕緊倒了一杯水猛喝起來，然後重重地半躺在沙發上，看到對面牆上的吳小田照片，心裏有一種說不出的苦楚。吳小田在她的腦海裏揮之不去。儘管與吳小田分手才一天，以後是永遠。江小麗想把對吳小田的思念深深地埋在心底，可越是想這樣，思念越如潮水般湧了出來。

儘管吳小田失蹤後，江小麗給了自己一百個理由，認為吳小田會平安無事地回到臺裏。就在今天早上一班時，臺裏幾個領導都先後找她談話，她才知道吳小田的屍體已經從東海裏打撈起來。儘管在昨天江小麗早就把吳小田失蹤的事報告給臺裏，但臺長要求江小麗暫時不要外傳，等待進一步結果。

吳小田就住在江小麗隔壁的辦公室，兩人的關係一直非常好，經常一起出去採訪，被臺裏稱為黃金搭擋，也有人非常看好江小麗與吳小田將來會成為一對兒。江小麗也默認了，吳小田雖然沒有默認，卻把自己辦公室的鑰匙給了江小麗。

江小麗起身拿起鑰匙打開了吳小田辦公室的門，裏面的東西擺放得整整齊齊，這都歸於江小麗的功勞。以前，吳小田的辦公室裏髒亂，江小麗看不過去，就幫吳小田收拾得乾乾淨淨、東西放得整整齊齊的。江小麗發現吳小田的電腦竟然是開著的，ＱＱ也在線上，只是隱身的。江小麗急忙看吳小田的ＱＱ，馬上又翻看電腦裏的文件，希望能找出一些線索來。看著看著，江小麗就吃驚起來，眼睛睜得大大的。江小麗還想看下去時，手機不合時宜地響了起來，是臺長打來的，說市委組織魏部長來找她，讓她馬上去一趟他的辦公室。

天不見，魏一明看上去老了許多，拿著茶杯的手還在微微發抖。江小麗明白魏一明此時來找她的用意。臺長藉故走了出去，並帶上了門。

「魏部長，你找我有什麼事？」江小麗還惦記著吳小田的電腦裏的檔案。

「既然這樣，我也不轉彎抹角，實話實說。」魏一明把茶杯放在茶几上，手也不像剛才的那樣的抖動，「吳小田的攝影機裏是否真有一張硬碟？」

「不知道。」江小麗不明白魏一明對攝影機的事知道多少。

「我剛剛與臺長談過話，他說你們臺裏的攝影機在幾年前就不再使用錄影帶了，全換成了硬碟。」魏一明儘量把話說得委婉些，他不想激怒了江小麗，昨天在遊船上的人，只有江小麗可以認定攝影機裏是否有硬碟。

「魏部長，我只是一個主持人，順帶出去採訪。昨天與吳小田接到秦主席的緊急電話去採訪你們，吳小田是否帶上硬碟，我還真不知道。」江小麗說出這句話，連她自己也不相信。

「小麗啊，你這就不對了。昨天我們都在場，你不會看到別的什麼了吧？」魏一明突然發現此行來電視臺是多餘的。

「魏部長，你也知道事情發生時我正在背臺詞，直到秦主席喊我開始錄影了，大家才發現吳小田失蹤了。當時大家都猜測他掉進東海裏。可沒有人施救……」江小麗說這裏心酸酸的。

「事情是這樣……」魏一明見江小麗的話說得滴水不漏，看來他小看了江小麗，來電視臺的確是一個錯。

「魏部長，如果沒有別的事，我就先走了。」江小麗迫切地想離開魏一明。

「小江，我今天來找你事千萬不要對任何人說。」魏一明見江小麗不願意說，也只好作罷，這事不能強求，弄不好會適得其反。

「魏部長，今天的事我不會對任何人說的。」江小麗以前雖然常跟著吳小田去採訪，凡是市裏重要的會議都是他們也去現場採訪，從沒有出過差錯，這次純粹是意外，讓人想不到的意外。早上也有幾個員警來瞭解情況，只問了一些基本情況就走了。從員警的問話上可以看得出，他們是例行公事，換句話說，吳小田的死亡除了意外還是意外，如果真要查下去，牽涉的人不能小覷。

「那就好。」魏一明說完就站起來拉開門走了出去。

江小麗在臺長室待了一會兒，極力穩住情緒後才走出去。見臺長正站在門外，用疑惑的眼光看著她。江小麗只向臺長點了一下頭，以最快的速度回到辦公室裏，然後把門關得死死的，眼淚忍不住掉了下來。儘管她強迫自己不要哭出來，最後還是哭了出來。

江小麗多麼希望吳小田的死亡又是一次意外，或許是吳小田為了看颱風來時的東海風景，不小心掉進海裏，因沒有人發現，他最終溺水而亡。當臺長把吳小田的事告訴她時，她才知道吳小田真的死了，接著又有員警來詢問……

「吳小田啊吳小田，你為什麼要離開我？你還有美好的前途，你還有我啊。你為什麼要丟下我不管？你就這麼狠心地走了。」江小麗一邊哭，一邊念叨著。

哭著，江小麗又後悔起來，回想起吳小田最近一段日子裏，變得沉默寡言了，也不愛說笑。以前，一旦江小麗遇到不順心的事，吳小田就會百般變戲法似地逗她笑。自己平時怎麼就不好好地關心他呢？

江小麗哭夠後，才站起來走到外面，見外面都沒有人了，迅速走進了吳小田的辦公室裏，插上隨身碟，把吳小田電腦裏的檔案拷下來，然後把電腦上所有的檔案都刪除，並把電腦關了。做完這一切，江小麗長長地歎了一口氣。回到辦公室裏，坐到沙發上眼淚忍不住又流了出來。

第十八章　攝影硬碟

九月四日中午十二時三十分，東江市公安局。

十二時三十分，李准與沈雨薇終於回到局裏，直奔嚴立明辦公室。見到李准和沈雨薇，嚴立明像彈簧似地站了起來，看到李准和沈雨薇失望的臉色後，便說：「我這邊有線索了。」李准和沈雨薇去三合村後，嚴立明他也沒有閒著，著手調查昨天在東海遊船上與會人員，終於查到了一些眉目。

「嚴局，有什麼線索，快說說。」一聽有線索，李准又來了勁，迫不及待地問了起來。

「吳小田攝影機裏的一張硬碟不見了。」嚴立明知道事情的嚴重性，去遊船上的都是市裏有頭有臉的人，他們沒有一個人是好惹的，一旦有事，他們都是相互照應著。這令嚴立明十分頭痛，因此，他才不得不派李准暗地查訪。

「攝影機裏的硬碟不見了？」李准憑著職業的敏感，馬上想到其中的奧妙所在，「我們見到吳小田的屍體時，我和沈雨薇都清查過，口袋裏除了一些零錢外什麼都沒有。這樣存在著兩種可能：一是吳小田或者有人把硬碟藏一個祕密的地方；二是吳小田直接放在口袋裏，落水後硬碟掉出來沉入了海底。如果是後者，我們恐怕沒有機會得到這張硬碟了。」

「你的第二個問題我也想過，問題是吳小田怎麼掉進東海裏的？如果說是一場意外，這個案子就成了無頭案。其二，為什麼在出事前我收到了吳小田發來的簡訊？」嚴立明分析道。

「嚴局，如果說吳小田的死不是意外，那就是謀殺，正如剛剛聽你所說，其他人都在船艙內，是誰會謀殺吳小田？誰會這麼傻？」沈雨薇說出了她不同的看法。

「嚴局，這是我接手以來最為艱難的案子。說實在，如果不是你收到那條簡訊，我們還真認為吳小田的死是一次意外。」李准若有所思。

「李准，如果這個案子不複雜，我能把你從運河上抽調回來嗎？你還是談談你的看法吧。」嚴立明盯著李准，他知道李准對案情肯定有自己的看法，只是他現在還不願意說出來。

「荀東賢是什麼人？昨晚我已經查過他的檔案，多年前，他只是一個社會上的混混，曾在東江大酒店裏蹭過飯，有一天被人打了，是酒店服務生施莉莉救了他。此後，荀東賢一改常態，洗心革面，涉足房地產後便一發不可收拾。前些日子，他還出資幫文聯辦了一個九〇後的書畫展，秦思思也因此沾了光。按照我們常規的想法，荀東賢作為特殊人才引進，絕對有這個可能。但是，我注意了一個細節，就是荀東賢的年齡，戶籍上顯示他今年五十八歲了。按照政策法規，荀東賢已經沒有機會進編制當公務員了。為什麼苟東賢又有了機會呢？」李准一口氣說了這麼多的話，忍不住停了下來，端起茶杯喝了一口水。其實這些話早就在李准心裏想好了，自從他親手抓了自己的父親後，他就一直被人指指點點，特別是市裏的有些人，見到就躲開，好像李准有傳染病一樣。特別是母親在父親被判刑後，差點瘋了，雖然母親的病治好了。可李准總覺得對不住母親。有時候他在考慮做事情是否非要認真。可每當穿上警服，戴上警帽時，李准才能找回那種自信。

「隊長，你的意思是說苟東賢就是幕後兇手？」沈雨薇脫口而出。

「小沈，不要打斷李准的話，讓他把話說完。」嚴立明很欣賞地聽著李准分析。

「嚴局，我猜測這事有三點原因：一是吳小田發現了苟東賢一些見不得光的勾當；二是吳小田不願意與苟東賢同流合污，苟東賢也絕不允許任何人阻擋他當公務員的事；三是吳小田用攝影機留下了證據。這三點是吳小田死亡的原因，因而才有攝影機裏的硬碟被丟之事。如果真是這樣，苟東賢就是這次事件的主謀，他把魏一明等人請到東海裏的遊船上，又在颱風期間，這可以讓吳小田死去，又讓我們查不出他就是兇手。可是……」李准說到這裏卻不說下去。

「隊長，你快說啊，老是吊人胃口。」沈雨薇有些迫不及待地想聽李准把事情全部分析完。

「李准，說下去，我們現在是分析，又不是定案。」嚴立明聽到李准的分析不住地點頭，又示意李准說下去。

「可是，這些都是我們的猜測，沒有一點證據。再說硬碟的事，我們根本無法查找。吳小田的屍體是派出所的員警打撈起來的，我與雨薇就趕到現場搜查吳小田的身體，他口袋裏除了零錢外，別無其他東西。如果說硬碟掉進東海裏，那麼所有的證據也會隨之消失。我們不可能把東海裏的水抽乾，去找一個小小的硬碟吧？即使派潛水夫下去尋找，也未必能找到。」李淮的分析道。

「李淮，假如那個硬碟沒有掉進東海裏，又會在誰哪裏？」嚴立明問李淮。

「那是不太可能的。如果真如隊長分析那樣，除非吳小田把硬碟放在遊船上，可遊船我們也派人搜查過了，根本沒有啊。」沈雨薇說。

「有時候的事往往看似不可能，結果就是可能的事。作為刑警隊的骨幹，不要放棄任何線索，而且往往看似沒線索，經過調查走訪，線索就出來了。」嚴立明把眼睛盯向了李淮。

「嚴局，如果硬碟沒有掉進東海，也不可能在遊船上。如果事情真如我們分析的那樣，苟東賢或者說其他人肯定已經搜查過遊船了。如果硬碟在遊船上，也早被人拿走了。怎麼會輪到我們搜查到呢？」李淮不無擔心地說。其實，李淮從三合村回來的路上，就一直在想這個問題，當然他沒有想到硬碟的事，他總認為遊船上肯定留有什麼線索，只怪自己太大意，加上風大雨大，大家都草草地搜查了遊船就收了隊。

「我們現在非常地被動啊。李淮，無論如何你都要把那張硬碟找出來。只有找到硬碟，事情就會真相大白。」嚴立明看似不要緊的話，卻是在給李淮下死命令。作為東江市公安局的局長，嚴立明從沒有這樣給李淮下過命令。

「嚴局，我們忽略了一個人，她肯定知道一些真相。」李淮突然想起一個人來。

「誰啊？隊長，就別賣關子了。」沈雨薇一直在思考，可她就是思考不出問題的所在，聽到李准這麼一說，心裏直癢癢的。

「江小麗。其實，我早就該想到她了。」李准此時突然想到江小麗，他怎麼把這麼重要的一個人忽略了呢？在遊船上除了江小麗和吳小田外，其他人都是與苟東賢有瓜葛的人。

「我就說你有辦法的。」嚴立明的臉上終於有了點笑容。

「但現在還很難說。江小麗到底跟誰站一邊，我現在不能做判斷。」李准又想到這個問題。

「隊長，這項任務就交給我。」沈雨薇自告奮勇地說。

「這項任務肯定交給你，但我們要經過周密的計畫才能行動。這一次，我們既不能打草驚蛇，又要讓案子水落石出，不然，我們會功虧一簣。」李准看了嚴立明一眼，見嚴立明沒有反對，就把他的計畫說了出來。

第十九章　祕密合謀

九月四日，中午十二時三十分，秦思思家。

秦思思從魏一明辦公室裏出來後，連二連三地撥打苟東賢和江建國的電話，都是關機。回到文聯給辦公室的交待了一些工作，便稱不舒服徑直回了家。

中午十二時半，秦思思還呆坐在家裏，連午飯都沒有吃，更怕接電話，不但把手機關了，還把家的電話機話筒也拎在一邊。秦思思越想越害怕，害怕被丈夫知道這事，好在丈夫三天前就出差了，要半個月後才回來。

真是怕什麼來什麼。秦思思越是膽戰心驚，電話沒響，門鈴卻響了。秦思思有些絕望了，想到了自殺，但門鈴響個不停，像是一道催命符。秦思思含著眼淚，忍著恐懼走到門邊，從監視器裏看到按門鈴的人是苟東賢和江建國。

江建國和苟東賢怎麼也沒有想到，在吳小田的家差點被當成了小偷。好在苟東賢嘴巴快，編了一個謊話才把村民瞞了過去，隨後，兩人急匆匆趕回城裏。

無功而返。這令苟東賢和江建國非常生氣，蛇肉沒吃著，還打草驚蛇了。兩人決定來找秦思思打聽一下情況，誰知秦思思的手機關機，家裏的電話又不通，辦公室裏的電話又沒人接。最後，兩人決定到秦思思家裏來看看。

「思思，搞什麼鬼？」江建國一進屋很不耐煩地質問秦思思。

「秦主席，怎麼啦？你頭上那麼多的汗，要不要去醫院？」苟東賢進屋後就把秦思思的家掃了一遍，見秦思思坐在沙上呆若木雞，心裏就咯噔了一下。

「讓我靜一靜，待會兒與你們說話。」秦思思還沒完全從恐懼中清醒過來。剛才的門鈴把她委實嚇得不輕。

「發生了什麼事？」江建國從秦思思臉上的表情發現事情不妙。

「吳小田的屍體早上從東海裏打撈上來了，市刑警支隊的李准帶著人馬去了現場。」秦思思說這話幾乎費了九牛二虎之力。

「我們已經得到這個消息了。」江建國和苟東賢異口同聲地問道。

「你們已經得到這個消息了？」

「他死了，麻煩事也會來了。」江建國的臉上有了一種無奈。昨天還抱著一種僥倖的心理，以為是吳小田與他們開一個躲貓貓的玩笑，或者說他想趁機敲詐苟東賢一筆。

「江局，你說說看，還有什麼麻煩事？」秦思思更加緊張起來。

「什麼麻煩事？吳小田的屍體為什麼這麼快就打撈起來了？市刑警察支隊的李准為什麼要帶人去現場？昨天他也不去了現場嗎？我們市裏不是有一條不成行的規矩嗎？只要李准一出現，肯定是公安局非常重視的案子。」江建國不無擔心地說，而且他好像看到了他的未來，那可是雙手戴著手銬在監獄的生活。

「真有這麼嚴重嗎？」苟東賢和秦思思異口同聲地問道。

「思思，你在文聯也待了好些年頭了，市裏有人犯了事，不都這樣的嗎？難道說你沒有聽說過？」江建國的臉上寫滿了與秦思思一樣的恐懼。

「那我們該怎麼辦？」秦思思的臉色再一次變青。江建國說的沒錯。凡是李准出馬，市裏肯定有重大的案子發生，犯罪嫌疑人最終落入法網。昨天李准去了現場，今天又去了現場，可見他們非常重視吳小田死亡的案件。

「對了，江局，快想個辦法，我們下一步該怎麼辦？我還要當公務員呢……」苟東賢現在最關心的還是他能不能順利地當上公務員。

「你當公務員的事，我看只能緩一緩了。我們還是想想辦法，怎麼把吳小田死亡的責任推脫開才是最重要的。如果吳小田死亡與我們掛上了鉤，你老苟還能當上公務員嗎？你想都別想了。」江建國的心已經涼了。

江建國的話在三人心裏蒙上一層神秘的陰影，陷入了沉思之中，誰也沒有想出好的辦法來。儘管苟東賢想出幾個點子來，都被江建國和秦思思給否定了。吳小田是在他們眼皮底下死亡的，那不是鬧著玩的。就在秦思思失望時，江建國突然一拍茶几，把苟東賢嚇得差點跳了起來，秦思思則差點倒在沙發上。

「大家不要這麼害怕，我覺得要保住我們，必須把魏一明拉下水……」江建國把話只說了一半，後面的話讓秦思思和苟東賢去猜測。

「魏一明他不下水啊，我早上去找他時，他還說把老苟的銀行卡退回來。」秦思思有些擔心江建國的主意不能成為現實。

「是啊，為了把那張銀卡送給他，我們可是想破了腦袋。他好不容易才勉強收下，豈能說退就退？」苟東賢一生氣，眼睛都綠了。

「你們聽我把話說完。魏一明不是裝清高嗎？我們就說吳小田的死亡與他有關係。只要我們的口徑統一，他魏一明就是有千張嘴也說不清楚，你們說是不是這麼回事？」江建國為自己這個想法顯得非常得意。

「這樣做，行嗎？萬一員警不相信我們怎麼辦？」秦思思還是不敢肯定江建國的想法。

「怎麼不行？再說我們在市公安局裏也有關係啊，只要我們找到關係，我就不相信，他魏一明能怎樣？再說魏一明以前得罪了不少的人，大家都希望他倒臺。有了這件事，那些人不正好找機會嗎？我們完全可以利用這個機會啊。」江建國說這話時，臉色也紅潤起來。

「如果我們把魏一明弄進去了，我當公務員的事怎麼弄？」荀東賢心裏極不願意，可現在又不得不聽江建國的。

「那我們現在就去找張國林和潘雨欣他們，讓他們統一口徑。不然，員警查起來了，他們說一套，我們再說一套。」秦思思見江建國的這個主意不錯，頓時來了精神。

「別急，張國林遲早會找上門來的。至於那個潘雨欣，我在想是不是把這個主意告訴她。你們都知道，她與魏一明的關係非同一般。我有點擔心她得到這個消息後，會不會告訴給魏一明。」江建國感到這個辦法不是萬全的。

「那我們現在到底該怎麼辦？」荀東賢和秦思思死死地盯著江建國，希望他能想出一個十全十美的辦法來。

「你們看著我做什麼？老荀心裏不是有主意了嗎？」江建國看著荀東賢不緊不慢地說。江建國以自己與荀東賢交往這麼多年的經驗來看，如果荀東賢沒有想出辦法來，那他就不叫荀東賢了。

「江局真乃神人也。」荀東賢得意地說。

第二十章　心有不甘

九月四日下午十三時，東江大酒店。

中午，一個戴著大帽子，罩著口罩的女人剛走進東江大酒店裏，就被一個人拉住了。拉住她的人是張國林。張國林打量了一下女人，差點笑了出來：「大白天的，你又戴帽子，又戴口罩，也不怕熱啊。」

「你要幹什麼？想耍流氓是不是？」戴口罩的女人有些發怒了。

「雨欣，你以為你戴上帽子和口罩，我就認不出你啦？你這身打扮很特別，也很有女人味，比秦思思好看多了。」張國林說。

「我這麼隱藏自己都被你認出來了，還藏個什麼。」女人說著取下了口罩，露出了她本來的面目。正是潘雨欣。

「我問你為什麼打扮成這個樣子？」張國林有些不解，傻愣愣地問道。

「想打扮一下而已。」潘雨欣以為她這身打扮別人都認不出她，結果一進門就被張國林識破了，十分窩火，又問道，「你怎麼想到來酒店？」

「我思來想去，施莉莉肯定知道荀東賢的下落，所以來酒店裏找她。這不剛剛進門，我就發現你來了。」張國林解釋說。其實張國林在潘雨欣面前說了假話，早上他與潘雨欣分手後，還想著如何找到苟東賢，只有找到苟東賢，他才能向苟東賢邀功請賞。可苟東賢的手機一直打不通，凡是與苟東賢有聯繫的人除了施莉莉外都找過了，最後一步就是找施莉莉瞭解苟東賢去哪兒了，因此，張國林便來到酒店裏找施莉莉，可他找遍了酒店，也沒有發現施莉莉的蹤影，還以為施莉也與苟東賢走了。張國林又有些不心甘，又不敢問別人，只得坐在酒店裏喝茶，希望施莉莉能夠出現。直到中午都沒見到施莉莉，張國林這才有些著急，要了一份飯剛胡亂吃，就碰到一個非常熟識的服務生。張國林便把這個服務生拉到酒店外的一個僻靜處問施莉莉去哪了。這個服務生悄悄地告訴張國林，施莉莉今天被經理停了工，正在辦公室裏整理檔案呢。張國林準備去施莉莉的辦公室時，看到潘雨欣一身嚴裝打扮，便跟了過去叫住她。

「那就一起找她吧。」潘雨欣說完，徑直往施莉莉的辦公室走去。

「對了，雨欣，你是怎麼想到來這裏的？」張國林邊走邊問。

潘雨欣沒有回答張國林的話，臉上有了一種厭惡的表情。自從早上苟東賢和江建國的手機打不通後，她就預感事情不妙，當她從張國林那裏得知道吳小田的屍體從東海裏打撈上來後，更是驚得合不攏嘴。整個上午潘雨欣都在不安中度過，連午飯都沒有吃，越想越不對，又後悔不已，乾脆把手機關了。如果現在找不到苟東賢，自己跳進黃河都洗不清罪名了。潘雨欣思考再三，決定來東江大酒店找施莉莉，可她又怕別人認出自己來，才戴上帽子和口罩。

兩人推開施莉莉的房門，見施莉莉正坐在那裏發呆。見張國林和潘雨欣進來，連招呼也沒有打。

「施莉莉，苟東賢呢？」張國林迫不及待地問。

「死啦。」施莉莉用一種惡毒的口氣回答。

「死啦？不可能。」張國林追問道。

「老張，你也幾十歲的人了，看不出我們莉莉心情不好嗎？」潘雨欣見張國林有些不知趣的樣子，心裏直罵他是個莽夫。

也許是潘雨欣是女人的緣故，施莉莉見潘雨欣指責張國林後，「哇」的一聲哭了出來。她的這個舉動把潘雨欣著實嚇了一跳。

「莉莉，有什麼心事就說出來吧。」潘雨欣知道施莉莉肯定遇到了什麼事，此時最需要人來安慰她，給予她幫助，或者說給予她最親情的溫暖。

「潘局，我的命好苦啊。今天早上，酒店經理通知我休息，酒店裏的其他服務生都用異常的眼光看著我，我從早上到現在都不敢出辦公室，連上廁所都怕。」施莉莉見潘雨欣安慰她，像是抓住了一根救命的稻草，把心中的苦悶全傾倒出來。

「原來是這樣。苟東賢沒來看過你嗎？」潘雨欣問。

「他能看我嗎？我早上受到這樣的氣，給他打電話，手機不通，辦公室電話又沒人接。問公司的其他人，都說不知道他去哪裏了。」施莉莉一邊說一邊抹眼淚。

「苟東賢的手機打不通？」潘雨欣早就知道苟東賢的手機不通，還是裝模作樣地問了一句。

「他是不是跑了？」一直沒有插上話的張國林終於抓住了機會。

「不會的，他說過無論如何到哪裏他都會帶上我的。如果他出去了，至少會給我說一聲的，昨晚我就打他的手機，通了，卻沒人接。今天早上就打不通了。特別是今天經理讓我休息，還有店裏的那些服務生用異樣的眼神看我，我想老苟多半出事了。潘局，你想想辦法幫我打聽一下。」施莉莉的話還沒有說完，又哭開了。

「莉莉，你想得太多了。如果苟東賢出事了，我們肯定會得到消息的。可我託人打聽過，市公安局今天沒有抓人啊。」現在聽施莉莉這麼一說，潘雨欣也有些摸不頭腦了。苟東賢到底去哪裏了？是不是苟東賢肯定知道了什麼，或者說他預先逃走了。一想到這個問題，潘雨欣的頭大了，早上自己的主意是對的，如果現在還不走，等員警發現自己了，到時想走也走不了了。

「雨欣，老苟到底到什麼地方去了？」在一旁的張國林見潘雨欣沉思起來，便明白事情不妙。

「我哪知道他去哪裏了？我又不是他的跟屁蟲。」潘雨欣終於火了，輕視了張國林一眼，心裏更加厭惡起來。就是自己要逃，也得把張國林撇開。

「潘局，如果老苟真出事了，我也不活了。」施莉莉用一種期望的眼神看著潘雨欣，好像潘雨欣不答應，她就可能馬上拿刀子抹脖子似的。潘雨欣也知道，如果此時不答應施莉莉，恐怕是一個不現實的做法，於是點了點頭。

「莉莉，你放心，一有苟東賢的消息，我就馬上給你打電話。」潘雨欣已經從施莉莉的眼裏看出來，她絕對不是在演戲。苟東賢去哪裏連施莉莉都不告訴，看來這苟東賢還真不能深交啊。

「雨欣，你再想老苟會哪裏？還有江建國，他的手機也打不通，他們兩個是不是逃跑了？」

張國林說話真是不看場合。

「我先去一下廁所。」潘雨欣再也受不了張國林愚蠢的問話，突然想到上廁所是離開他們的最好辦法。

潘雨欣出了施莉莉的辦公室，急忙跑到廁所裏，洗了一下臉，出來見張國林沒有跟來，馬上轉入樓梯間，下了樓就從酒店的後門走了出去。

第二十一章 協助調查

九月四日下午十五時，太和茶樓。

週末，太和茶樓生意出奇地好，連過道裏都坐滿了人。沈雨薇側著身子才勉強上了梯口，在服務生的指點下走進了水月軒包廂，江小麗正坐在裏面，麻木地看著她進來。

沈雨薇也很快發現江小麗不但目光有些呆滯，臉上很還幾分焦碎，眼睛還有些紅腫，顯然她剛剛哭過。江小麗可能就是這個案子的關鍵人物之一。

「你找我有什麼事？」江小麗冷冷地問道。

「只想同你聊聊。」沈雨薇怕直接進入主題，會使江小麗反感。

「聊什麼？聊你到電視臺去告我的狀？」江小麗有些不滿。

「江小姐，請不要生氣，我找你是我的工作職責。」沈雨薇在接到李准和嚴立明的命令後，驅車趕到電視臺時江小麗已經回家了，只好找到臺長要了江小麗的電話號碼，江小麗怎麼也不接電話，沈雨薇不得已才讓臺長打電話給江小麗。臺長知道沈雨薇是為吳小田的事來，他的壓力非常大，也希望儘早破案。江小麗終於接臺長的電話，便把沈雨薇約在太和茶樓見面。

「有事請直說，我的身體不舒服，恕不能久陪。」江小麗明知沈雨薇來調查自己，詢問關於吳小田死亡的案子。作為東江電視臺主持人兼記者，江小麗見過形形色色的人，經常面對一些虛偽的場合。但江小麗身不由己，又不得不忍受。吳小田開導她，只要把那些場合當成樹木，或者螞蟻就行。吳小田的話很起作用，久之，江小麗養成了麻木的習慣。

「江小姐，請談一下你與吳小田昨天去東海遊船採訪的事情始末？」沈雨薇問這話時，眼睛直直地看著江小麗。

「吳小田死了，有什麼好談的？要談你們去找苟東賢談吧。昨天他與組織部的魏部長是主角，我們都是配角。」江小麗的話比她人還要冷。

「江小姐，不要生氣。最初的情況我們都瞭解過，想在你這裏得到一些證實。希望你能配合我們。」沈雨薇儘量把話說得委婉些。

「我能不配合你們嗎？我工作了一天，還沒有休息呢。」江小麗的話中的敵意越來越濃。

「我知道你此時心裏非常難過。你與吳小田是同事和黃金搭擋，又是一起採訪時，他遇難，換成任何人都會難過。」沈雨薇見江小麗非常地不配合，乾脆來了一個以毒攻毒的方法。

「不准你這樣說他。」江小麗突然站起來，衝著沈雨薇大喊。

沈雨薇沒有想到江小麗會表現得這麼激動，隱隱覺得江小麗與吳小田之間存在著某種關係，而且非同一般，便說：「江小姐，不要激動。吳小田的意外死亡我也感到很悲痛，但是人死不能復生。我們現在把事情查清楚，還吳小田一個公道，以告慰他在天之靈。」

「你們去查啊，在我這裏是消磨什麼時間。」江小麗的聲音仍然很冷。

「江小姐，請你相信我們。作為員警，我們的職責就是絕不會冤枉一個好人，也絕不會放過一個壞人。」沈雨薇見江小麗仍然有抵觸情緒，知道這事不能著急，只能慢慢地開導她。

「你們員警不冤枉好人，不放過一個壞人？我看是你們沒有實際行動的口號吧？」江小麗的話中透露出不滿。

「江小姐，請你相信我們。」沈雨薇沒想到江小麗這麼抵觸員警。

「如果沒有什麼事，我要回家休息了。」江小麗說著就站了起來。

「江小姐，這麼急著走，是想隱瞞事情的真相嗎？」沈雨薇乾脆來了一句話來激怒江小麗。作為東江電視臺的名主持和名記者，江小麗一般不把任何人放眼裏，特別是對於同性，她是不屑一顧的。何況沈雨薇還是個初出茅廬的女員警，她能來太和茶樓裏與沈雨薇見面，已經給足了沈雨薇的面子。

「你說什麼？」江小麗穩住了挪動的步子。

「江小姐，你要知道那是一條人命，我相信一個有良知的人是絕對不會隱瞞事情的真相，而且這個人還是你最親密的夥伴，你一定不會坐視不管的。如果有你良知的話，請你告訴我事情的真相，為我們破案有所幫助。」沈雨薇一字一句地對江小麗說，表情也十分嚴肅。

「你……好吧，我告訴你我所知道。」江小麗發現沈雨薇比她想像中要厲害得多，於是把她所知道的情況告訴給沈雨薇，「昨天早上，臺裏讓我與吳小田去鄉下採訪，剛要出發時，我突然接到文聯主席秦思思的電話，讓我去東海上採訪。秦思思說苟東賢是市裏特殊人才，魏部長好不容易才有空，這絕對是一個好新聞。一是作為文化大市，市裏不拘一格用人才，這樣的新聞在全國也屬罕見；二是秦主席與我私交甚好，也覺得秦思思的話很有說服力。我便上報了臺長。臺長與臺裏的其他領導商議後，決定把這個任務派給了我與吳小田。當我們匆匆地趕到東海時，秦思思等人都已經來了，而且臺詞都寫好了。吳小田粗粗地看了一遍，說行，讓我背。結果我在一邊背臺詞時，吳小田就失蹤了。」

江小麗一口氣說了很多，但沈雨薇覺得她沒有說到重點，這些，沈雨薇早就瞭解清楚了。

「江小姐，還有別的嗎?比如，他與你去之前有沒有什麼異常的反應?」沈雨薇進一步問道。

「沒有。他這個平時不太喜歡說話，也不喜歡開玩笑。工作是他唯一的愛好。」

「那他與別的人交談時，有沒有什麼變化?」

「我只知道他除了採訪外，一般都把自己關在辦公室裏。」

「聽說吳小田失蹤後，他的攝影機裏的一張硬碟不見了，你認為這是真的嗎?」

「肯定是真的。因為我們電視臺的攝影機幾年前就不再使用錄影帶了。」

「是誰先發現這張硬碟不見的？」

「好像是張國林第一個發現攝影機的硬碟不見了。大家經他一提醒，才知道不僅僅是吳小田失蹤，還有那張硬碟。最後，大家好像對硬碟一事非常在意。」

「哦。」沈雨薇終於證實了有硬碟不見一事。

「沒有其他事，我就要先回去了。」江小麗再次站了起來。

「希望你想起了什麼事，請與我聯繫，協助我們調查。」沈雨薇說著拿出一張名片遞給了江小麗。儘管沈雨薇知道江小麗絕不可能再告訴她什麼，但還是抱了最後一線希望。

第二十二章　毀屍滅跡

九月四日晚上二十二時，東江市殯儀館。

深夜，東江市殯儀館外一片漆黑。二十二時許，苟東賢和江建國貓著身子來到殯儀館前，四處看了看，然後翻牆而過，悄悄地向停屍間摸去。兩人從秦思思那裏得知吳小田的屍體被送到殯儀館後，決定從他的屍體上找到一些線索或者證據。這個辦法雖然有些冒險，但比證據落在員警手裏強。

殯儀館的太平間裏的一盞燈發著微弱的白光，讓人不寒而顫。苟東賢輕車熟路地來到太平間前。這個地方對於苟東賢來說再熟悉不過了。每年他都要來這裏很多次，除了給死者鞠躬外，還要陪著一張苦笑的臉。當然那些死者不是苟東賢的親戚，但他不得不來。

「江局，你說說吳小田的屍體會停在裏面嗎？」苟東賢問江建國。

「你問我，我問誰去？」江建國有些不耐煩地回答。

太平間門上沒有上鎖，這令苟東賢和江建國都感到十分意外，他們以為會在開鎖上費很多時間，出門前帶了不少的工具。

「江局，看來天都幫助我們。」苟東賢有些得意地對江建國說。

「還囉嗦個屁，趕緊進屋去找。」俗話說人死為大，入土為安。江建國這時哪有心情過問這些，萬一被人發現這可不是鬧著玩的。如果連死者的遺體都不放過，會被世人所唾罵的。

苟東賢急忙走了進去，翻看了好幾個冷凍箱後，都沒有發現吳小田的屍體。

「啊……啊……」突然，江建國驚叫起來。

「江局，什麼啊？」江建國的驚叫，把苟東賢也嚇了一大跳，趕緊問起來。

「老苟，你快來看。」江建國穩住了心跳聲。

苟東賢以為江建國找到了吳小田的屍體，馬上走了過去。看見冷凍箱裏的並不是吳小田的屍體，而是一個年輕女人屍體。雖然女人已經死去好些時日，但完全可以看出她生前一定是一個人見人愛、人見人喜歡的女人。

「江局，她很像一個人……」苟東賢剛想把這個女人像誰說出來，又趕緊住了口。

「他媽的，豈止是像，明明就是她嘛。」江建國又何嘗不知道這個女人是誰？這就是他驚叫的原因。其實，江建國雖然近五十歲，卻不顯老，看上也只有四十歲的樣子。四十歲的男人正是成熟穩重的時候，所以，四十歲男人成了眾多年輕女子追求的對象。江建國沾了他面貌的光，只要他走在外面，肯定會吸引許多女子的注意。江建國與一些女人也是逢場作戲，但他對女人卻是非常挑剔，一般的女人他都看不上眼。直到有一天，他與苟東賢又去東江大酒店時，施莉莉帶來一個女人敬酒，江建國的眼睛就直了。苟東賢發現後，馬上讓施莉莉安排女子與江建國單獨在一起的機會。此後，那個女子就成了江建國的固定情人，苟東賢也成了江建國最知心的朋友。是朋友就得為朋友兩肋插刀。這次為了苟東賢當公務員的事，江建國的確幫了不少的忙，以至於現在兩人還站在一起。

一個女人就讓自己喪失自己的底線。但女人無論有多漂亮，但有老的時候，也有死的時候。老了就十分難看，死了與最醜的人一樣會躺在這殯儀館裏，直至被火化，最後魂飛煙滅。江建國突然有了一種悲哀。

「江局，你怎麼啦？」苟東賢見江建國看著那個女人的屍體發愣，以為他見景生情，想安慰一下他，又不知該說什麼。

「沒什麼。我是想世上竟有長得如此相像的人。」江建國不想讓苟東賢看出心事。

「哦。江局還是一個有情之人啊。」苟東賢話裏有話。作為在一個在商場與官場上混的人，江建國剛才發愣之際，苟東賢已經想了很多，江建國今晚能跟著他苟東賢來殯儀館也是有目的，如果不是被自己套住了，他會跟著自己來嗎？今晚的目的就是要把吳小田的屍體毀滅掉，然後讓江建國等人放心地替自己辦事。

「不要亂說，快找吳小田的屍體。」江建國吩咐苟東賢。

「好。我們還是分開找，這樣更快些。」苟東賢分開找自有他的目的，他有很多事是江建國不知道的。如果說苟東賢沒有一點手段，當初也不會從一無所有到東江市最大的房地產開發商，更不會有機會成為東江市的特殊人才。

苟東賢與江建國又挨個地翻看冰凍箱。只幾分鐘，苟東賢就叫了起來：「江局，找到了。」江建國聽到苟東賢喊聲，急忙走了過去。看到吳小田的屍體就躺在冰凍箱裏，江建國氣不打一處來，對著吳小田的屍體吐了兩口沫，罵道：「這個鳥人，害得老子好苦啊。」

「江局，現在怎麼辦？」苟東賢明知故問。

「怎麼辦？搜他的屍體啊？看看有什麼線索沒有。如果沒有，趕緊把他的屍體背出去丟了。千萬不要讓員警再發現什麼。」江建國心急如焚地說。

「好。」苟東賢回答後，馬上翻著吳小田那冰僵了的屍體。突然。苟東賢在冰凍箱下發現了一張硬碟。

「江局，你看這是不是攝影機裏的那個東西？」苟東賢把那張硬碟拿出來，遞給了江建國。

「這個鳥人，還真留了一手啊。」江建國翻看了硬碟，是不是攝影機的那張硬碟，最好的辦法就是馬上拿回去檢驗一下。

「江局，硬碟找到了，我們是不是還把吳小田的屍體背走處理掉？」苟東賢徵求江建國的意見，他苟東賢不樂意背一個死人。

「當然要處理掉，他把我害得太苦了。老苟啊，他沒有把你害苦嗎？」江建國見硬碟找到，心裏的那塊石頭落了地。

兩人正準備搬弄吳小田的屍體時，門外響起了腳步聲。

「壞了。有人來了。」江建國與苟東賢剛躲到門後，門就被一個人推開了。苟東賢不容分說，掏出口袋裏的敲門用的工具朝著那人頭上打了下去。那人「撲通」一聲倒在地上，苟東賢拿著手電筒朝那人照了一下，發現是殯儀館的管理人員沈阿團。

「管他是誰，還不快走。」江建國已經嚇破了膽，他沒想到此時會有人來，更沒有想到苟東賢會把那人打倒在地上。

「吳小田的屍體呢？」

「這個時候了，你還管吳小田的屍體，再說硬碟已經到手。你想員警查到我們嗎？」江建國有些不高興，說完就往門外跑去。苟東賢只好跟著跑了出去。

第二十三章　追查到底

九月五日凌晨兩時，東江市公安局。

東江市公安局裏燈火通明。嚴立明眼裏佈滿了血絲，臉上還帶有一股怒氣，在會議室裏來回走個不停。如果李准和沈雨薇不回來，他是不會停下腳步的。

就在這時，李准和沈雨薇急匆匆地走進了會議室。嚴立明馬上停下了腳步，走到會議桌前把泡好的茶水親自給李准和沈雨薇遞了過去，待李准喝了一口茶後，說：「馬上開會。李准，你把情況向大家介紹一下。」

「是。嚴局。」李准挨著嚴立明坐了下來，開始彙報他與沈雨薇去東江市殯儀館的事。

「我們在接到殯儀館管理員沈阿團的報警電話後，馬上前往現場瞭解情況。事情是這樣的：沈阿團下班前接到一個朋友的電話，讓他去東江大酒店赴宴。結果，沈阿團下班後赴宴心切，忘記了鎖太平間的大門。在宴會上，沈阿團被人多灌了幾杯酒，回家睡了一覺，酒醒後才想起這事，於是馬上駕車趕往殯儀館，剛剛要鎖門時，聽到裏面有人小聲說話，以為自己酒還沒有醒，仔細一聽，裏面的確有人在小聲說話。心想難道有死人復活了？便壯著膽推開門去想看究竟，誰知剛進門就被人擊昏過去。待他醒過來後，馬上報警。我們趕到後，經過盤查，發現吳小田的屍體被翻動，好像是有人在他身上尋找東西。」李准一口氣把事情的經過全部說了出來。

「你能斷定沈阿團沒有說謊？」嚴立明問道。

「沈阿團的頭上有鮮血，雖然經過簡單的包紮，但鮮血已經把紗布都浸透了。另外，我們在案發現場發現了兇器——一把扳頭。如果再敲擊重點，沈阿團估計性命難保。」沈雨薇搶先回答嚴立明的提問。

「雨薇說得沒錯。通過現場偵察，足已證明犯罪嫌疑人是想在吳小田屍體裏找到什麼。」李准又補充說。

「無論是誰，連死人的屍體都不放過的人，是罪大惡極之徒。」嚴立明非常地生氣。雖然他一接到李准的電話後，知道了事情的大概，但還是忍不住憤怒起來，又立即把局裏幾個得力幹將叫到局裏開會。作為一局之長，嚴立明遇到過的刑事案件太多了，但遇到連死者的屍體都要動的還是頭一遭。

「這個兇手也太不道德了，居然連死者的屍體都要亂翻。」沈雨薇還在憤憤不平。

「李准，你還是分析一下案情吧。」嚴立明點將。李准去了現場，肯定還有許多事情沒有說透。

「這件事我們足可以聯繫到吳小田死前，他的攝影機裏有一張硬碟丟失。而且我們已經在江小麗那裏得到了證實。如果我沒有判斷錯的話，那張硬碟裏肯定有什麼見不得人的事。今晚吳小田的屍體被翻動，犯罪嫌疑人就是想從吳小田屍體上找到那張硬碟。只是目前還沒有證據來證明。」李准說著喝了一口水。

「你繼續分析。」嚴立明說。

「在東海上考察苟東賢，肯定發生了什麼見不得人的大事，因而，我覺得目前最要緊的是弄清兩件事：一是查出硬碟落在誰的手裏，裏面裝有什麼東西；二是查清考察苟東賢這些人之間的關係。如果我們能逐個擊破，收效要大得多。」其實這個想法在李准心裏憋了很久。

「對，隊長你的這個辦法太精闢了。」沈雨薇不由讚歎起來。

「李准，你的這個想法的確不錯。我們該從哪一個開始擊破？你要知道我們面對的嫌疑人不是普通老百姓，而是我們東江市的官員。」嚴立明提醒李准。

「我自有分寸的。」李准非常有把握地說。

「那你說說看，我們也好分析分析。」嚴立明還是有些不放心。

「我的意思是我們首先得查到這件事的核心人物，其他的人就可以從這個核心人物上找到突破口，即這個核心人就是一個突破點。」李准頓了一會兒，喝了一口茶繼續說，「整件事都是圍繞苟東賢所引起的。第一，快六十歲的苟東賢為什麼會提上當公務員的議程呢？第二，考察苟東賢是組織部的事，為什麼幾個無關局的二把手都參與了考察？第三，按照潛規則，像苟東賢這樣的特殊人才當公務員，應當避開媒體，他們為什麼要請電視臺記者拍攝這個考察會？如果說是為了宣傳，以後會不會有人效仿？」

「你說得對，繼續說。」嚴立明向李准投去贊許的目光。

「令我們遺憾的是，現在連苟東賢的面我都沒有碰上。我派去暗中跟蹤苟東賢的人卻跟丟了，這是我的失職。還有參與會議的其他人，我也都沒有觸到，這說明了什麼？」李准把他的想法一股腦兒地說了出來。

「你說得的確在理。只是我們沒有十足的證據，還不能正式找他們談話。」李准的話嚴立明不是沒有考慮過，只是這些人都不是普通老百姓。

「這事發生到現在快兩天了，我們沒有找到一點有用的線索。嚴局，是不是我們因為他們是官員，辦案就小心翼翼的？我目前最擔心的事是他們把所有的證據都毀了，那時我們會更被動了。根據我辦案的經驗，今天晚上的事極有可能是苟東賢他們幹的，幹得非常地狡猾。如果真是苟東賢所為，那他們在吳小田身上尋找硬碟的事就成立了。我們只有找到硬碟，一切事情都會迎刃而解。」李准一口氣說了這麼多話。

「李准，你當如何來破這個案子？」嚴立明認為李准的話不無道理。

「他們不是傳言吳小田的攝影機裏丟失了一張硬碟嗎？我想我們應當從硬碟著手。」李准把他的想法說了出來。

「李准，你的意思是敲山震虎？」其實，嚴立明也有這個想法，假借李准的嘴說出來。

「嚴局就是嚴局，我的心思哪裏瞞得過你。」李准微笑著說。

「李准，你就別捧我了，這些都是你的破案方法嘛。」嚴立明臉上有了笑容，又說，「同志們，我們要儘快把這個案子破掉，不然市領導追問下來，我們可是有懈怠工作之嫌啊。」

「嚴局，有了你這句話，我們一定要把這個案子追查到底，堅決不放過一個壞人。」李准長長地鬆了一口氣。

「大家都忙了一晚了，早點回去休息吧。」嚴立明看了看表，指針已經指向早上五時。

第二十四章　心裏滴血

九月五日早上六時零五分，魏一明家。

白天工作可以忘記一切，最難熬的是晚上。自從吳小田死後，魏一明更是睡不著。為了強迫自己睡下，魏一明在睡前破例喝了紅酒。自從十幾年前喝酒誤事後，魏一明就發過誓以後堅決不喝酒。但幾杯下肚，魏一明有些醉了，連澡都沒有洗，就躺在床上睡覺。原以為酒能麻醉自己，結果魏一明越是睡不著，直到凌晨三時，才迷迷糊糊地睡著了。

突然，家裏的電話鈴聲像催命一樣響起，電話是秦思思打來的：「魏部長，吳小田的屍體被人翻動了，還差點被偷走了，員警已經去過現場……」

秦思思的話還沒有說完，魏一明的頭大了，只覺得「轟」地一聲，差點栽倒在床上，拿在手裏的話筒也掉在地上。呆愣了好一會兒，魏一明才拿起話筒，聽到秦思思在電話那頭焦急地問道：「魏部長，你怎麼啦？」

「你馬上來一趟我家裏。」魏一明說完無力地掛了電話，感覺到事情比他想像中還要嚴重得多。不大一會兒，秦思思就來到魏一明趕家裏，還沒坐下就問：「魏部長，怎麼辦？」秦思思也是一夜未闔眼，幾件事的發生，她被折磨得瘦了一圈。

「不知道。」魏一明在心裏非常地生氣，可他又不能表現出來，雖然這次事件是秦思思把他牽涉進來，可秦思思沒有錯，考察苟東賢是他的本職工作。如果能預料到事情的後果，魏一明相信誰也不會去東海上。

「魏部長，這事肯定是苟東賢他們幹的。還打傷了一個管理人員，如果管理人員看到他們的真實面目，我怕……」秦思思的話還沒有說完，面孔已經蒼白起來。

「這個成事不足敗事有餘的東西。」魏一明忍不住罵了一句。其實，魏一明也明白這件事與苟東賢有關，也只有苟東賢這樣的「特殊人才」才能幹得出這樣的特殊事。如果真是苟東賢幹的，那就說明吳小田的攝影機裏的那張硬碟丟失就是真的，而且那張硬碟裏肯定藏有什麼見不得人的祕密；如果只是一張普通硬碟，苟東賢肯定不會費這麼大力氣去尋找。可見，苟東賢心胸狹窄到何種地步，萬一自己有什麼把柄在他手裏攥著，豈不成了狼嘴裏的羔羊？

「魏部長，萬一苟東賢被員警抓了，他會不會把我們供出來。」秦思思全沒有文聯主席的風度了，也不再用那些文謅謅的詞語。

「思思，我早就說過苟東賢這個人有問題，按照政策他根本沒有機會當公務員了，你們倒好，非要把他弄成特殊人才。他都五十八歲的人，而且還是房地產公司的大老闆，家裏的錢多得沒處用，還來當什麼公務員呢？」魏一明真有些氣不過。本來苟東賢的文件第一次送到組織部，王部長就一票否決了。可有人壓下來，王部長氣得裝病進了醫院，把這個爛攤子扔給了魏一明。王部長之所以把苟東賢的事讓魏一明來辦，都知道他在組織部裏是一個出了名的「硬碴」，一定會秉公辦事。

「魏部長，現在不是討論誰對誰錯的時候了。如果再不想想辦法，我估計天亮之後，員警就會上門來。我們該怎麼去應付他們？」秦思思最怕見到員警，其實她在文聯時一直小心翼翼地辦事，想不到這次吃了一個啞巴虧。

「思思，苟東賢現在在什麼地方？」魏一明突然想起前天他從飯桌氣呼呼地到客房後，再也沒有見到苟東賢和其他人。他知道自己的那一走，把在場的人都得罪了。

「我昨天中午見到苟東賢和江建國，他們商量說把吳小田的死全部推到你身上……」秦思思突然發現自己說漏了嘴。

「他們都把吳小田的死推到我身上？」魏一明萬萬沒有想到苟東賢竟然這麼狠毒。

「苟東賢說你沒有通過他當公務員的事考察，他……他……」秦思思只得說實話。吳小田的死亡是意外還是謀殺，誰也說不清，因為現在，只有與魏一明站在同一條線上，自己才能有一條好的出路。

「你不用說了，我知道他們的意思。我魏一明身正不怕影子斜。吳小田的死亡是意外還是謀殺，員警肯定會弄清楚的。大不了天亮後我就向去投案自首，再把苟東賢送給我的卡交出來。」

魏一明想嚇唬一下秦思思。其實，魏一明已經思考過，如果吳小田沒有死，把卡交到紀委，自己可以落一個清廉的名聲；現在吳小田死了，把卡交出去，就是有一萬張嘴都說不清楚了。

「魏部長，這使不得。把銀行卡交出來，這不是給自己添麻煩嗎？」秦思思當然明白魏一明把苟東賢送的銀行卡交出去的後果。也就是說魏一明一旦把銀行卡交出去，就是把所有得到銀行卡的人都「出賣」了，員警一查一個準。

「不交去，你說怎麼辦？火都燒到眉毛了，能自保得住嗎？」魏一明火了。

「魏部長，我看這事先緩一緩。只要沒有把我們逼到絕路上，就不能把銀行卡交出去。」秦思思經過一天一夜的思考，對事情有些瞭解了，人也清醒多了，不再像先前那樣膽小。她絕不能讓魏一明破壞了她的好事。

「好吧。讓我想一想，只要苟東賢不惹我，我就暫且不上交銀行卡。」魏一明此時也亂了分寸，也想不出好的辦法，暫時答應了秦思思。

「謝謝魏部長。你容我再想想，如果有更好的辦法最好。」秦思思想只要穩住了魏一明上交銀行卡，其他事估計應當好辦些。

「思思，你回去吧。記住我們剛剛說的話不要對任何人講。天亮後我去市裏找朋友瞭解一下公安那邊的意思，然後再與你通電話。」魏一明已經看清了秦思思的想法，現在不能與秦思思對著幹，秦思思剛才不是說了嗎？苟東賢與他們要合夥扳倒自己，如果自己不給苟東賢當公務員的事辦妥，麻煩肯定不少。

第二十五章　驚弓之鳥

九月五日早上六時十分，張國林家。

直到早上六時，張國林仍坐在客廳裏看電視，他怎麼也想不通昨天的事，潘雨欣中途藉故上廁所，便一去不復返。直到天黑後，他才懶洋洋回家。潘雨欣的離開，倒提醒了張國林，這次的事情到了非同尋常的時候了。

張國林並不真傻，只是反應太遲鈍，許多事都要被人做出來後，他才能想起自己也應該做這件事。此時，響起了輕微的敲門聲。

「這麼早，誰來找自己了？」張國林心頭一緊，趕緊拉滅客廳裏的燈，不敢去開門。屋外的人好像不甘心，使勁的敲了幾下門，然後沒有聲息。過了好一陣子，張國林才壯著膽子走到門邊，從貓眼裏看去，門外沒有人了，他才輕輕地打開門，剛探出頭就被人拉住了。張國林委實嚇得不輕，但他抬起頭看到拉他的人是潘雨欣時，心裏才長長地出了口氣，趕緊把潘雨欣拉進屋裏。

「好你個張國林，打你手機關機，打你家電話你又不接，敲了這麼久的門，才來開門，你是何居心？」潘雨欣一進屋就朝張國林發火。

「潘局，你不是走了嗎？」張國林小心地問道。

「我什麼時候說走了？」潘雨欣還在氣頭上。

「潘局，我在酒店裏等你到天黑都不見你回來，才明白你走了。打你手機又不通，以為你……」張國林自己也不知道該說什麼。

「你以為我怎麼啦？被員警抓了？還是被壞人綁架了？」潘雨欣非常厭惡地看了看張國林。

「沒有……沒有……只是，你這讓我感到非常地意外。」潘雨欣如此之早來張國林家，的確令張國林感到非常地意外。

「還給你說對了。我剛剛聽說吳小田的屍體被人翻動了，而且員警也去了現場……」

潘雨欣的話還沒有說完，張國林忽地從沙發上彈跳起來：又是吳小田，又是員警！這麼重要的情況，自己居然一點都沒有得知，潘雨欣卻得知了。

「有什麼大驚小怪的？不就是吳小田的屍體動了嗎？再說，員警又沒有抓到人。」潘雨欣見張國林嚇成這個樣子，心裏更是不舒服。不是苟東賢和江建國的電話打不通，那晚又把魏一明得罪了，打死她潘雨欣也不會來找張國林。她來找張國林還有一個原因，就是她已經聽說張國林在施莉莉那裏待了一個下午，多多少少從施莉莉嘴裏套出一些情況。

「我是怕員警懷疑我們啊。你想想看，苟東賢和江建國的電話不通，只有我們還在東江市，員警不會來找我們嗎？我正為這事發愁呢。」張國林說的是實話，要不然他也不會一夜無眠。

「老張，我給你說，你怕什麼？再說吳小田的死根本與我們無關。我思考了很久，覺得這事應當是苟東賢和江建國所為，為什麼他們的手機打不通？連人影都不見？」潘雨欣的確思考了很久，昨天從酒店出去後，她就想找個地方躲起來或者遠走高飛。當她剛出城時又臨時改變了主意——如果這樣走了，不但公職沒有了，還會成為員警懷疑的重點對象。她潘雨欣不是殺害吳小田的直接兇手，可以說吳的死到現在還是一個謎。可這個謎如果不解開，她潘雨欣即使逃走了心也不安。如果吳小田的死是苟東賢和江建國所為，自己一逃走，豈不成了他們的替罪羊？因此，潘雨欣又悄悄地返回家中。可一到家中，想著吳小田的死，她就睡不著覺，想想事情的來龍去脈，可又無法理清頭緒。好不容易才有了睡意，又被一個電話吵醒。打電話的人是她的一個要好朋友，告訴她吳小田的屍體被人翻動了，而且李准帶著沈雨薇去了現場。

「潘局，我知道吳小田的死與我們無關，可是吳小田在遊船上死的，大家都脫不了關係。我怕啊，過些日子市裏換屆，我可從區裏調到市裏，到市裏工作是我畢生的願望啊。可這個願望看來永遠都不會實現了。」說張國林是一根筋，還真是一根筋。如果沒有特別重要的事，潘雨欣肯定不會這麼早來他家，因此，他說話始終說不到重點上去，把潘雨欣急得跳了起來。

「老張，你應當想想今天會發生什麼事情。」儘管潘雨欣很是厭惡張國林，可她的話還是儘量說得溫和些，而且帶有誘導性地讓張國林想想怎麼應付今天，萬一張國林被員警帶去盤問時，被員警稍稍一利誘，什麼話都會說出來。

「今天？今天有什麼事？」張國林的腦袋還是沒有轉過彎來。

「你說今天會有什麼事？今天員警肯定會上門調查我們幾個在遊船的人。苟東賢和江建國不見了，你、我、魏一明和秦思思肯定作為重點調查對象。魏一明與我們不是一條線上的人，秦思思的電話又不通。你與秦思思的關係不錯，你可以找到她，把她拉到我們一邊，對她說吳小田的死與我們無關。我們三個一定要保持口徑一致。」潘雨欣吩咐張國林。

「要是員警不相信我們該怎麼辦？」張國林沒明白潘雨欣的意思。

「說你笨你就笨，什麼事要讓員警相信？我們不說，他們還能把我們怎樣？他們能像審問民工一樣審問我們嗎？」潘雨欣乾脆開門見山地對張國林。

「明白了。但是我還是怕……」張國林仍沒有理解潘雨欣的意思。

「還怕個什麼？實在不行，我們都把事情往苟東賢頭上推。你想想，這次是誰想當公務員？苟東賢，他一個快六十歲的老頭了，開發房地產掙了不少的錢，還想當公務員，這樣的人當上公務員，又能怎樣？不就是圖國家給他養老嗎？我們辛辛苦苦地工作一輩子後，國家才能給我們養老，他倒好，在外面掙上錢了，還要當公務員，讓國家養老。你想想像他這樣的人，以後會記得我們嗎？」潘雨欣直截了當地把她的想法說了出來。

「我明白了。」張國林終於恍然大悟。

「明白了就好，馬上去秦思思家，讓秦思思做好準備，不然就來不及了。」潘雨欣十分著急地說。

「好，我現在就去。」張國林剛要出門，又為難了，前天晚上才與秦思思鬧翻了，該如何對秦思思說？

「你還愣著幹什麼？走啊，我們一起去。」潘雨欣有些不耐煩了，她又改變了主意，以張國林的智慧肯定說不動秦思思，她得親知出馬。

第二十六章　對付員警

九月五日早上六時十五分，江建國家。

忙碌了一個晚上，江建國與苟東賢也沒有把硬碟裏的檔案夾打開。兩人氣餒地坐在沙發上一支接一支地抽香煙。

「難道說這個吳小田真的上了什麼密碼？只要硬碟在我們手裏，我們就什麼都不怕了。」最先說話的是苟東賢，儘管他兩眼通紅，卻顯得信心十足。

「不怕？我看可怕的事情還在後面。」江建國卻顯得非常地疲憊，為了這張硬碟，他可是費盡了周折，跟著苟東賢折騰了一天一夜，到頭來卻打不開。

「江局，怕什麼？這硬碟已經到我們手上了，他是在遊船上掉進東海裏死的，而且硬碟又是從他身上搜出來的，還有誰敢在這裏面動手腳？」苟東賢不以為然的地說。

「我看沒有這麼簡單，按常理說，員警已經搜過吳小田的身了，怎麼就沒有搜到這個硬碟呢？難道說……」江建國說話時把眼睛盯向苟東賢。

「江局，你這是什麼意思？我們可是多年的老朋友了。」苟東賢當然明白江建國的話。

「我是說這是不是員警做的迷魂彈。」江建國話中有話，見苟東賢馬上識破，可他現在又不能發作起來，畢竟自己現在與苟東賢站在同一條「戰線」上。於是，他趕緊把矛頭指向員警。

「江局，你是說員警使了個掉包計？」苟東賢馬上轉過神來。

「不是沒有這個可能。李准是幹什麼的？他是訓練有素的刑警支隊長，怎麼會搜不出藏在吳小田身上的硬碟？再說這硬碟又這麼大。」江建國這麼一分析起來，又覺得剛才錯怪了苟東賢，或者說他的懷疑是苟東賢占一半，員警也占一半，但目前也只能把矛頭指向員警。

「你是說真正的硬碟已經被員警搜走了，放一個假的硬碟在吳小田身上，看誰會去動吳小田的屍體？然後來一個甕中捉鱉？」苟東賢馬上明白了江建國話中的意思。

「如果真是員警換了硬碟，他們肯定張開一張網在捕撈我們。」江建國也順勢說。

「啊，怪不得殯儀館冷凍間的門都沒有上鎖，他們是在等我們進去。」苟東賢恍然大悟。

「是啊，我想他們正要進來抓我們時，估計殯儀館裏的人進來時，打亂了他們的計畫，我們才得已脫身。」江建國想了一會兒說。

「非常有可能。那個傢伙進來一身的酒氣，肯定在哪裏喝了酒，忘記了員警交給他的任務，打亂了員警的計畫。這麼說我們還要感謝他，如果沒有他的幫忙，我們現在豈不成了員警手裏的囚犯了？」苟東賢驚得一頭的汗水。

「天都亮了，我們現在才想起來，是不是有點晚了？」江建國站起來在屋裏踱來踱去，的確，剛才兩人只顧著硬碟的事，結果硬碟沒打開，也不知道硬碟裏面到底藏有什麼東西。假如真是剛才分析那樣，其結果肯定糟糕透了。

「難道說員警已經知道昨晚的事？」苟東賢不愧在商場上打滾了多年，江建國的話剛落，他就明白了江建國的意思。

「很有這種可能。」江建國不無擔心地說。

「江局，我看你是多慮了。如果員警真拿到了硬碟，就說我送給你們電話卡之類的，他們沒有真憑實據拿我們沒有辦法。」苟東賢說。

「我看沒有那麼簡單吧。」

「如果他們有真憑實據了，我們也不會在這裏說話了。」苟東賢想了想又說。

「他們在等待時機，如果時機一成熟，我看我們是凶多吉少。」江建國有些洩氣了，也有些後悔。

「不可能。李准和嚴立明是什麼人？他們有了證據，還能容我們在家？」苟東賢還在辯解。

「他們肯定在等待機會，要不然他們把吳小田身上的硬碟換了做什麼？」江建國見苟東賢還在與他爭辯，急得幾乎跳了起來。

「那我們現在該怎麼辦？」苟東賢見江建國急了，便向江建國討一個主意。

「我怎麼知道該怎麼辦？你我是李准的對手嗎？」江建國突然有些火了，但他又不敢朝苟東賢發出來。幸好昨晚跑得快，要不然還真被抓了起來，自己縱有千張嘴，也解釋不清楚了。

「江局，辦法總是人想出來的。」苟東賢露出一臉的不屑。

「李准這人只要找到十足的證據後，連他親爹都抓，何況你我？」

「既然李准一定要與我們過不去，那我們就與他玩到底。」苟東賢咬牙切齒地說。

「你怎麼與他玩？」

「我自有辦法。」苟東賢豈能不知道江建國此時的心情，只有自己把所有的責任攬在身上才能讓江建國放心。因為他能否當上公務員的事還得靠江建國，別人都是扯淡。

「你有什麼辦法？說來聽聽。」江建國根本不相信苟東賢的話，如果他真有辦法，那是最好不過的事了。

「兩個辦法，一是我用我特殊人才的身份，求助省裏的媒體，讓他們吹捧我。二是讓李准消失。」一提到李准，苟東賢的眼睛都紅了。

「你找省裏的媒體怎麼吹捧你？他們能答應你的要求嗎？」江建國沒想到苟東賢會有這麼一手，還是忍不住問了起來。

「省報的幾個記者與我關係還算可以，我相信他們會幫我的。」苟東賢說到省的媒體，臉上又露出了笑容。特殊人才自然就有他特殊性，要看你怎麼把握機會。苟東賢能被評上特殊人才，省裏的媒體功勞自然不小。

「第二點是行不通的，千萬不能再出人命。」

「那你就等著看好戲，我肯定有辦法收拾他的。他不就是一個員警麼？有什麼了不起的？在我苟東賢手裏，他永遠都比不過我。」苟東賢說得非常自信，而且眼裏充滿了勝利的喜悅。但江建國卻看出苟東賢的眼光裏露出了凶相，這一個不好的兆頭，難道說苟東賢要把李准給暗殺了？江建國不敢想下去，只覺得後背發麻。

「老苟，那你說說我們等會兒去哪裏？」江建國看著天全亮了，今天可是最難熬的一天啊。

「哪裏都不去，先找個地方睡覺去。」苟東賢輕鬆地說。

「睡覺？去哪裏睡覺？」

「去了你就知道了。」

第二十七章　巧施妙計

九月五日上午八時三十分，東江市公安局。

儘管是周日，刑警隊的隊員都來上班，嚴立明也來了，見大家都沒休息，有些生氣又有些心疼：「昨晚我不是說過你們今天上午在家睡覺，下午才來上班嗎？」

「嚴局不用等下午了，我和沈雨薇已經去了趟紀檢委。」李准說著就笑了起來。

「你已經去過紀檢委了？今天是周日，他們又不上班。」嚴立明有些意外。

「我們隊長啊，心急心急的，他硬是在七點就到了紀檢委，打電話給紀委書記。弄得紀委書記以為有什麼大事，馬上叫司機把他載到單位來。」沈雨薇搶著說。

「哦，李准啊，工作歸工作，可要注意身體啊。」嚴立明雖然口頭上說李准，心裏不由稱讚起李准來。

「非常順利。我想紀委書記現在開始給他們打電話了。」李准非常有把握地說。

「哦？這麼快啊。」嚴立明又向李准投去贊許的目光。

「嚴局，我們要儘快破案，不然市領導追問起來，我們可是擔當的不起的啊。沒有頭緒，我們得製造頭緒啊。」李准順著嚴立明的話說了下去。

「那我們現在就等待好消息？」嚴立明還是有些不放心，主要是他這次沒有出面。

「肯定會有好消息傳來。」李准胸有成竹地說。

「那就好。我們可以有半天的休息的時間了。」嚴立明終於可以鬆下一口氣。嚴立明沒有想到這樣一個小小的案件，竟然非常複雜。如果不是李准的這個敲山震虎的辦法，案子也許會無休止地陷下去。只有對手行動起來，李准才有最好的機會捕捉他們的資訊，或者說找到破案的突破口。

「嚴局，你不必擔心，我相信這次我們一定能找到突破口的。」李准見嚴立明說話後就走了神，知道嚴立明是在擔心他的妙計能否成功，萬一不成功，他們可又耽誤破案的時間。如今快兩天過去了，他們連案情的一點眉目都沒有，這可是有史以來的第一次。不知是罪犯太狡猾，還是他們一直沒有找到案情的突破口，或者說一開始就弄錯了方向。

「嚴局，你不必擔心。紀委的領導說了，他們一定大力配合我們破案。」沈雨薇也急忙向嚴立明保證。

「李准、小沈啊，我不是擔心紀委那邊，而是擔心犯罪分子能否看破我們的用心，萬一他們看破我們用心，我們這樣做是不是有點多餘？」嚴立明終於說出這句話，其實，他一直在思考李准提出的破案方法。作為東江市的公安局長，嚴立明歷來就相信李准，李准不但破案神速，還是一個六親不認的員警。正因為李准有這樣多的榮譽，才不能失敗。只要有一次的失敗，會把李准所有的光環都掩蓋掉。再說這個案子確實棘手，連他這個局長都一時摸不著頭緒，可見犯罪分子的狡猾。

「嚴局，你也太小心了吧。隊長這次可是下了血本的，我相信隊長這個計策一定會成功的。」沈雨薇跟著李准去了紀委，從李准和紀委書記的談話，就知道這件事是百分之百的成功。再說，沈雨薇一到東江市公安局就跟著李准辦案，她發現李准如果沒有百分百之的把握是絕不會出手的。再說像李准這樣的辦案高手，在全國來說也算是數一數二的，這次如果不是逼得急了，他怎麼會去找紀委書記呢？

「唉，也許我年紀大了的原因吧。」嚴立明歉意地笑了笑。

「嚴局，你放心，我相信只要紀委那邊把消息放出去，他們那幾人肯定會動起來的，只要他們一動起來，我相信自己很快就會找到突破口，除非吳小田真的是意外死亡，否則他們就上天入地了，或者說得不到紀委那邊放出來的消息。」李准還是非常有把握地說。可見他在做這事之前，是通過無數次的演練和推理。李准從不打沒有把握的仗。

幾人正說著，李准的手機就響了起來，掏出手機一看，就對嚴立明說：「嚴局，紀委那邊來電話了。」

「那你趕快接。」嚴立明有些迫不及待地對李准說。

「好。」李准說完就按了接聽鍵，便又按了免提鍵。

「李准，我相信你的能力，你託我辦的事情非常順利。我這邊等待你的好消息。」紀委書記的話很簡短，卻顯示出他們極力配合李准的誠意，又表揚和鼓舞了李准。

「大家都聽到了。紀委已經配合我們的工作，下一步就要看我們自己的了。」嚴立明嘴上雖然這樣說，心裏卻更加擔心了。這事一旦驚動了紀委，也就是給自己下了一道緊箍咒，無論如何都要完成這次任務。

「嚴局，既然紀委那邊弄好了，我們也開始行動吧。」李准馬上向嚴立明請示。

「李准，那你就安排一下下一步的工作吧。」嚴立明見大家都摩拳擦掌，也按捺不住了，便像往常一樣把指揮權交給李准。因為嚴立明相信李准，只要李准想要做的事，他心中早已有了方案。

「現在，我宣佈一下我的行動方案，第一隊由沈雨薇帶頭去查查秦思思和張國林，第二隊由我帶隊去查苟東賢和江建國。第三隊由嚴局你親自帶隊，接觸一下組織部的魏部長。再難的案子，總會有疑點，或者說留下一絲絲線索。」李准把人員進行了分工。

「就按李准說的辦。」嚴立明也重申了一句，「李准，我相信你。」

「我們現在就開始行動。」李准的話音剛落，大家急忙走出會議室。

第二十八章 嚇成神經

九月五日上午九時十分，太和茶樓。

東江市老城區並不大，城東燒的肉，城西都能聞到香味，城西放個屁，城東也能聽得到。魏一明疲憊不堪，直到九時才打電話給司機來接他去單位裏。司機是個小夥子，夜裏喜歡打牌，昨晚很晚才睡覺，眼睛還是紅紅的。魏一明顯得有些不高興，正想教訓司機幾句，司機卻先開口說話了：「部長，今天是周日還要上班，我剛才聽到幾個同行說，紀委書記今天也上班了，聽說在查荀東賢什麼事。」

「你剛才說什麼？」魏一明沒聽清楚。

「紀委正準備調查荀東賢。」司機重複了一遍。

「紀委查荀東賢……」魏一明馬上覺得不對，紀委怎麼去查荀東賢？荀東賢只是一家房地產的老闆，於是魏一明又問道，「你的消息從哪裏得來的？」

「給紀委書記開車的朋友說的。他說今天一早就送紀委書記去單位與刑警支隊的李准和沈雨薇談話。我朋友進去泡茶時，聽到一兩句……」

「調頭去黎春苑。」魏一明卻打斷了他的話話。

黎春苑是東江市二等高檔小區，秦思思就住最靠大門這幢的一〇一室。車子剛進黎春苑，魏一明就接到秦思思打來的電話，說她已經在太和茶樓裏備了茶，有要事相商。肯定是關於紀委的事了。魏一明痛苦的閉上眼睛又對司機說：「去太和茶樓。」

秦思思面色憔悴，見到魏一明就像見到了救命恩人，眼裏聚滿了淚花，連聲說：「魏部長，又出大事了。」

「又出什麼大事了？」魏一明又是一驚。

「我剛剛聽到消息，說李准已經從吳小田身上搜出一張硬碟，據說裏面有苟東賢給我們發卡的特寫鏡頭。我想我們這次是凶多吉少了……」秦思思還沒有說完，眼淚終於掉了下來。

「他媽的……」魏一明這次徹底地慌了，剛才在車上聽到司機說紀委要查苟東賢，現在看來紀委查苟東賢是假，查他與秦思思等人才是真。

「魏部長，快想想辦法。」秦思思讓魏一明不要著急，自己則先著急起來。

「思思啊，這事捅到紀委了，我還有什麼辦法？」魏一明當然著急，他為官幾十年，都是秉公辦事，只一步走錯，就步步皆錯。

「魏部長，我枉費了你對我的栽培。我……我……我真想一頭撞死也報答不了你對我的恩情。」秦思思沒有主意。

「思思，別胡來。事情總有解決的辦法，你容我想想。」魏一明說著就沉思起來。沉思歸沉思，事情已經迫在眉睫了，還能有什麼好辦法想？如果光是李准那邊查，還可以給自己一些時間，可現在到了紀委手裏，那可不是鬧著玩的。

「魏部長，我真不想後半輩子在監獄裏度過啊。」秦思思又哭了起來。她一想著在監獄裏度過後半輩子，心裏就隱隱發痛。監獄裏是什麼樣子，秦思思比誰都清楚，她每年都要帶著一批音樂協會和舞蹈協會的人去監獄搞演出，要以文藝來喚醒那些走錯路的人。如果自己與他們成了一樣的人，豈不是自己給自己臉上摑了一耳刮子？

「誰想在那裏面度過後半生？思思啊，我也不想啊。可是聽你這麼一說，紀委既然插手這件事，的確麻煩了。最主要的是那硬碟裏到底裝有什麼東西，我們都不明白。如果真是裝有苟東賢給我們銀行卡的事就麻煩了。這可是鐵證啊。」魏一明為官這些年來，豈有不知道電視臺記者，特別是像吳小田這樣的名記者，他拍錄影時，怎麼不抓住重點呢？如果吳小田真是有預謀的要把他們這些罪證拍下來，肯定是百分之百的仔細。

「魏部長，你越是這麼說我就越是害怕啊。」秦思思頭上的汗如豆子大般落了下來，頭髮也亂了，看上去與她平時判若兩人。

「思思，你別怕，員警不是還沒有來抓我們啊。我剛才又想了想，如果硬碟裏的東西真是苟東賢給我們銀行卡的證據，豈不通知員警來抓我們？再說，我剛剛聽我的司機說，李准一早就去了紀委書記的辦公室，這說明李准已經看了硬碟裏的東西，他們遲遲沒有動手來抓我們，有兩個原因，一是硬碟根本沒有證據，二是他們在等待什麼時機。」魏一明畢竟是一個男人，越是遇到棘手的事會冷靜些。

「魏部長，無論怎樣，我們都應該想個應對之策啊，難道我們就這樣束手就擒嗎？我不甘心啊。再說荀東賢的確為文聯做了不少的好事，我才出來替他說情。他當公務員的事，我實際上是在為文聯著想啊，只是沒想到會發生這樣的意外……」秦思思說到心酸，眼淚撲簌簌地落下來，胸前的衣服都濕透了。

「唉，思思，我可是為官以來第一次收別人的東西就栽了，你說我冤不冤啊。以前都以為自己非常地清白，可到底我還是走錯了路，現在後悔已經晚了。」魏一明說的是實話，心中已經悔恨了很多次，當時只要自己再堅持一下，絕對不會出現這樣的後果。

「魏部長，我們是不是走霉運啊，荀東賢為了當公務員，我可是跑了不少的路，到處給他疏通關係，到頭來卻落得這樣的下場，我不甘心啊……」秦思思說這話時，有些語無倫次了，沒有往日的那種乾淨利索。

「思思，事情還沒有想像中的那麼嚴重，你也不太過於傷心，事情總會有辦法的。這樣吧，你也託人打聽一下消息，我也去市裏看看有什麼消息。」魏一明見秦思思除了哭以外，幾乎沒有思想了，她的思想已經被那張硬碟打垮了，或者說秦思思整個人都垮了。如果再與秦思思攪在一起，估計自己也要受到她的感染，還不如趁早離開。

「魏部長……」秦思思還想說幾句，可一看到魏一明已經站了起來，又把話嚥了回去。

「思思，你不要著急，也不要太傷心，事情沒有想像中那麼嚴重。一有什麼消息，我們相互通電話啊。」魏一明知道如果這樣待下去，估計秦思思會哭一天。

第二十九章 只求自保

九月五日上午十時，秦思思家。

與魏一明告別，秦思思痛苦地往家趕，在門口見張國林和潘雨欣正在等她。張國林和潘雨欣畏畏縮縮的樣子，很令人想像出這兩人昔日的威風。

一進屋，張國林就迫不急待地湊到秦思思身邊：「思思，一天不見，你瘦多了。」

「坐一邊去。」秦思思沒理睬張國林。這句問候語要是放到以前，秦思思不知會有多感動。秦思思寫過很多詩，她的愛情詩曾經迷倒了一大片年輕男女。因為寫詩，秦思思成了一個多愁善感之人，她的婚姻也因此一團亂麻，同樣是搞文學的張國林卻勾起了她心裏的另一個願望。

「兩人鬧矛盾了？」坐在一邊的潘雨欣不緊不慢地問，但她很快就看出了有些不對勁，又問道，「思思啊，出什麼事了？」

「是啊，遇到了什麼事趕緊說出來啊，不要憋在肚子裏。」張國林也忍不住了。

在一陣沉默後，秦思思終於開口說話了：「雨欣，紀委已經拿到吳小田攝影機裏的那張硬碟了。李准也瞭解硬碟裏的內容了。」說完這話後，秦思思沒有剛才的那種焦急，反而顯得輕鬆多了。

「什麼？」潘雨欣和張國林幾乎是同時開口問，而且兩人也都睜大了眼睛，「為什麼不早點告訴我們？」

「我也是剛聽到這個消息，現在不是告訴你們了嗎？」秦思思見潘雨欣比她還著急，那顆懸著的心終於可鬆馳一下了，臉上也有了一種不易覺察的詭笑。

「既然紀委已經介入這件事，我看麻煩來了。」潘雨欣自言自語地說了一句。潘雨欣剛才還抱著一線希望：苟東賢和江建國肯定能把那張丟失的硬碟找回來。現在看來，無論是苟東賢，還是江建國都是飯桶。

「思思，你還聽到什麼消息？」張國林的臉也變得蒼白起來。

「該死的苟東賢，錢已經多得用不完了，還要當什麼公務員啊。」潘雨欣大怒。

「我原來也指望苟東賢和江建國他們能找到硬碟，昨天中午來找過我，後來就不見蹤影了，手機也關機了。」秦思思想看看潘雨欣和張國林的神色，看看他們是否與苟東賢和江建國碰過頭了。

「苟東賢和江建國昨天中午來見過你？他們都說了些什麼？」潘雨欣迫不及待地想知道。

「他們……他們……他們讓我們統一口徑……」秦思思到底還是把苟東賢和江建國的話說了出來，又後悔不已。

「原來是這樣。」潘雨欣的臉色頓時變了，又問道，「紀委是怎麼拿到那張硬碟的？」

「是不是員警把吳小田的屍體打撈起來後搜查到的？」張國林突然想到員警搜過吳小田的

屍體。

「你沒長腦子嗎？如果吳小田的屍體打撈起來時，員警搜到了硬碟，我們還能坐在這裏？昨晚不是有人去殯儀館動了吳小田的屍體嗎？」潘雨欣畢竟此時還是十分地清醒。

「對啊，昨晚有人去殯儀館動了吳小田的屍體，員警也趕到了現場，特別是李准和沈雨薇也去了，是不是他們在哪裏發現了什麼線索。」秦思思也想了起來，到殯儀館翻動吳小田的屍體的人應該是苟東賢和江建國。

「如果為了尋找找硬碟，苟東賢和江建國到殯儀館翻動吳小田的屍體，那這兩人真是蠢到家了。如果硬碟在吳小田身上，豈不早被員警搜去了？他們去殯儀館是不是還有別的原因？」潘雨欣現在是理不斷剪還亂。如果硬碟在吳小田身上，員警肯定早就搜到了，他們又遲遲沒有動人抓人，一是硬碟根本沒有什麼東西，二是員警沒有搜到硬碟。可是，現在硬碟又出現了，而且還出現在紀委，這到底是怎麼回事？

「如果知道是怎麼回事，我會藏在肚子裏嗎？」秦思思也急切想知道答案。

「是不是員警與紀委來合夥騙我們？」張國林突然冒出這樣一句話來。

「他們會合夥來騙我們？老張，你已經不是三歲小孩子了，拜託你考慮事情時多動動腦子。」潘雨欣真想罵張國林一頓，儘管秦思思就在眼前，她還是忍不住了。潘雨欣豈能不知道李准是個破案高手，這麼簡單的事肯定會被人識破。潘雨欣寧可相信這是真的，也不願意這是假的。再說這個局不能賭，一旦賭輸了，就全盤皆輸。世上可是沒有後悔藥賣。

「雨欣說得對，我也曾考慮過這是李准放出的一個煙霧彈，但也仔細想過，如果李准這樣做，那就不是我們東江市的破案高手了。」秦思思覺得潘雨欣分析得有理，把剛才的悲痛忘得一乾二淨。

「那我們現在該怎麼辦？」張國林見潘雨欣和秦思思都否定了他的想法，一時沒有主意。

「我們坐在這裏瞎想什麼？我們幾乎都忘記了一個人。」潘雨欣突然想起來一個人來。

「誰？」秦思思和張國林同時問道。

「江小麗。」潘雨欣得意地說，「我們怎麼把她給忘了？那天她也一直在現場。你們也早聽說過吧？江小麗曾經暗戀過吳小田，那天是不是吳小田把硬碟交給她了呢？如果真是這樣的話，是不是她把硬碟交到紀委的？」

「是啊，我們怎麼把她忘記了呢？如果硬碟落在紀委手裏，她是我們第一個懷疑的對象啊。」張國林跳了起來。

「絕對有這種可能。」秦思思也附和著，但她的臉更加陰沉起來，如果真是這樣，她面對的將是困難重重的事。

「我們現在就去找她。只有找到她弄清硬碟裏是什麼東西，如果不關我們的事，我們就安全了。以後員警無論問什麼，我們都回答不知道，這樣不但可以自保，還能把事情置之度外。」潘雨欣想，只要從江小麗嘴裏得到一個準確的答案，就可以高枕無憂了。

「好，我們都聽你的，現在就去找江小麗。」張國林和秦思思說完就站了起來。

第三十章 就地誣陷

九月五日上午十時，東江大酒店。

荀東賢與江建國這兩天不見了蹤影，施莉莉與荀東賢的關係非同一般，她應當知道他的下落。因此，李准決定去東江大酒店尋找施莉莉，被告知施莉莉調到客房部了。原因是她不適合在酒店的餐飲部工作。在問清施莉莉所在的辦公室後，李准獨自去了。

施莉莉的辦公室在七樓的拐角處，李准輕輕地敲了一下門。門開了，開門的人正是施莉莉，她問道：「請問你找誰？」

「你就是施莉莉吧？」李准威嚴地問道。

「請問你找我有什麼事？」施莉莉顯得十分緊張。

「我是市刑警支隊的李准，向你打聽一些事情。」李准開門見山地說。

「我可不知道荀東賢在哪裏。」施莉莉急忙回答李准的問話。

「施莉莉，希望你好好地配合我的工作，我又沒向你打聽荀東賢，你又是怎麼知道我來找你打聽他呢？」李准仍是一臉的嚴肅。

「李警官，我真不知道荀東賢在哪裏，求求你不要問我，好不好？」施莉莉帶著哭腔說。

「是嗎？」李准反問道。

「李警官，你是要行刑逼供嗎？」施莉莉說著速褪去了身上的連衣裙往李准走過來。李准沒想到施莉莉會來這一招，當即大窘，趕緊往後退，正想叫施莉莉把衣服穿好時，施莉莉卻突然撲進了他的懷裏。這時，隨著幾聲「咔嚓」，荀東賢和江建國從門外走了進來。

「李警官，許久不見，你還是那麼精神。」荀東賢說著把手裏的照相機向李准揚了揚。

「你們這是幹什麼？」李准明白掉入了荀東賢的設下的圈套裏，還是嚴厲地喝道。

「李警官，你說你在幹什麼？我們現在可是人證物證都有，要不，我們去你們局裏讓你們局長看看？」荀東賢輕蔑地說道。

「原來我們的員警同志不辦案，而是跑到酒店裏來調戲良家婦女。我想如果把這些照片貼到網上，網友們看後會有何感想。」江建國也陰陽怪氣地說。

「你們……你們這是誣陷……」李准氣得臉已經都發白了。

「李准，不要這麼激動嘛，不是有句話叫有麻煩找員警，現在員警都帶頭調戲良家婦女了，我們還相信你這個員警？」荀東賢得意地說。

「你們到底要想幹什麼？」李准知道荀東賢是有備而來，怪只怪自己辦案這麼多年，竟在這陰溝裏翻了船，如果多叫一個同事來，肯定就不會有這樣的事。

「李准，不是我們不相信員警，而是不相信你。我工地上發生的那幾次事，我那麼替他們說情，你不但不給我面子，還把人抓走了。你是不是太認真了？我記得上次你抓劉宇鳴手下的包工頭楊新遠時，眼睛都沒有眨一下吧？你老子李鑫富也是你親手抓的吧？你想過沒有，這是要遭報應的。」苟東賢的眼裏露出了凶光。

「老苟，給他說那麼多幹什麼？像他這樣軟硬不吃的員警，不如我們把這些照片直接貼到網上去的。如果加上這樣一句『東江市刑警支隊支隊長李准上班不務正業，調戲良家婦女，然後……』江建國還沒有說完就哈哈大笑起來。

「然後，怎麼樣？」李准輕蔑地問道。

「然後怎麼樣？我會給市裏的每個領導打電話，讓他們看看你幹的好事，再給市裏的報紙、電視臺的記者打電話，到時候你就出名了。」江建國冷冷地說的。

「江局，市裏的報紙、電視臺記者有什麼好的？他們的報導不怎樣啊。我還有更妙的絕招。」苟東賢也哈哈大笑起來。

「說說你的妙招，我快憋不住了。」江建國忍不住了笑聲，讓苟東賢趕緊把話說完。

「這個嘛，就讓我們小施來表演了……」苟東賢故意賣了個關子不說下去。

「快說啊，不要搞懸疑啊，我快憋不住了。」江建國直催苟東賢快說。

「還是我來說吧。」一直沒有說話的施莉莉突然站了出來，「只要我往酒店的頂樓一站，下面肯定會圍觀許多人，你們一邊打求救電話，一邊勸我不要往下跳。好戲就出來，這事用不了多久，網上就流傳開了，你們再把相機裏的照片往網上一貼，豈不更刺激？」

「你們也太歹毒了。」李準確沒有想到苟東賢與施莉莉會來這麼一遭，如果他們真的這樣做，即使大家不相信這是真的事，也會給自己帶來許多不利的因素。到時候，自己有千張嘴也說不清楚了。吳小田的案子怎麼辦？

「李准，你也知道這樣歹毒啊？那你為什麼要咬著吳小田的死這個案子不放？吳小田是自己掉進東海裏淹死的，你還查個雞巴啊？」苟東賢終於說出了他這樣做的目的。

「如果吳小田真是自己掉東海裏淹死的，你們為什麼不出來做證？」李准冷冷地問道。

「李准，我苟東賢有的是錢，就想當當公務員，過過公務員的日子，你為什麼與我過不去？」苟東賢提到他當公務員的事，就氣得咬牙切齒。

「你當不當公務員，與我無關。」李准淡淡地說。

「怪不得你現在只是一個刑警支隊長，永遠都升不了。你把你老子抓了，還判了刑，你還是升不了官。悲哀啊。」江建國歎了一口氣。

「李准，我們也不是那麼絕情的人，只要你肯與我們合作，就當什麼事都沒有發生。這就看你李警官的了。」苟東賢誘惑地說。

「你們有什麼高見，我倒想聽聽。」李准料到他們遲早會提出條件的。

「很簡單。一是你回去說吳小田的死純粹是一個意外，本來也是一個意外。二是你不要插手管這個案子，只要我苟東賢順利地當上公務員，什麼事都萬事大吉了。你照樣做你的員警，我當我的公務員，以後吃飯喝酒，我苟東賢一樣不少你的。」苟東賢終於亮了他的底牌。

「就這麼簡單？」李准問道。

「就這麼簡單。要說錢，我苟東賢掙的錢，幾輩子都花不完，唯一的遺憾就是沒有當上公務員，沒有當官。只要你成全我，我們還是朋友。」

「對，李警官，老苟就這麼一個夢想，你幫他實現不就完了？就當做了一件好事。」江建國在一旁幫腔。

「要是我不呢？」李准說。

「李准，你當員警，一個月才多少錢？咱們都在東江市混，低頭不見抬頭見的。只要你按照我所說的去做，包你有花不完的錢。」苟東賢說。

「是啊，李准，你又何必那麼固執呢？」

「李警官，你就幫幫老苟吧。他年齡不小了，再當不上公務員，以後就沒機會了……」施莉莉也幫苟東賢說話，卻犯了一個錯，不該把實情說出來。

「男人們說話，誰讓你多嘴了？」苟東賢見施莉莉把他的痛處說了出來，想阻止已經來不及了，只得把施莉莉罵了一頓。

「哈哈，苟東賢，你今年五十八歲了。如果今年錯過當公務員，明年就徹底沒有希望了，對吧？我不急。」李准抓住了苟東賢的痛處。

「李准，你真的軟硬不吃嗎？不要怪我們不客氣了。」苟東賢火了，回過頭對施莉莉喝道，「還愣著幹什麼，還不去頂樓上。」

「你們會後悔的。」李准想阻止施莉莉，卻被苟東賢和江建國堵住了去路。

「我們看看誰會後悔。」苟東賢和江建國同聲說。

第三十一章 有話好說

九月五日上午十時，魏一明辦公室。

來到單位，魏一明關了手機，並把辦公室的門反鎖上，然後躺在沙發上望著天花板胡思亂想起來：連紀委書記都驚動了，事情變得越來越複雜。是等紀委來調查，還是主動把苟東賢給的那張卡交出去？如果主動把卡交出去，自己為官幾十年來的清白就會毀於一旦，如果不交出去，等紀委查出來，自己的後半輩子就完了。

魏一明一直作思想鬥爭，猶豫不已。門被重重地敲響了，魏一明心煩意亂，又不得不去開門，見是辦公室的劉主任，那股無名火一下竄了出來，對著劉主任就一頓大罵：「你這個主任是怎麼怎麼當的？我平時沒教過你嗎？敲門要有禮貌，你連這點最基本的常識都忘記了嗎？」

「你不必罵他，是我讓他敲門的。」說話的人是嚴立明，他不知什麼時候出現在劉主任身後。

「嚴局啊？什麼風把你給吹來了？」魏一明確實沒有想到嚴立明會在這個時候出現在他的面前。

「沒有把你驚著吧？」嚴立明一語雙關地問道，「敲了這麼長時間的門都不開門，我不得已才讓劉主任使勁敲門。」

「嚴局，什麼驚著不驚著，我剛才看文件入神，沒聽到敲門聲。快到裏面坐。」魏一明雖然為官與眾不同，但官場這一套還是非常地懂。

「魏部長真是大忙人啊。今天是周日都還要忙公務。」嚴立明笑著說，但魏一明臉上的變化他全掌握在心裏。

「工作啊，天天忙都忙不完。很多人都以為我們坐在辦公室裏喝喝茶，看看報紙來打發日子，他們又哪裏知道我們的苦處啊。」魏一明乾笑了幾聲，側身把嚴立明讓進了辦公室，又回過頭來把劉主任狠狠地刮了一眼，才說，「給嚴局泡茶。」

嚴立明進辦公室後，魏一明就一下打量他。雖說與嚴立明打交道不多，但魏一明深知嚴立明這個人，公是公、私是私，從來都不會無事不登三寶殿，今天來這裏肯定去了紀委，或者從紀委那裏得到了消息。因此，魏一明只得試探著問道：「嚴局啊，是什麼風把你吹到我這裏來的啊？」

「魏部長啊，是你這股東風啊。你想想颱風才剛過去，你就刮起了這股東風，我不來不行啊。」嚴立明說得非常輕鬆，卻無疑在魏一明頭上敲了一棒。

「嚴局，真會開玩笑。我什麼時候又成了東風，還能把你這個局長吹動啊？」魏一明見嚴立明不露聲色，也跟著打起了哈哈。

「魏部長，我嚴立明什麼時候喜歡開玩笑了？」嚴立明說完也哈哈笑起來，他這一笑卻把魏一明給鎮住了。

「老嚴，我怕笑啊。你一笑我怕我的心臟病要發了，今天我可沒帶藥啊。」魏一明見嚴立明給他打迷魂戰，趕緊岔開話題。

「魏部長有心臟病？我可是第一次聽說啊。魏部長啊，這就你的不對了，身體是工作的本錢，你可要多多保重啊，不要只顧工作不顧身體。」嚴立明很輕意地回擊了魏一明的謊言。

「多謝嚴局關心，我這病啊不患的時候，什麼都好，一旦患起來，可就不得了。」魏一明仍然想把話題岔開，他現在不想馬上知道嚴立明來這裏的真實意圖，至少還給他保留點自我安慰；一旦嚴立明真的一下子說出了他來部裏的意圖，怕自己到時候把持不住情緒。

「那魏部長可得當心啦，這心臟病最怕激動了，一旦激動起來會有生命危險，只是……」嚴立明到這裏故意不說下去，想看看魏一明有何反應。

「嚴局，你說話說一半留一半，好像不是你的風格啊。不過……」魏一明也把說了一半，讓嚴立明來猜。

「不過什麼啊？是怕我說出來讓你激動的話來？」嚴立明當然明白魏一明未說完的話，於是，他乾脆把後半截替魏一明說了出來。

「嚴局不愧是公安局局長，我要想說的話，全讓你給偵察出來了。我真怕你說出讓我激動的話，我的心臟還真受不了。不過，我相信你不會說出讓我激動的話來。你說是不是？」魏一明把這話給撂出來，是為了穩住嚴立明。

「魏部長，你見外了。我一個小小的局長哪敢在魏部長面前班門弄斧？再說一旦有什麼好消息，魏部長的消息應當比我們公安局靈通些吧？你想想，我們每天都把精神繃在弦上，一旦有案子發生哪裏還會顧得上其他事？至於市裏有什麼好消息了，我們還得從報紙電視上才能知道啊。比如，吳小田離奇死亡一事，如果我不是從電視上看到這一則消息，哪裏會知道啊？」嚴立明繞了一個大彎，終於回到了正題。

「唉，吳小田的死亡，我也不敢相信那是真的。可事情已經擺在我們的眼前了，我又不得不相信這是真的……」魏一明說著，心裏難過起來。

「魏部長，你別難過了。吳小田死亡時，又不只你一個人在遊船上。」嚴立明終於看出了一些門道，但他仍不動聲色。

「嚴局，我沒想到會發生這樣的事，這幾天我都在做噩夢。至於到東海上去考查苟東賢都是秦思思的主意……」魏一明見嚴立明說到了吳小田的事，如果自己不跟著談下去，已經是不可能的了。

「哦。秦思思秦主席，她可是我們東江市的女詩人，把文聯的工作做得有聲有色。」嚴立明見魏一明把責任巧妙地推到了秦思思身上，可見魏一明真是一個難對付的人。

「對了，你去過秦主席哪裏沒有？」魏一明突然問了這樣一句話。

「沒有。對了，局裏還有事，我得先走了。」嚴立明見魏一明比他想像中還要厲害得多，便站起來藉故先走一步。

「那我就不送了。」魏一明把嚴立明送出辦公室後，又馬上把門反鎖起來，斜躺在沙發上，豆大的汗珠如雨點般落下來……

第三十二章 大失所望

九月五日上午十時四十分，江小麗家。

吳小田的死對江小麗的打擊太大了，她乾脆請了假回家休息。為了逃避吳小田的死訊，江小麗找了一些書籍來看，但她每次拿起書時，眼前就是一片模糊，腦海裏閃現的全是吳小田身影。

突然，響起了敲門聲，而且越來越響，越來越急。江小麗有些火了，她拿起一本厚書走到門邊，猛地拉開門，將書狠狠地砸在敲門者的頭上。

「哎喲，你想殺人滅口啊？」被敲中者喊叫起來。江小麗仔細一看，被打中的人是張國林，後面還跟著秦思思與潘雨欣，這兩個女人臉上寫滿了怒氣。

「江小姐，這麼久才能來開門啊？是不是屋裏藏著什麼人？」潘雨欣一開口，話裏便充滿了火藥味。

「你們來找我有什麼事？」江小麗沒想到會是這樣三人，加上潘雨欣那充滿火藥味的話，心裏極不舒服，但還是把三人請進屋裏。

「你們成群結隊地來找我，到底有什麼事？」江小麗極力地克制著情緒。

「江小姐，打開天窗說亮話吧，我們是來向你詢問硬碟一事的。」張國林說話不會拐個彎，還是這麼直，一下把氣氛弄得非常地尷尬。

「什麼硬碟不硬碟的？不曉得。」江小麗一下就回絕了張國林提出的問題。

「江小姐，我知道你心情不好，也有苦衷，加上吳小田的意外死亡，我非常理解你此時的心情。」潘雨欣說完，又狠狠地瞪了張國林一眼。

「是啊，江小姐，吳小田的意外死亡著實讓我們心痛，誰也不希望這樣的事情出現啊。」秦思思此時確實悲傷和心痛，但不是因為吳小田的死亡，而是她的的確確心痛。

「這事你們別來煩我，不過我還真不知道吳小田的攝影機裏是否有硬碟。我只是一個主持人，對攝影機一竅不通，又怎能知道硬碟裏是什麼東西？如果你們真要知道這些，去找臺裏其他攝影記者，他們是專業的，或者去找員警吧。」江小麗直接拒絕三人。

「江小姐，這就是你的不是了。這些你怎麼不知道呢？換句話說，你與吳小田的關係非同一般啊，聽說你們還是祕密戀人啊。」張國林實在忍不住了，但他的這句話，既令人尷尬，又把剛剛緩和的氣氛弄成了火藥味。

「我見過不少不要臉的人，卻沒有見過你這樣不要臉的人。」江小麗實在受不了張國林的問話，忽地站起來，指著張國林的鼻子說，「你給我滾出去。」

「你出去。」潘雨欣也站了起來，對張國林說。

張國林只知道自己說的是實話，怎麼令這幾個女人如此反感呢？

「你還不滾？」秦思思見張國林真是一個恬不知恥的人，也火了，便對張國林吼了起來。

「好，好，你們都這樣對待我。我走就是。」張國林的最後一線希望也破滅了，他心中雖有不滿，還是走出了江小麗的房間。

「江小姐，非常不好意思。他是個粗人，說話也粗。」潘雨欣在張國林走後儘量把話說得柔和些，怕再次引起江小麗的不滿。

「是啊，江小姐，張國林就是一個粗人，你不要和他一般見識。」秦思思也跟著潘雨欣的話說。

「你們來我這裏到底要幹什麼？」江小麗儘量克制住對這兩人的不滿。

「江小姐，我們也沒別的意思。一是吳小田已經死了，我們心中真的很悲痛，二是我們也沒想到那天會發生這樣的事。」潘雨欣不想把她要說的說得太快太直。

「是啊，江小姐，如果上天能給我一次機會，我絕不會請你們去東海。這些天我每晚都要做噩夢，夢見吳小田……這都是我的不對，請你原諒我。」秦思思當然晚上會做噩夢，除了能夢到吳小田來找她，更主要的是紀委那邊說拿到硬碟。

「嘿嘿，你們強行來我家裏，不會只對我說這些吧？」江小麗心裏的那股火幾乎都要冒出來。

「江小姐果然是個聰明人。我們請教一下江小姐，是否把吳小田攝影機裏的硬碟交給了紀委？」潘雨欣不想再打啞謎。

「你在胡說些什麼？什麼硬碟？什麼交給紀委？」江小麗被潘雨欣的問話愣了好一會兒才回話。

「江小姐息怒。我們一早就得到消息，吳小田攝影機裏的那張硬碟已經到了紀委手裏，李准也到紀委去了。江小姐，你也知道我們那天在遊船上是為了苟東賢的事，吳小田失蹤時我們都在船艙內。令我們想不通的是，吳小田失蹤後，他攝影機裏的硬碟就不見了，現在又到紀委手裏……」潘雨欣把苟東賢送銀行卡的話嚥了回去。

「你們是懷疑是我拿了吳小田攝影機裏的那張硬碟交給了紀委？神經病。」江小麗忽地站了起來，情緒顯得非常激動。

「江小姐，我們的意思是你是否知情。」秦思思見江小麗發火，趕緊打圓場。

「我不管吳小田攝影機裏是否真有硬碟，或者說又是怎麼到紀委手裏，這一切都不關我的事。如果你們說是我幹的，對不起，我現在就打電話給員警，請他們來斷這個公道。」江小麗的那股火終於竄了出來，摸出手機就開了機。

「江小姐，我們只是隨便問問。我想你做事不會這麼絕吧？」潘雨欣陰著臉說。

「對不起，請你們也出去，我這裏不歡迎你們。」江小麗又將拿出來的手機放回口袋裏。

再問也肯定問不出什麼話來。潘雨欣非常失望，如果再這樣下去，她們之間的關係只能越來越僵，便向秦思思使了一個眼色，然後與秦思思走出了江小麗的家。

第三十三章　身陷絕境

九月五日上午十一時，東江大酒店前一條街。

嚴立明剛從魏一明辦公室出來，就接到沈雨薇打來的電話：「嚴局，快來東江大酒店，隊長出事了……」嚴立明剛想問李准出什麼事了，沈雨薇的電話就斷了，打過去，沈雨薇的手機就關機了。

「去東江大酒店。要快。」嚴立明朝司機吩咐了一聲，心裏就緊張起來。李准會出什麼事了呢？

幾分鐘後，嚴立明的車子來到東江大酒店前，只見那裏人山人海，還有消防人員。嚴立明一下車抬頭就看到東江大酒店的樓頂上有一個女子站在哪裏。不用猜，嚴立明已經明白那個女子要跳樓。

嚴立明好不容易才找到沈雨薇，劈頭問道：「到底是怎麼回事？」

「嚴局，我的手機沒電了。樓頂上那個女子要跳樓，說是隊長要姦污她……」沈雨薇的話還沒有說完，就被嚴立明給打斷了。

「屁話，那個女子是誰？」嚴立明剛聽到李准姦污一個女子的話時，火一下子就冒了出來，李准的為人他這個當局長的還不清楚？

「她叫施莉莉，原是東江大酒店裏的餐飲部大堂經理，昨天被調到客房部，今天到客房部第一天上班，就……」沈雨薇盡力解釋清楚。

「施莉莉？她有什麼背景？」嚴立明又問道。

「嚴局，聽說她是苟東賢的情婦……」

「苟東賢的情婦？快把事情的經過告訴我。」嚴立明一聽施莉莉是苟東賢的情婦，懸著的心終於放了下來。

「早上我去查張國林和潘雨欣時，發現她們去了秦思思家，然後一夥又去了江小麗家，沒多久，張國林獨自從江小麗家出來，表情十分複雜。我跟蹤他來到市裏，就看到了這裏圍了許多人。一打聽，才知道施莉莉跑到酒店樓頂要跳樓，並在樓頂大喊大叫，說是李准想強姦她，她以死抵抗才得已逃脫。現在她以死來證明她的清白。在她死之前，希望在場的人替她打電話給省電視臺，或省裏報社的記者。她要清除躲在員警中的敗類。總之，她一個勁兒地誣陷隊長。」沈雨薇一口氣說了這麼多，還想繼續說下去，又被嚴立明打斷了話。

「李准人呢？」嚴立明問。

「已經被送往醫院。」沈雨薇回答說。

「什麼？」嚴立明現在最擔心李准的安全。

「隊長的頭部被打傷了，我趕來時，他被酒店的服務生捆綁起來，整個人也處於昏迷狀態中，我急忙命人把他送往醫院。」沈雨薇回答。

「居然有人敢捆綁我得力的隊長。」嚴立明沒想到事情竟是這麼嚴重，心裏的那股火一下升了起來，「你趕緊想辦法把這裏的事情擺平，我去醫院看望李准。」

「嚴局，那個女人怎麼處理為好？」沈雨薇問嚴立明。如果不想辦法及時處理好，施莉莉一旦跳下樓，對李准更為不利。

「你以為她真要跳樓嗎？她這是做戲給我們看。」

「我看還是先把她處理好才去醫院吧。醫院那邊我已經給幾個同事打了招呼，除了醫生外，沒有得到我的命令誰也不准靠近隊長的病房。」沈雨薇見嚴立明著急想去醫院，忙向他解釋。

「你的話有道理，那我們先把這個女人救下來吧。」嚴立明說完從一個員警手中搶過擴音器，就朝樓頂的施莉莉喊道：「樓上的女子你聽著，我是市公安局的局長嚴立明，你有什麼冤屈，麻煩你下樓來對我們講。請你相信我們員警：我們絕不會放過一個壞人，也不會冤枉一個好人。」

施莉莉在樓頂站得有些久，腳也有麻了，見局長嚴立明也來到了樓下，心裏有些虛了，但她還強硬著不肯下樓，並喊道：「要強姦我的就是你們員警，我不相信你們員警。」

「你不相信員警？那你還能相信誰？」嚴立明問。

「我要見省電視臺和省報的記者，我要向他們訴說我的冤情，」施莉莉極力的喊道。

「省電視臺的記者馬上就趕到。希望你下樓來等待他們。我保證讓他們採訪你，給你洗刷冤情。」嚴立明說。

樓上樓下一說一答。施莉莉就是不下來，嚴立明幾乎失去了耐心，但他此時明白，施莉莉現在是拖延時間，這時間拖得越久，知道這事的人越多，這樣對李准越是不利。可這事又急不來，萬一有一句話不對，施莉莉真的跳下來，那可不是鬧著玩的，這是人命關天的事。「嚴局，我看我們還是派人悄悄地摸到樓頂，趁她不注意，把她解救下來。」沈雨薇出了個主意。

「好吧，你讓其他員警配合好消防人員，萬一她跳了下來，地面上一定要保證她的安全。另外，你派幾人到樓頂上去，悄悄地接近她，一有機會就把她救下來。」

「嚴局，我已經派了幾個同事爬上去，他們正在等待時機出手。」沈雨薇說。

「好。」嚴立明說完又拿起擴音器朝施莉莉喊話。

突然，沈雨薇大喊：「嚴局，事情不對……」嚴立明順著沈雨薇的手望去，只見施莉莉像一隻斷線的風箏，正往樓下飛來。

「快接住她。」嚴立明的話音未落，幾名消防人員已經將抬著氣墊朝施莉莉落下的地方奔跑過去。

隨著「啪」的一聲，施莉莉落在氣墊上，嚴立明懸著的心終於放了下來，但頭上的汗如雨般落了一來。沈雨薇也從眾人的驚叫中清醒過來，說了句：「好險。」

「先送醫院進行檢查，如果沒有病，馬上把她送到局裏來。切記，一定要保證她的安全，不要讓任何人接觸到她，更不要有類似的事情發生。」嚴立明滿臉的怒氣。

「嚴局，你放心。我一定保證把她安全地送到你的面前。」沈雨薇說完就上去幫助消防把施莉莉送往醫院，嚴立明也坐上車子前往醫院去看望李准。

第三十四章 絶對威脅

九月五日上午十一時二十五分，魏一明辦公室。

魏一明沒有想到嚴立明會來找他，特別是他的一句「你去過秦主席哪裏沒有」，著實讓魏一明冷汗直冒。別看嚴立明的話好像不在調上，可魏一明的心像被人重重打了一拳一樣作痛。看看時間，到了回家吃午飯的時間了，魏一明收拾好公事包，剛拉開門，被站在門外的苟東賢和江建國嚇了一大跳，有些驚訝地問道：「你們來這裏幹什麼？」

「魏部長，我們是來看望你的啊。」苟東賢回答說。

魏一明知道躲不過這兩人，乾脆把門拉開，讓二人進了他的辦公室，自己走到辦公桌前，摸索了半天，終於摸出那張燙手的山芋銀行卡，丟到苟東賢面前：「這是你給我的銀行卡，還給你。」

「魏部長，你這是什麼意思？」苟東賢沒有接銀行卡，而是斜著眼睛看魏一明。

「你的事情我辦不了。」嚴立明的前腳才走不久，這兩個傢伙就找上門來，絕對沒好事。

「魏部長，老苟託你辦事，這是他的心意，你就收下吧。」一直沒有說話的江建國，突然冒出一句話來。

「我……」魏一明還想說下去，這兩人竟然明目張膽地來他單位裏，肯定有著不可告人的目的，得弄清楚他們此行的目的，然後把他們打發走。

「魏部長？過了好幾天了，我的事情你還沒辦好啊。」苟東賢有些迫不及待地問。

「你們容我好好想想，行不行？」魏一明被苟東賢一催，這話竟脫口而出，然而他又後悔不已。還沒有弄清苟東賢和江建國此行的目的，就胡亂說出了話，魏一明像洩了氣的皮球。

「魏部長，市裏這麼多的部門都已經答應了，你還猶豫什麼？再說老苟當上公務員，對大家都有好處。多一個朋友多一條路，你不會把事情做得那麼絕吧？」江建國冷不丁地冒出這樣一句話，讓魏一明非常地為難。

「你們靜一下，還是讓我慢慢地想想。」魏一明又何嘗不想多一個朋友啊，可是吳小田的死亡，讓他已經沒有了分寸，況且嚴立明剛剛來找過他。如果這事鬧大了，自己這個部長當不當無所謂，最主要的是吳小田已經死亡了。

「魏部長，你還想個什麼？難道你想與李准一樣？」苟東賢實在忍不住了。

「你們把李准怎麼樣了？」魏一明聽到苟東賢說自己想李准一樣，那麼李准肯定出事了。

「他啊，現在在醫院裏躺著，用不了多久，他就會在監獄裏待著。」江建國冷笑著說。

「李准在醫院裏？他怎麼了？」這下輪到魏一明吃驚了。

「李准今天早上在東江大酒店裏耍流氓，調戲服務生，逼良為娼，如今那個服務生要跳樓輕生，省報和省電視臺的記者都趕了過來。今晚的電視和明天各大報紙肯定會報導這個大新聞，就算李准不死也要脫一層皮。」苟東賢雖然嘴上不屑地說，但心裏卻忐忑不安，如果魏一明不吃他這一套，他該怎麼辦？

「你們到底要幹什麼？」魏一明更是睜大了眼睛，他明白李准已經遭到他們的陷害，下一個人肯定自己了。魏一明打了個寒顫，這兩人居然為達到目的什麼事都做得出來。

「魏部長，老苟這些年來也不容易，雖然他做上了房地產的老闆，是一步一個腳印地走過來的。為了咱們市的文化事業，他也沒少出力也沒少出錢。特別是為了市裏舉辦的九〇後書畫展，他可是拼了力、拼了錢，讓那群一直沒出頭日的書畫作品得已在全國展出，並獲得如此大的影響，我市也因此獲得了我省的文化大市稱號。老苟這樣做是為了什麼？還不是為了咱們市在全國有名有影響，有了名氣有影響，咱們市的日子是不是好過得多了？」江建國的語氣緩和了許多。

「是啊。我苟東賢出那麼多的錢搞那麼多的書畫展，是為了我苟東賢的利益嗎？我為什麼不多花些精力去把房地產做強做大？魏部長，你也知道我只要多開發一塊地，就賺幾百萬到幾千萬，我幹嘛要做這些出力不討好的事？我這是為咱們市的名氣，我已經老了，沒有當年的闖勁了。當公務員也是迫不得已的選擇。」苟東賢說著有些傷感的樣子。

「你們這是……」魏一明被江建國和苟東賢一說，竟然有些說不出話來，他不是不知道苟東賢為市裏搞的書畫展，在全國出了名和獲得的稱號，但他也明白，苟東賢之所以這樣做，全是在為自己撈資本，如果他不把市裏的書畫展搞得全國有名氣，他苟東賢能被市評為特殊人才嗎？如果沒有這個特殊人才的稱號，他苟東賢有機會當公務員嗎？

苟東賢見魏一明低下了頭，以為他妥協了，便進一步說道：「魏部長，我想李准不會是你的榜樣吧。」他與江建國誣陷李准的事太順了。如果不給魏一明點顏色，他當公務員的事肯定會一拖再拖。時間對苟東賢已經等待不起了。他今年五十八歲了，過了今年他再也沒有機會了。

「魏部長，你馬上簽字蓋章吧。老苟這人的脾氣是不好，可他說的都是真話。再說，他當上公務員，拿的是國家的錢，又不要你出一分，你只是動動手而已。」江建國也在一邊勸魏一明。

「你們這是威脅我？要是我不簽字蓋章呢？」魏一明突然火了。

「不簽字蓋章？李准的下場就是你的下場。」苟東賢突然從沙發上跳了起來。

「李准是李准，我是我。我是絕對不會受你們的威脅，你一個房地產開發商竟然在我面前裝大，你算老幾？再說，就算我現在想簽字蓋章，公章也不在我手裏。」魏一明也火了，把桌上的茶杯狠狠地摔在地上。

「魏一明，你別敬酒不吃吃罰酒。」苟東賢忽地走到魏一明面前，舉起拳頭朝魏一明臉上打去，卻被江建國抓住了。

「算了。老苟，我們走吧。魏部長心情不好。我們下週一再來。」江建國見事情不對，如果苟東賢打了魏一明，這事情肯定不好收場，他趕緊把苟東賢推出了門外，又回頭來對魏一明說，「魏部長，你看這事鬧的？我們先走了。」

第三十五章 無不擔憂

九月五日上午十一時三十五分，太和茶樓。

秦思思與潘雨欣剛從江小麗家出來，就接到張國林打來的電話。張國林讓她們馬上趕到太和茶樓，有好消息告訴她們。潘雨欣心情不太好，本想罵張國林幾句，秦思思勸她一起去太和茶樓，聽聽有什麼好消息，總比這兩天擔驚受怕強。

兩人趕到太和茶樓時，張國林早已泡好了龍井茶等她們。

「有什麼好消息？有屁就快放。」潘雨欣屁股都還沒有坐下，就催張國林快點把好消息講出來。

「看把你們急得，好好，我馬上說。」張國林輕輕地呷了一口，臉上露出了得意的笑容，一邊比劃一邊說，「李准躺進醫院裏了。」

「我以為是什麼好消息。」潘雨欣覺得被張國林愚弄了，站起來就要往門外走。

「你們知道李准躺進醫院的原因嗎？」張國林也站了起來。

「有話就快說，有屁就快話。」張國林說話有意吞吞吐吐，讓潘雨欣很是不舒服。

「張國林，不要吊人胃口。」秦思思也有些受不了。

「李准在酒店裏調戲施莉莉，被酒店的工作人員打成了重傷。施莉莉現在就站在東江大酒店的頂樓上要跳樓，還揚言說她在等省報和省電視臺的記者來，她要揭發李准是一個披著員警服裝的禽獸。」張國林這次一口氣把李准進醫院的前因後果全說了出來。

「什麼？你再說一遍。」潘雨欣急忙從門口返了回來，眼睛睜得大大的，她還是不相信這事情是真的。

「當然是真的。公安局的局長嚴立明也到了現場，正在主持人員營救施莉莉呢。」張國林得意地說。

「我看這次的事情鬧得太大了。」秦思思略有所思地說。

「思思說得對，事情鬧大就沒辦法收場了。」潘雨欣同意秦思思的看法。只要媒體一介入，離事情的真相也就不遠了。

「什麼事情越鬧越大？只要李准進了醫院，再告他一狀，他還能當刑警支隊的隊長？他不當隊長了，我們還用得著怕他？」張國林十分得意地分析道。

「你懂個屁。我看我們是凶多吉少了。」潘雨欣十分擔憂地說。

「雨欣說得對。」秦思思也緊張起來。

「真的有這麼嚴重嗎？」張國林的臉色都變了。

「唉，我真懷疑你這個人是真笨還是假笨，這麼簡單的事都想不到。」潘雨欣心裏更火。

「雨欣，事情到了這個份上，我們現在該怎麼辦？」秦思思用期待的目光看著潘雨欣。

「思思，這事情來得太突然了，我也一時想不出辦法來。我們首先要想明白，李准不可能傻到在大白天去東江大酒店裏調戲服務生，更不會去調戲施莉莉。我推斷這後面隱藏著一個陰謀。」潘雨欣略微思考得出這樣個結論。

「你是說李准是被人陷害的？主謀有其他人？」秦思思聽出了潘雨欣話中的利害關係。

「你仔細想想，施莉莉這樣做是為了什麼？就算李准調戲了她，她也不可能跑到東江大酒店的頂樓去跳樓，還要求省裏的媒體來。施莉莉這樣做不可怕，怕的是施莉莉背後策劃的人。」潘雨欣說完長長地歎了一口氣。

「你是說苟東賢？」秦思思也明白了潘雨欣要想說的話。

「苟東賢這樣做是為了什麼？」張國林被兩人說得雲裏霧裏，忍不住問了一聲。

「你少插嘴。」秦思國見張國林問出這樣傻的問題來，被潘雨欣用鄙視的目光看了一眼後，心裏極不舒服，忍不住朝張國林吼道。

「思思，不要與他說話。我們還是分析一下即將發生的事情吧。」潘雨欣見秦思思吼張國林，明白自己的話太重，秦思思有些不好受。

「雨欣，你說說你的想法啊。」秦思思亂了方寸，一時沒了主意。

「就像你剛才所說的，李准被誣陷的背後主謀肯定是苟東賢。既然苟東賢能夠把李准都整倒，那我們呢？我一直都在想，苟東賢是一個深不可測的人。他做事不但絕情，其結果也往往都出人意料。誰能保證苟東賢對我們就沒有留一手？到時候他來個六親不認，我們會跟著倒楣。」

潘雨欣的分析讓秦思思和張國林都吃驚不已。

「你們別這樣看著我。還有一個人可以救我們。」潘雨欣又說。

「誰？」秦思思和張國林不約而同地問道。

「魏一明。」潘雨欣回答說。

「為什麼？」秦思思有些不解地問道。

「是他不答應苟東賢當公務員的事，其他部門都答應了，只要睜隻眼閉隻眼，簽字蓋章就行了。他的目的是什麼？」潘雨欣說到最後幾乎是咬牙切齒。

「這倒是啊。他不就是想多得些苟東賢的好處啊？」張國林附和著說。

「魏部長在這事上做得的確有些過火，在中間橫插一槓，弄得大家都受牽連。」秦思思也因魏一明沒有簽字蓋章而惱火。如果魏一明能夠順利地簽字蓋章，結局是皆大歡喜。

「因此，我們要做兩手準備：一是把所有的事都往苟東賢頭上推，二是把所有的事往魏一明頭上推。魏一明不是想清高嗎？清高是要付出嚴重代價的。」潘雨欣惡狠狠地說。

「這樣能行嗎？」秦思思有些擔心地問。

「有什麼不行的？苟東賢當公務員的事與我們沒有多大的關係，決定權也不在我們手裏。只是吳小田的事，我們在座的人都脫不了關係。只要我們一口咬住這一切與苟東賢或者說魏一明有關，員警肯定拿不出重要的證據，又能把我們怎樣。況且，這次李准被誣陷與我們完全無關。」潘雨欣繼續分析說。

「李准就那麼好被誣陷？嚴立明肯定會想辦法把他救出來。李准一旦獲得了自由，我們該怎麼辦？」秦思思一想到李准，這個連自己的親生父親都敢抓的員警，還有什麼事做不出來？

「你說得非常對。這是一件非常棘手的事。」提到李准，潘雨欣的後背直發涼。

「你的意思我們聯合荀東賢？」秦思思的臉上充滿了疑惑，剛剛潘雨欣說把所有的責任都推到荀東賢和魏一明身上，現在又聯合荀東賢？

「你說得對。我們既要聯合荀東賢，又要保住我們。得想一個非常好的辦法。大家都想想吧，不然就來不及了。」潘雨欣說完也開始沉思起來，秦思思也皺起了眉頭，只有張國林一邊喝著一邊抽著煙，好像什麼事都與他無關一樣。

第三十六章　將計就計

九月五日上午十一時四十分，東江市第一人民醫院。

嚴立明趕到醫院時，守在門口的兩名刑警隊員正在勸阻幾名想進入病房採訪的本地記者，特別是有幾名女記者，使出百般手段要求進入病房，弄得那兩名刑警隊員很是尷尬。嚴立明正憋著一肚子氣沒地方發，衝著幾個記者吼了起來：「你是哪個部門？叫你們領導來見我。」

幾個年輕女記者只得退了回去。嚴立明還有些不放心，又對站在門邊的兩名名刑警說：「你們把他們給我攆走。除醫生護士外，不許任何人進入這間病房。」

嚴立明說完轉身便進了病房，看到躺在病床上雙目緊閉的李准，心裏有一種說不出的酸楚，便問幾個正在緊張地檢查醫生：「他的傷情怎麼樣？」

「他的頭部受了重創，片子已經拍了，還沒有拿到，但通過其他專案檢查都比較正常，按照常理他此時該醒過來，可他一直昏迷不醒。我們也查不出原因……」醫生非常納悶地說。

「查不出原因，難道要我來查原因嗎？」嚴立明一聽說李准現在還沒醒過來，心裏更是一陣酸楚，忍不住又對醫生發火。

「嚴局長，我們不是不盡力，從醫這麼多年，從沒有見過這樣的怪病……」一個認識嚴立明的醫生急忙答話。

「李准哪樣大風大浪沒見過？會被區區一點傷所打倒？」嚴立明雖然嘴上不相信李准會傷成這樣子，心裏卻十分擔心。

「唉，這個難說啊。有的人輕輕地摔一個跟頭，還會成植物人呢，何況他是受利器重擊……如果他不再甦醒過來，有可能成為植物人……」醫生只顧把話脫口而出，馬上又後悔不已，作為醫生他不該在檢查結果還沒有完全出來之前，就給病人下了結論。而且在市公安局的局長面前。

「連個外傷都治不好，你是醫生還是遊方郎中？」儘管嚴立明在心裏告誡自己不要發火，但還是沒壓住。

這時，一個護士拿了一張片子過來，遞給那醫生。醫生仔細地看了看片子，又遞給其他幾個醫生看了，大家都搖了搖頭，臉上露出怪異的神色。最後，他們不得不聚在一起商量，統一了意見，說李准的傷勢並無大礙。

「那他為什麼到現在都沒有醒過來？」嚴立明鐵青著臉。

「這樣吧，我們到診斷室裏再仔細研究研究，同時我們向省城請專家來一起會診。」幾個醫生都想儘早地離開病房。

醫生走了，護士也走了。只剩下嚴立明孤零零地守著掛著鹽水的李准。這個正直、有著一顆良心的好員警，瞬間變成了這個樣子，嚴立明不由眼睛一熱，幾顆淚水掉了下來。突然，他的手被一個人抓住了，嚴立明下意識地使了一個反擒拿，卻被對方捏得緊緊的。他回頭一看抓住他的人是李准，正想說話。李准卻朝「噓」了一聲，然後小聲說：「不要大聲說話。」

「你在搞什麼鬼……」嚴立明的話還未說完，已經明白了李准的意思，馬上走到門邊，把門反鎖了起來。

「嚴局，我知道該怎樣破吳小田的案子了。」李准小聲地說完，又把他去酒店調查施莉莉遇到荀東賢和江建國的事說了。

「啊，你是被荀東賢所傷的？」嚴立明不由大吃一驚，荀東賢竟然公開與員警作對？

「他讓我們不要追查吳小田死亡的案子，而且還說他一定要當上公務員。我一直在納悶，荀東賢這樣囂張，肯定隱藏著一個不可告人祕密。」

「看來，情況變得越來越複雜了，以前我們只顧著調查吳小田的死因。從目前的情況來看，苟東賢說不定在策劃另一件驚天的陰謀，企圖把我們引向誤區。」嚴立明立即明白了李准的意思。

「苟東賢為什麼要急著當公務員？對他來說當公務員的目的又是什麼？這些年來，苟東賢開發的房地產還少嗎？雖然他的業績比不上劉宇鳴與吳家俞，也算是東江市第三大房地產開發商，掙的錢夠他幾輩子都花不完。另外，江建國像個隨從一樣跟在苟東賢身後。作為市國土局副局長，江建國有那個必要嗎？」

「你這一說，我還差點把江建國忘了，他與苟東賢到底是什麼關係呢？那天在遊船上的還有秦思思、潘雨欣和張國林。他們是怎麼聚在一起的呢？要說魏一明去考察苟東賢，這是他的工作。那麼秦思思、潘雨欣、江建國和張國林，他們去遊船上又是為什麼呢？」嚴立明陷入了沉思中，他的確想不明白這些人為什麼與苟東賢在一起。

「他們之間的關係相當地微妙，要想弄他們之間的關係，我們只有把他們分開調查，逐一擊破。經過這兩天的走訪和分析，我認為得找最弱的人下手。」李准分析道。

「誰是最弱的人？」

「張國林。只要從他身上打開突破口，我相信這個案子會很快結案。」

「但是，你現在醫院裏……」嚴立明想說李准現在被誣陷，又怎麼能查案子呢？

「嚴局。你放心，我也知道我被苟東賢擊傷後，他們會有所行動，再利用施莉莉的事來威脅我，讓我被調查。」

「李准，還給你說對了。施莉莉站東江大酒店的頂樓揚言請省裏的媒體來為她主持公道，不然她就跳樓。」

「她現在怎麼樣了？」儘管李准有心裏準備，但還是驚了一跳。

「她跳了下來，被我們的消防員用氣墊子接住了，現在院裏觀察治療。」

「那就好。」李准長長地鬆了一口氣。

「那我們現在該怎麼辦？」嚴立明徵求李准的意見。

「我繼續躺在病床上，一直不甦醒，要讓外界的人都知道，我被打成了植物人，然後我可以暗中調查。」

「李准，真有你的。」嚴立明笑著拍了拍李准的肩膀，突然門外有人在推門。

「嚴局，麻煩你去開門，我先躺下了。」李准說著躺在病上。嚴立明拉開門一看，敲門的人是沈雨薇。

「嚴局，不好了。施莉莉逃跑了。」沈雨薇上氣不接下氣地說。

「什麼？她跑了？」嚴立明突然感到事情非常地棘手，回過頭朝躺在病床上李准看去。

第三十七章　再次相聚

九月五日中午十二時零五分，秦思思家。

秦思思剛回到家裏，門鈴突然急聲大響。她拉開門一看，是苟東賢和江建國站在門外，秦思思有些意外，但想到潘雨欣剛才在茶樓裏與她說的話，馬上把苟東賢和江建國讓進屋裏。

「你們怎麼來這裏了？」秦思思有些害怕。

「我是來找你們商量我當公務員的事。」苟東賢直接說出了來意。

「老苟都快急瘋了。」江建國插了一句。

「這……這，還是把潘雨欣叫來吧，她的主意多。」秦思思是吃一塹，長一智。畢竟潘雨欣曾說她們要聯合苟東賢，不然以後發生什麼事了，他們都吃不了兜著走。

「我已經給她打過電話了。她馬上就趕來。」苟東賢淡淡地回答。其實，他在來的路上就已經想好了，別的地方是不能去的，只有秦思思這裏最妥當。因此，又給潘雨欣打電話，潘雨欣很爽快地答下來。

「她能來就最好了。」秦思思的話音剛落，潘雨欣就敲響門。潘雨欣與秦思思分手後就在考慮，如何與苟東賢取得聯繫，沒想到苟東賢竟先打電話給她，於是調頭趕往秦思思家。

「雨欣，你來得好快啊。」潘雨欣快速來到秦思思家，令江建國感到很意外，原因今天雖然是周日，可潘雨欣的家在新開發區，就算開車到這裏來也得二十分鐘，可從苟東賢給潘雨欣打電話到現在，也不過十分鐘。

「怎麼？嫌我來得太快？」潘雨欣聽了江建國的話極不舒服。這兩人非同一般，連這麼小的細節都看出來，要與他們合作，得多長一個心眼，別讓他們占了主動，更不能讓他們發現自己與秦思思商量過對策

「要不要把張國林也叫來？」江建國徵詢苟東賢的意見。

「不用了。他是一個辦事不成敗事有餘的混蛋。」一聽到叫張國林來，潘雨欣有些慌了，急忙勸阻。

「他這個人幫不了什麼忙，我們沒時間等他了，儘快把我的事辦妥。」苟東賢見潘雨欣反對，也來個順水人情。

「真的不等他了？」秦思思見苟東賢反對叫張國林來，心裏有一些不快。苟東賢當公務員的事張國林幫了不少的忙，他現在把張國林撇開，下一個撇開的人會不會是她秦思思？

「思思，你發什麼愣呢？讓老苟說說他有什麼好主意。」潘雨欣見秦思思走神，急忙叫她。

「沒什麼。老苟，你快說你又有什麼好主意？」秦思思只得來一個順水推舟。

「我們剛剛會了魏一明，把厲害的關係與他說了。他已經答應了，就差一把火了。我現在想請大家幫我想一個十全十美的辦法，把這把火煽起來，而且要趁熱打鐵，不然魏一明那個老傢伙

臨時又變卦。」苟東賢這次說話像是變了個人似的，令潘雨欣和秦思思都暗暗吃驚。

「我和老苟去了魏部長的辦公室裏，他說今天是周日，公章又不在他手裏，最遲星期一得幫老苟把這事辦了。老苟的事不能再拖了。」江建國也一邊替苟東賢打氣。

「既然這樣，我們現在也不能去催他，萬一他的牛脾氣又上來了，不願意替老苟辦事，我們怎麼辦？」秦思思在心裏警告自己要順著苟東賢的話來說，卻又說出違心的話來。

「老苟，你也太多心了吧？老魏這次既然答應了，也就是多等一天多的時間了，我們再去催他，以他的脾氣，我們現在去催他也辦不了。」潘雨欣與秦思思不一樣，直截了當地把她的看法說了出來。

「剛才我是不想緊逼他而已。雖然公章不在他手裏，難道他一個部長還搞不定一個公章？我看他是有意想拖延時間，所以我來找大家幫我們出主意的。」苟東賢見秦思思和潘雨欣都想把事情推開，他豈能讓她們置之度外？

「雨欣啊，老苟這事是萬事俱備了，只欠一股東風了，借這股東風的人非你莫屬了。」江建國見苟東賢說了半天都沒有說到點子上，直接點了潘雨欣的名。

「我去？上次我不是去說了半天嗎？結果怎麼樣？魏一明不買我的帳啊。」潘雨欣見江建國點她的名，心裏更是不舒服，可她又不敢當幾人的面發作。

「潘局，秦主席去肯定不合適，你與魏一明的關係不一樣，他多少要買你的帳啊。我們已經把火點燃了，你就在火上助一把風吧。」苟東賢見潘雨欣不願意去，馬上換了口氣。

「雨欣，你就試試吧。」秦思思此時也有了想法，這樣的事她也巴不得不沾手。既然苟東賢和江建國都點了潘雨欣的名，何不順水推舟？

「讓我想想吧。」潘雨欣沒想到秦思思也站在苟東賢一邊，現在，自己一比三，這就像踢足球一樣，自己都一比三落後，翻盤的機會有多大？因此，她借機思考來緩解一氣氛，但她心裏卻記住了秦思思，這個女人看上去非常老實，心裏卻比誰都精明，得找個機會離開這裏，苟東賢的事再不能沾手了。潘雨欣打定主意，便裝著答應，「這樣吧，我現在去找老魏商量一下，讓他馬上把這事辦了。」

「我們一起去吧。」苟東賢見潘雨欣答應下來，欣喜若狂。

「不行，你們一去，萬一老魏有了其他看法？我豈不是白努力了？等我說動了他，就馬上打電話給你們，如何？」潘雨欣儘量平靜自己的心態，不讓在場任何人看出破綻。

「老苟，就讓雨欣先去探探路吧。我們剛剛才與魏一明說了那樣的話，他心裏豈有不火的道理？」江建國讓苟東賢不要去添亂了。

「那好吧。潘局，這事就拜託你了。」苟東賢的話溫和了許多，害怕潘雨欣會反悔。

「那我走了。」潘雨欣沒等任何人說話，就小跑出了秦思思的家。

第三十八章　初現端倪

九月五日中午十二時十分，東江市第一人民醫院。

秦思思與潘雨欣一走，江小麗心裏極不舒服。先是組織部的魏一明來單位裏找自己，接著是公安刑警支隊的沈雨薇，再接著是秦思思和潘雨欣。這些人來找自己肯定有他們的目的。在東江市只有李准才是唯一信得過的人，他為了法律的公正，連自己的親老子都抓。東江市太需要李准這樣的員警了。因此，江小麗決定去會一會李准。

走進公安局，江小麗才知道李准住進了醫院。江小麗想也沒想，直奔醫院。一到醫院，江小麗打聽到了李准住的病房，卻被兩名刑警擋在門外。江小麗焦急萬分，看到沈雨薇與嚴立明從病房裏出來，顧不上刑警的阻攔，朝嚴立明和沈雨薇大聲喊道：「嚴局長，沈警官，我有事找李隊長。」

嚴立明和沈雨薇聽到江小麗的喊聲，急忙走了過來，示意守衛的刑警放開江小麗。

「江記者，晚了。他一直昏迷不醒，醫生剛剛檢查出的結論是他有可能成植物人。」嚴立明故意滿臉痛苦地說。

「什麼？昏迷不醒？植物人？」江小麗沒想到李准會傷得這樣嚴重。

「你有什麼事對我說吧。」嚴立明看出了江小麗肯定有重要的事情要說。

「在這裏？」江小麗看了看守衛的刑警，不願意當著他們的面說出來。

「去病房裏吧。」嚴立明說。

一進病房，嚴立明就讓江小麗坐在李准的病床邊，以便躺在病床上的李准也能把所有的談話聽清楚。

「嚴局長，李隊長的事我剛剛才聽說，沒想到他……」江小麗之所以跟著嚴立明進來，是她知道在李准與嚴立明的關係非同尋常。而且，嚴立明也是一個值得相信的員警。

「江記者，你說吧。」嚴立明今天一直在氣頭上，愛將李准被苟東賢傷成這樣，如果不是李准勸阻，他已經派人去把苟東賢給抓起來。李准說苟東賢後面肯定還隱藏著有什麼見不得人的陰謀，現在抓他最多也只是以他打員警的事情把他抓起來，吳小田的案子很難水落石出。

「江小姐，你說吧，我們這裏沒有別人，你不用怕，有什麼事我們一定會為你作主的。」沈雨薇也在邊勸江小麗。

「嚴局長，是這樣的。我在吳小田的電腦裏發現了一個奇怪的檔案，被他鎖上了高級密碼，始終打不開。因為他在我的ＱＱ裏留言，讓我在他的電腦裏找到這個檔案夾後拷出來，交給李隊長。他還特地叮囑我把這個檔案拷出來後，把他電腦裏的這個檔案徹底刪除，不能讓任何人知道。」江小麗說著就拿出一個隨身碟遞給了嚴立明。

「哦，還有這樣的事？」嚴立明感到很驚訝。難道說吳小田知道自己要死，事先把後事都準備好了？他拿著隨身碟端詳了半天，遞給了沈雨薇。

「我想這裏面肯定有什麼重要的線索。不然，吳小田不會這麼神秘地讓我把檔案交給李隊長。」江小麗老實地說。

「你不要著急，我們的沈警官可是電腦高手，一般的加密檔案，對她來說都是小菜一碟。」嚴立明安慰江小麗。

「另外，剛才秦思思和潘雨欣來找過我。」江小麗一想到秦思思和潘雨欣就非常地反感。

「哦，她們兩人來找過你？還有張國林吧？」嚴立明並不感到意外，因為沈雨薇和幾名刑警一直在跟蹤秦思思和潘雨欣，沈雨薇看到他們進了江小麗的家後，沒多久，張國林就獨自出來了。沈雨薇跟蹤張國林後，救了李准一命。

「是的。張國林強行進了我家，進屋後就氣勢洶洶地問我吳小田攝影機裏的那張硬碟。」江小麗一提到張國林，心裏就是氣。

「吳小田的攝影機裏的硬碟是真丟了吧？」嚴立明問。

「按理說，吳小田的攝影機裏肯定放硬碟，不然他怎麼錄影？奇怪的是他的攝影機裏沒有了硬碟。當時我在背稿子，大家都坐在船裏商量著荀東賢的事，沒有注意到吳小田是怎麼掉進東海的，也不知道他的攝影機裏是否有硬碟……」說到這裏，江小麗的眼圈紅了。

「江小姐，節哀吧。」沈雨薇見江小麗眼圈紅了，趕緊勸說。

「江記者，你再仔細回憶一下，吳小田上船後或者說上船前有什麼反常的地方？」其實，江小麗現在所說的情況，與嚴立明所掌握的情況一樣。

「我與吳小田做搭擋這麼多年，他一直都是不太喜歡說話。要說反常，就是我們去東海時，他遇到一個販魚的，兩人聊了好幾句話。上車後我問過他，他說一個熟人。」江小麗回答說。

「哦。你再想想還有沒有其他什麼。比如，在船上開會時，苟東賢有沒有什麼比較意外的行動？」嚴立明應了一聲，這個細節他已經聽李准和沈雨薇說了。

「你這一問，我想起來了。苟東賢曾想送我一張銀行卡，但我沒有要。其他人接沒有接就不知道了，因為我一直在埋著頭背稿子，這稿子本來是我和吳小田寫的，可文聯的秦思思已經把稿子寫好了，有一千多字，說是特地找市裏最有名的作家寫的，那稿子寫得亂七八糟，我花了很大功夫才背下來。」江小麗如實地說。

「原來如此，看來事情就出在這稿子上。」嚴立明突然感到事情的嚴重性。

「是啊，你們電視臺採訪，應當由你們自由發揮，或者說是你們瞭解情況再準備稿子，怎麼用文聯準備好的稿子呢？」沈雨薇也覺得文聯給的稿子有問題，自己前天怎麼沒有注意到呢？

「江記者，你提供的情況非常重要。這樣吧，你先回去，我們會仔細研究，你有什麼新的情況，一定告訴我。」嚴立明得知這些情況後，得馬上問問李准的看法，因此他得把江小麗支走。嚴立明又對沈雨薇說：「小沈，一定要與江記者保持聯繫。」

送走江小麗後，嚴立明迫不及待地對睡在病床上的李准說：「小子，別裝了。快起來，談談你的看法。」

「好。可把我憋壞了，沒病也會睡出病來。」李准說著從病床上翻了起來。

第三十九章　得寸進尺

九月五日下午十三時四十分，魏一明辦公室。

魏一明連午飯沒有回家吃，盯著手機直發呆。手機就像是一顆定時炸彈，只要一響，肯定沒有好事。雖然今天是週末，可紀委書記上班了，公安局的局長上班了。先是嚴立明來找自己，接著是荀東賢與江建國來辦公室。如果吳小田沒有死亡，自己已經在荀東賢的調令上簽下了大名和蓋上公章。想想自己為官近二十年，一直沒得到升遷，這與自己為官清廉有關。

今天，荀東賢根本沒有把自己這個組織部的副部長放在眼裏。如果荀東賢不是與市裏其他的領導關係鐵，他敢如此放肆？魏一明前思後想，終於想通了。自己如果得罪了荀東賢，就等於得罪了市裏的其他領導，自己又何必做得這麼絕呢？如果自己順利地給荀東賢辦了轉公務員的事，現在又何必在這裏找罪受呢？

魏一明打定主意，拉開門回家，卻見秦思思、荀東賢和江建國站在門口。

「這夥陰魂不散的人又來了。」儘管魏一明心裏非常地反感，但這次卻裝出一副笑容，問道：「思思，你們怎麼來了？」

「魏部長，到你辦公室裏說話吧。」秦思思這次是被荀東賢逼著來的。

「魏部長，不好意思又來找你了。還是為了那件事，希望你今天能定下來。」苟東賢進屋後也不客氣，坐在沙發上蹺起腿，對魏一明是滿臉的不屑，但他的語氣卻比上午緩和得多。

「你的事我剛剛也考慮過了。下週一一定給辦了。這事也不能再拖了。」魏一明一反上午的常態。既然苟東賢再次提出來，就來了個順水人情。

「真是太好了。」秦思思本以為這次要費許多周折，沒想到魏一明竟然答應得這麼爽快。

「魏部長，你真是爽快啊。」江建國也以為魏一明會推三阻四，原來他吃硬不吃軟。

「其實，你們都多慮了，也誤會了我。我之所以一直沒給苟東賢同志辦理轉公務員的事，是在考察苟東賢同志。這是我們組織部的工作職責。苟東賢作為我們市的特殊人才，如果我草草地給苟東賢同志轉了正，別人會說閒話，但通過這些日子的考察，苟東賢同志作為特殊人才，應當轉成公務員。我一定要特殊事特殊辦。下週一，一定把苟東賢同志所有的手續辦好。」魏一明自己都不相信會說出這番噁心的話來。

「好，魏部長，我等待的就是你這句話。不過，魏部長，既然我當公務員的事解決了，還有一個要求……」苟東賢明知魏一明說的是違心話，但他不理會這些，只要魏一明在那張調令上簽上他的名字，再蓋上組織部的公章，他苟東賢就是眾多公務員中的一員。但這不是他苟東賢最終的目的。

「老苟，還有什麼要求？既然魏部長答應了，你的事也算是圓滿解決了。你先謝過魏部長吧。」秦思思隱隱約約地聽出苟東賢還有進一步的要求，如果這個要求太過分了，魏一明反悔了，豈不是竹籃打水一場空？

「是啊。老苟，別提什麼要求不要求了。你能當公務員，皆大歡喜，不要再為難魏部長。」江建國也看出苟東賢說話是別有用心。

「是啊，苟東賢同志，你有什麼問題就提出來，不要吞吞吐吐的，這樣不好。以後工作時可不能這樣啊。」魏一明溫和地說道。

「你們兩人婆婆媽媽的，你看人家魏部長答應得多爽快？」苟東賢見江建國和秦思思勸他不要再有什麼要求，有些不滿。

「那你快說說看。」江建國見苟東賢有些不高興，心裏也極不高興，但他想在此時得罪苟東賢，自己這幾天跟著他的努力就白費了。

「既然魏部長已經答應了。我就把這個要求說出來，只有一個要求——既然魏部長答應給我轉成公務員了，我既然是特殊人才，不能只轉普通的公務員吧？至少要帶個什麼長之類的……」苟東賢的話還未說完，在場的人都睜大了眼睛。

「轉成幹部？老苟，你有沒有搞錯？」首先醒悟過來是秦思思，苟東賢的話太讓人意外了。為了讓苟東賢轉成公務員，大家已經努力不少，現在苟東賢提出這個要求來，別說魏一明不答應，就是她秦思思也不會答應。

「我沒有搞錯。反正要轉，就來個一步到位，免得以後再來麻煩魏部長。你們想想我都快六十歲的人，當個幹部也是理所當然的事，再說，這個位置也占不了多久，頂多兩年就騰出來了。兩年啊，一晃就過去了。」苟東賢有些得意地說。

「老苟，你不要為難魏部長了。轉幹的事魏部長一個人說了不算，得請示上級，上級批准後才能提上議程。如果上級領導一耽誤，你能否轉公務員的事都難說了。」江建國急忙向苟東賢說明利害關係。

「既然苟東賢同志提出了這個要求，我考慮一下吧。應當沒有多大的問題。」魏一明思考了一會兒，卻答應下來。

「魏部長，你可別勉強啊。先把老苟轉成公務員的事辦成吧，其他的事以後再說。」秦思思見魏一明答應下來，憑她對魏一明的瞭解，魏一明這麼爽快的答應，肯定有其目的。

「應當沒有問題。通過這些天對苟東賢的同志考察，他完全符合轉成幹部的要求。這樣吧，下週一我詢問下哪個部門缺幹部。」魏一明答應得仍然很爽快。

「既然魏部長有把握，那就讓魏部長多費心了。」秦思思嘴上這樣說，卻非常地擔憂魏一明是不是在借機打發他們走。

「好，魏部長是個爽快人，只要魏部長把我這事辦成，後面的事我知道該怎麼做。我苟東賢別的什麼都缺，唯一不缺的是錢。」苟東賢也沒想到魏一明會如此爽快。

「好，事情就這麼定下來。下週一，我們再見。」魏一明站起身來做出送客的姿勢。

「多謝魏部長。」苟東賢隨著秦思思和江建國走出門，沒忘向魏一明道謝，這可是他這些天以來第一次向魏一明表示謝意。

第四十章　略施小計

九月五日下午十三時五十分，太和茶樓。

聽了江小麗一席話，李准頓時茅塞頓開，心中的很多疑團也因此解開。但隱隱約約覺得好朋友吳小田的死隱藏著一個天大的陰謀，因此在嚴立明問他對江小麗的話有什麼看法時，他便把自己的看法說了出來。

「嚴局，我想江小麗的話應當全是實話。她既然是來找我的，就沒有必要說假話。但我還是覺得她隱藏了一些話。」

「她隱藏了什麼話？」嚴立明覺得李准的話很對，他也隱隱約約地覺得江小麗還有什麼話沒說出來，是她不願意說，還是她不太相信自己呢？

「很多人都知道江小麗一直暗戀著吳小田，兩人形影不離。吳小田這個人我比較瞭解，他是一個言語不多的人，而且有些木訥，這樣的人是最不討人喜歡，但他卻贏得了江小麗的芳心。這就說明江小麗是真心喜歡吳小田，如果換成了別的女孩子，早就與他拜拜了。正因為這樣，前天早上她與吳小田去東海上，吳小田碰到了一個魚販子，而且聊了很久。江小麗作為吳小田的女朋友，她有必要避開他們的談話嗎？在我去東海瞭解案情的時候，也遇到了那個魚販子，那麼大的風雨他不待在家裏，偏偏在路上與我巧遇。我想這些絕不是偶然。他們是在向我暗遞著什麼消息，只是我一直沒有想出來。」李准清楚地記得那天他與沈雨薇從東海回來時被一顆風吹倒的大樹擋住了去路，隨即從後面駛來一輛麵包車，司機就是那個魚販子，在搬動大樹時，還主動地問李准是不是在查吳小田的案子。

「你說得不錯。這兩天我也一直在想，吳小田的死非常蹊蹺，加上你剛剛被人打了，這些絕不是偶然。難道說吳小田死後，還隱藏更大的祕密？」嚴立明把目光盯向了李准，他想聽聽李准的分析。

「嚴局，我們現在的分析就像在打啞謎，最好找一個人來證實一下。」李准覺得再待在這裏是浪費時間，很多有利的證據也將一點點地消失。

「那你說怎麼辦？」嚴立明看出了李准不想待在醫院裏了。

「嚴局，昨天晚上，吳小田的屍體為什麼會有人動？我想他們在尋找一件重要的證據。如果我們再不及時去查找，吳小田留下來的證據肯定要被他們全部拿走，或者全部毀滅掉。只有找一個人來說明，離真相大白就不遠了。」李准分析說。

「誰？」

「張國林。」

「為什麼會是他？」

「嚴局，請你相信我。要想在那幾個人中找到突破口，他是最好的人選。」

「那好。只是你現在醫院裏……」

「這個我早就想好了。只要你讓沈雨薇守住門口，不准任何人進來。你守在病房裏，我出去……」李准說著嘿嘿一笑。

「你小子夠奸滑的。讓我守在這裏，萬一沈雨薇擋不住來人，我可以在屋裏下命令，如果市領導來了，我可擋不住喲。」嚴立明說完把沈雨薇從門外喊了進來，又到門口把兩個守門的員警支走後，回到病房裏對李准說：「你小子要快啊。」

「嚴局，頂多兩個小時而已。」李准很有把握地說。

嚴立明把衣服和帽子脫下來交給李准，自己則躺在病床上。只一會兒，李准就把衣服穿戴好，如果不仔細看，誰也看不出他還是一個受重傷的病人，連守在門口的沈雨薇差點都沒認出來。

「你可得把門守嚴了。」李准板著臉說。

「隊長，我辦事你放心。給，這是張國林現在所在的地方。」沈雨薇說著把一張紙條給了李准。

二十分鐘後，李准來到太和茶樓，問清了張國林的包廂，便推開門走了進去。張國林正在一個人獨自喝茶。

「李准？你不是住進了醫院了嗎？你到底是人還是鬼？」張國林突然見到李准，嚇了一大跳。

「張部長，你說呢？」李准冷冷地說，接著把一張硬碟丟在茶几上。

「你……」看到李准丟在桌上的那張硬碟，張國林眼睛都直了，他著實沒有想到李准會在這時候來找他，而且還帶了一張硬碟。

「張國林，咱們打開窗子說亮話吧。這張硬碟裏的東西我都看過了，你的光輝形象不錯嘛。特別是手裏那張卡……」李准邊說話邊看張國林，而且故意不把話說完，想看看張國林有什麼反應。

「什麼卡，我不懂在你在說什麼。」張國林見李准說到這個份上，頭上豆大的汗珠落下來，但他還是抱著一線希望，李准是在詐他。

「你的意思是讓我說得再明白點？好吧，在東海的遊船上，苟東賢給你們與會的每人發的那張銀行卡……」李准說著又把那張硬碟拿到手裏，又說，「要不，我叫服務生打開他們有電腦的房間，把裏面的東西放給你看看？」

「別，李准，不，李警官。你想怎麼樣？」張國林的頭徹底地耷拉下來。他沒想到李准會這麼快找上他。大家都一直抱著一線希望，吳小田的攝影機裏沒有硬碟。可這張硬碟又出現在李准手裏。

「我想怎樣？我能怎樣？就憑硬碟裏面的錄影，我就完全可以現在把你抓起來。不過，你可以……」李准的聲音越來越冷。

「我可以做什麼？」張國林聽到李准前半截的話，心都涼透了，但李准的後一句又讓他看到了希望。

「你能說說苟東賢給你了什麼好處，讓你們這麼賣命替他爭當公務員？這可是你戴罪立功的機會。」

第四十一章 心在淌血

九月五日下午十四時十分，秦思思家。

魏一明終於答應了苟東賢的請求，儘管事情經過有些曲折，雙方都非常滿意，對於秦思思來說，這件事總算功德圓滿。但秦思思回到家裏高興不起來，其一，魏一明對苟東賢的事轉變得太快了；其二，吳小田到底是怎麼死亡的，至今仍是一個謎。如果說魏一明的轉變是潘雨欣之力？可潘雨欣中午從自己家裏離開之後便杳無音訊。而吳小田死亡的原因，難道員警就不會調查了嗎？答案顯然是否定的。應該給潘雨欣打個電話討個主意。秦思思掏出手機便撥潘雨欣的手機號碼，沒想到潘雨欣的手機號一撥就通，潘雨一連問了幾個問題：「思思，是不是苟東賢又威脅你了？還是員警找上門來了？」

「哎呀，雨欣啊，你想到哪裏去了。老苟的事情魏部長答應了。下週一也就是明天魏部長就給老苟簽字蓋章。這事總算擺平了。老苟的事多虧你幫忙啊，沒有你在魏部長面前美言，事情也不會這麼順利。」秦思思趕緊回答了潘雨欣的提問，卻又在試探潘雨欣是否在魏一明面前替苟東賢說過話。

「啊，其實……那就好，那就好。」潘雨欣沒想到事情會進行得這麼順利，不由得有些吃驚，卻也流露出她的情緒，把秦思思心中的疑惑一下解開了。

「雨欣，你怎麼啦？現在哪裏？老苟說他今天晚上在東江大酒店裏請客呢，到時一定要來啊。」秦思思見潘雨欣說話有些吞吞吐吐，便再次試探潘雨欣。

「思思，麻煩你轉告苟東賢，謝謝他的好意，就說我有急事到了省城了。」潘雨欣說完就掛了手機。

潘雨欣去省城幹什麼？秦思思覺得有些不對，又撥打潘雨欣的手機，沒想到潘雨欣的手機卻關機了。

「潘雨欣離開東江市，是不是聽到什麼了？」秦思思突然明白了。從潘雨欣與自己去江小麗家時，她就顯得非常急躁，還無緣無故地把張國林趕走了，在聽到李准被人陷害後，更是顯得焦急不安。在自己家裏與苟東賢商議後，便迫不及待地說，再去找魏一明商量一下，實際上是藉故離開。秦思思為自己突然明白事情後又沮喪不已。現在，他們是事情來了各顧各，只有自己還在為苟東賢賣命。思來想去，秦思思突然想起，今天的事張國林一直沒有參與。從感情上來說，張國林對秦思思百依百順，唯一不足的就張國林這樣太耿直，甚至有些傻。為了苟東賢的事被人瞧不起，可他依然並執著，有著灰太狼永不言敗的精神。這幾年來，張國林成為了她精神上的寄託。自從兩人鬧彆扭後，秦思思是想給張國林一個表現的機會，可張國林卻沒有領會她的用心。想得越多，只能給自己徒添麻煩而已，秦思思想定後，又掏出手機給張國林打電話，可張國林的手機一直響個不停，卻沒有人接。

「他是在與別的女人相會，還是在家裏當著他老婆的面不敢接電話？」難道張國林出事了？一種不祥的預感在秦思思的腦海閃現出來，於是，她再次撥打張國林的手機。

這次，手機居然通了，秦思思心裏暗喜，嘴上卻不依不饒地說：「怎麼現在才接電話，是不是在外面又有別的女人了？」

「別的女人？」接電話的人是一個女人，不是張國林，而這個女人的聲音又有些熟悉。

「你是誰？你怎麼拿著張國林的手機？」秦思思有些火了，真沒想到張國林這樣的人居然在外面又有別的女人。

「我是誰？我是市刑警支隊的沈雨薇。你是秦思思秦主席吧？」沈雨薇在電話那頭問。

「沈雨薇？李准的助手沈雨薇？」秦思思徹底地癱了。張國林的手機落在沈雨薇的手上，那麼張國林肯定也在刑警支隊了，沈雨薇也知道自己是誰了。

「如假包換。」沈雨薇調皮地說，「你找張國林有什麼事，他現在不方便接電話，要不要我轉告他？」

「不用了。找他也沒什麼事，只是想問問工作上的事而已。」秦思思說完，馬上掛了手機，心卻提到嗓子眼上。特別是沈雨薇最後一句，是話中有話啊。

最怕想見到的事，現在終於露出來了。秦思思躺在沙發上，趕緊把手機關了，害怕有人打電話找她。其實剛剛向沈雨薇說自己找張國林是為了工作上的事，這話只有鬼才相信，現在是休息日，即使真有工作上的事，也用不著這麼急。秦思思知道自己心一急就亂說話。沈雨薇肯定開始懷疑自己了，說不定就是在等自己打電話去找張國林。只是秦思思不知道沈雨薇怎麼把張國林抓去了，難道說是為了李准的事？依張國林的脾氣，肯定會與員警對著幹，員警也不是吃素的。況且張國林是個直性子，哪能禁得住員警的輪番攻勢？說不定現在已經全招了。先不說別的，張國林只要招出苟東賢在東海遊船上給他們每人的那張銀行卡，就這個罪名成立，至少也得判好幾年。自己今年都四十七歲了，再過幾年就退休了，恐怕下半輩子要監獄裏度過了。

半年前，秦思思曾領著市裏的書畫協會和音樂協會會員去過監獄裏進行慰問表演過。她親眼目睹了犯人在監獄裏是如何生活的，只要張國林一招供，那裏就是自己後半生的歸宿，想著，秦思思的眼淚又不爭氣地流了出來。

忽然，門外傳來重重的腳步聲。「員警這麼快就上門了？」秦思思的心提到嗓子眼上，雙腿不由顫抖起來，手也開始哆嗦起來，嘴裏想問是誰啊，可卻沒有聲音。

腳步卻漸漸遠去。秦思思附在貓眼裏一看，原來樓上的鄰居。秦思思這才鬆了一口氣，胸又悶起來，覺得喉嚨邊有什麼東西，還沒來得及跑到廁所，一股鮮血就噴了出來。

第四十二章　何去何從

九月五日下午十四時三十分，魏一明辦公室。

辦公室終於靜下來，魏一明拿著苟東賢給他的銀行卡躺在沙發上苦笑：自己居然被這張銀行卡打敗了。苟東賢與江建國連續兩次來辦公室，連最難相見的嚴立明也來了，紀委書記今天也來上班，吳小田死亡案至今未破……魏一明感覺到自己已經被一張無形的網罩住了。

突然，門外又響起了重重的腳步聲。難道說苟東賢又來了？魏一明有些火了，猛地拉開門，見是辦公室劉主任。

「魏部長，你還沒有回家啊？」劉主任見魏一明開門，首先打招呼。

「今天不休息？」魏一明想發火，可對著劉主任卻不敢表現出來。

「我過來拿資料，週二要去省裏開會，我想把資料拿回去再熟悉一下。」劉主任是個盡職的主任，這是幾任部長對他的稱讚。其實劉主任與魏一明以前一樣，為官清廉，自從當上這個辦公室主任後，也再沒有得到過提升。因此，魏一明有什麼事都願意與劉主任商量。

「是這樣的啊。」魏一明說完轉身要進辦公室。

「魏部長，你的臉色不好，是不是病了？要多注意休息啊，身體是革命的本錢。」劉主任終於注意到了魏一明臉色。

「沒什麼。有可能是感冒所引起的。」魏一明想迴避劉主任的問話，又裝著咳嗽了幾聲。

「魏部長，你感冒了，就該多休息啊。我抽屜裏有感冒藥，你等等，我馬上找出來給你。」劉主任話聲剛落，就打開了辦公室的門，急忙進屋，在抽屜翻了起來，不一會兒，就拿了一大堆藥走進了魏一明的辦公室。

「小劉，你拿這麼多藥幹什麼？我雖然感冒了也吃不了這麼多的藥啊？」面對劉主任拿來的藥，魏一明心裏一暖，覺得劉主任是他的救命草。

「魏部長，身體好才有工作激情啊。身體不好怎麼能行呢？你看刑警支隊的那個李准，還說是員警呢，今天被人打了，住進醫院裏……」劉主任見到魏一明帶病工作，想到聽說李准被人打了送進醫院裏，不由說了出來。

「你說什麼？李准被人打了？」魏一明非常地吃驚，打斷了劉主任的話。

「是啊。我聽一個公安朋友說的，還說李准被打得非常嚴重，有可能成植物人……」劉主任又說。

「是怎麼回事？」魏一明急切地想知道事情來由。

「聽說李准在東江大酒店裏調戲一個服務生，那個服務生跑到酒店的頂樓要跳樓，有人看不過，就把李准打了。嚴立明也趕到了現場。」

「那個服務生姓什麼？」

「好像姓施，叫施莉莉來著的。」劉主任一邊給魏一明倒水，一邊把藥分開出來，遞給魏一明，發現魏一明站在哪裏發愣，連喊了好幾聲，魏一明都沒有反應。

「怎麼會這樣？」魏一明被劉主任的話驚呆了，施莉莉是苟東賢的情人，李准為什麼要去調戲她？

「魏部長，吃藥吧。」劉主任再一次喊魏一明吃藥。

「你放到這裏吧。」魏一明聽到劉主任的再次喊聲，如夢初醒，擺了擺手，讓劉主任趕退出去。

李准去酒店調戲服務生，打死他魏一明也不相信這件事。李准是誰？連他親老子都要抓人的，他會在大白天去酒店調戲服務生？看來荀東賢上午沒有給自己開玩笑。荀東賢這次當公務員的事是勢在必得，無論誰阻止他，他都要清除誰。像他這樣的人能讓他當上公務員嗎？魏一明不得不重新考慮這件事。

魏一明正想著，桌上手機突然響了起來，他起身拿起手機一看是秦思思打來的，趕緊接了電話，電話那頭只傳來了秦思思的哭聲，卻不說話。

「思思，你怎麼啦？」魏一明突然感覺秦思思那裏出大事了。

「魏部長，我對不起你……」秦思思的話還沒有說完，又哭開了。

「思思，你說什麼？你怎麼對不起我啦？」魏一明急切地想知道秦思思那邊發生了什麼事。

「魏部長，張國林被李准抓了……」秦思思欲言又止。

「張國林被李准抓了？不是說李准被人打得住進了醫院嗎？消息確切嗎？」

「這個消息非常確切。」秦思思帶著哭聲回答。

「李准，張國林，這到底是怎麼回事？」魏一明徹底地崩潰了，事情是越來越複雜，李准到底被人打了，還是李准故意這麼做的？

「魏部長，我看事情越來越嚴重了，我怕我挺不過去……」秦思思的確嚇得不輕，剛聽到這個消息後，還猛吐了幾口鮮血，最後才想起給魏一明打電話。

「思思，你千萬別做傻事啊。」魏一明聽出秦思思話外之音，如果秦思思真的走了這條路，那麻煩就更大了。如果員警不把這些案子查清楚，他們豈能有面子？現在唯一的事情就是把秦思思安撫好，千萬不能讓她出什麼事。

「魏部長，你好好保重啊。我……我……」秦思思哽咽著就掛了電話。

「思思……思思……」無論魏一明對著手機怎麼喊，秦思思已經聽不到了。「秦思思啊，秦思思，你千萬別想不開。」魏一明暗暗祈禱，只覺得兩眼一黑，斜倒在沙發上，全身直發抖，手機掉在地上也全然不知。

第四十三章 各奔東西

九月五日下午十四時五十分，江建國家。

幾天的勞累奔波，苟東賢的事終於有了著落，江建國回到久別的家裏長長地出了一口氣，拿瓶可樂坐在沙發上喝起來。家裏仍然是冷冷清清的，江建國知道妻子帶著兒子去丈母娘家去小住了。

江建國把可樂瓶順手扔進了垃圾桶裏，這幾天盡喝這些飲料，早喝夠了。經過幾天的勞累奔波，江建國覺得自己像苟東賢的一條狗，自從自己被苟東賢看中，就變著戲法給自己好處，然後就一步一步地從自己手裏要好處，比如，到臨省去開發那個希望小學的工程，這本來與自己八竿子都打不著的事，可自己卻陰差陽錯幫苟東賢促成了這件事。

「苟東賢，狗日真他媽的不是個東西。」江建國罵了一句，現在有必要坐下來冷靜地想一想這幾天發生的事情。苟東賢為什麼要把考察他的事放在東海上呢？吳小田的死亡到底是人為的，還是一場意外？可苟東賢說吳小田的死純屬一個意外。這一切太巧合了。吳小田攝影機裏的硬碟就丟失了，又從殯儀館找到了那張硬碟。難道說這又是巧合？按常理，吳小田的屍體被打撈上來時，員警早就搜過身了，怎麼會搜不到硬碟呢？唯一的可能就是苟東賢做了手腳。原來苟東賢從一接近自己就已經做好一張網，等待自己往裏鑽，等自己鑽到網底就沒有退路了。

「該死的苟東賢，早就做好套，等我去鑽啊。」江建國終於理清了頭緒，心裏非常憎恨苟東賢，便掏出手機給秦思思打電話，卻發現秦思思的電話已經關機，又馬上給潘雨欣打電話，結果潘雨欣的手機也一樣關機了，接著又撥打張國林的手機，鈴聲響了好幾遍，均沒有接聽。

「這個狗日的張國林居然不接我的電話，如果苟東賢出了什麼事，你張國林就得在前頭頂著。」張國林不接電話，讓江建國非常惱火，可他又沒有辦法。現在最主要的是弄清楚秦思思和潘雨欣兩人為什麼把手機關了，家裏的電話又沒有人接。一種不祥的預感浸滿江建國全身。她們不要出事才好。

江建國再一次撥打張國林的手機，可張國林的手機只是鈴聲響個不停，就是不接聽。「難道說張國林出事了？」江建國趕緊關了手機，換上另一張手機卡後，再次撥打張國林的手機，依然是沒有人接聽。

「不好。張國林肯定出事了。秦思思和潘雨欣的手機不通。」江建國徹底地失望了。如果張國林出事了，下一個會是誰……江建國不敢再想下去。

江建國趕緊給幾個要好的朋友打電話詢問張國林是否在他們哪裏，卻得到令他冒冷汗的兩條消息：一是有人看到李准不久前去了一趟太和茶樓。二是施莉莉跳樓自殺未遂，被沈雨薇派人送進了醫院。

李准不是被自己和苟東賢打暈了嗎？他怎麼會在太和茶樓出現？苟東賢派的人不是一直在醫院門口盯著嗎？難道說苟東賢沒有向自己通報這個情況？不對，得馬上給苟東賢打個電話，鈴聲響了一下，苟東賢就接了電話，問道：「江局，什麼事？」

「老苟啊？李准是不是出院了？」江建國不得不直接問道。

「沒有啊，我派的人一直沒有向我彙報這事。」苟東賢被江建國問得有些莫名其妙。

「有人看到李准在太和茶樓出現，是不是真的？你快給我說實話。」江建國急了，苟東賢當公務員的事在下週一就生效了，現在自己是在求他。而且事情不從想中來，如果施莉莉一進醫院就被控制起來，那些記者採訪不到她。也就是說自己與苟東賢精心設下的計謀現在成了一紙空文。

「江局，是誰在瞎說啊？我的人一直在醫院門口盯著，剛剛還電話向我彙報了，說嚴立明和沈雨薇去了病房，一直待在裏面，直到半個小時前，嚴立明和沈雨薇才出去，沒多久，嚴立明又返回了病房。我聽了還是不放心，剛剛又打電話問了值班的醫生，說李准到現都還沒有甦醒過來，他怎麼會去太和茶樓？是不是那人看花了眼？苟東賢一口氣把他所知道的都告訴給了江建國。

「那就好，那就好。」江建國雖然在苟東賢那裏得到了李准還在病房的證實，可他情願相信朋友。

「這到底是怎麼回事？」江建國掛掉電話，又自言自語起來。但江建國肯定了一點：現在當務之急，再問問朋友。電話打過去，朋友幾乎是賭咒發誓地說，他千真萬確地看到了李准，還把一個人送進了車裏，只是那個被李准送車裏的人他只看到背影。

「看來，李准已經出去了。現在他是在暗處，自己則是在明處。張國林的電話沒有人接，秦思和潘雨欣的手機關機，李准肯定在行動了。」江建國越想越害怕。得趕緊想辦法離開這個地方。

江建國想到此，兩眼婆娑起來，當初怎麼聽苟東賢的話呢？誰都好惹，就是千萬不要惹李准。可苟東賢非要給李准一個下馬威，現在倒好，沒給李准一個下馬威，倒是李准給了自己一個下馬威。可一想到一旦離開東江市，江建國心中又不是個滋味。自己在東江市好不容易才打出的「江山」，現在一走了之？又能走到哪裏去？就算自己現在能到外國去，可能還沒坐上飛機就被帶了回來。得，去山裏。雲南貴州不是有大山嗎？只要帶足了錢，在哪裏先躲一陣子再說。江建國打定主意，急忙收拾好東西，剛要出門，要不要給老婆打一個電話？江建國掏出手機，翻到老婆的號碼時，又把手機闔上。這事兒多一個人知道就多一份危險。算了，還是給他留一張紙條吧，就說自己出差了，要半個月才能回來。

留好紙條，江建國的手機響了，他一看是一個陌生的號碼，趕緊掛掉，把那張常用的手機卡取了出來，重新又換上那張新卡，然後急匆匆地出了家門。

第四十四章 揪心往事

九月五日，下午十四時五十五分，魏一明辦公室。

秦思思那撕心的哭聲，擾得魏一明心亂，便斜靠在沙發上睡著了，還做起了夢。這個夢與以往的夢一樣，既痛苦又悲傷。只是夢裏唯一值得他安慰的是兒子長大了，有著他一樣的身軀，有著他一樣的男人味，只是兒子從沒有喊過他一聲「爸爸」。每次從夢中驚醒後，魏一明都是大汗淋漓，一種悲戚的心情又油然而生。這夢也做是太怪了，而且一做就是二十多年，每做一次這夢，魏一明心裏的那份酸楚又多了一分。今天，魏一明的這個夢只做了一半，就醒了過來，眼角還掛著幾滴淚水。

「他娘的，做夢也會哭，也會傷心。」魏一明自嘲了一句，又望著天花板發愣，只是夢中的事仍然記憶猶新：他與兒子在河邊漫步，突然兒子陷入了河邊的沼澤地裏，身子一點一點往下沉，嘴裏大聲喊他：「爸爸救我，爸爸救我。」雖然兩人近在咫尺，無論魏一明怎麼努力，就是夠不住，只能看著兒子一點點地沉下去，直到沒有蹤影。只是今天兒子沒有喊他救命，而是滿臉的笑容望著他，然後消失在沼澤的泥潭裏。

想著夢中的兒子，魏一明又好像回到二十多年前的那個夏天，那是一個暴雨如注的夏天。如果不是那年的暴雨，魏一明也許與許多人一樣，有著一個幸福的家庭。那場可惡的暴雨不但毀了很多人的家園，毀掉了許多活生生的生命，也毀掉了魏一明的家。毀掉魏一明家的不只是那可惡的暴雨，還有一個男人。那個男人姓什麼，家住哪裏。二十多年過去了，魏一明仍然一無所知。

魏一明只記得那天下午，久違的陽光終於露出笑臉，在河堤上連續抗洪了十天十夜的他已經精疲力竭，倒在河堤上，被人送往了醫院。在醫院裏躺了兩天，魏一明才醒過來，掙扎著又要去一線抗洪，卻被告知雨停了，洪水已經消退了。魏一明決定馬上回家去看那剛兩個月大的兒子。因此，他偷偷地從醫院裏跑了出來，連夜趕回家。

令魏一明沒有想到的是，家裏居然有了一個陌生男人，而那個陌生男人竟然要抱走自己的兒子。兒子是他與愛人的結晶啊，豈能讓別的男人抱走？魏一明滿腔怒火，猛地推開門，衝上去要打那個陌生男人。可那個陌生男人比他的手腳還快，隨即吹滅了屋裏的燈，頓時，屋裏一片漆黑，那個男人趁機逃出了家門。儘管魏一明追了出去，可因他病傷還未完全好，哪裏能追得上一個健康又強壯的男人呢？只看到那個男人的背影。

久別如新婚。那晚本來是魏一明與妻子重溫柔情和纏纏綿綿的時光，卻因那個男人的出現，給家裏蒙上了一層陰影。儘管妻子再三解釋，那個男人是一個過路人，他的兒子被洪水沖走了，他見到他們的兒子就想抱走，被她發現了，於是她與那個男人爭執起來。妻子的這個謊言太假了。魏一明心痛不是妻子撒謊，而是懷疑自己朝思暮想的兒子是不是自己與妻子的結晶。有了這個懷疑後，魏一明在天亮離開了那個家，離開他認為的傷心之地。

這一走就是一年，一年後他回到那個家時，卻發現那裏已經夷為平地，妻子與兒子已不知所終。肯定是那個男人帶走了。魏一明既心酸又悔恨，他來到東江市，憑著自己的本事，一點點地升了上來，到現在的市委組織部副部長也有十幾年了，雖然這一路走來很艱辛，卻比不上失妻子和兒子的艱辛。

關於夢，魏一明只對慈恩寺的慧通大師說過。慧通大師對魏一明進行勸解，說這是心病，心病還需心藥醫，只有找到癥結的所在，才能化解他心中的心結。因而魏一明與慧通大師結下了深厚的友誼，兩人成了無話不談的朋友。慧通大師有時也向魏一明問一些塵世的事，但從不深問。魏一明也從不多說，他不想因為塵世間的事情破壞了他與慧通大師之間的那種來之不易的友誼。

無論官有多大、權有多高、地位有多顯耀，無論多有錢，這一切都比不上一家人過著溫馨的生活，哪怕是一家人坐一起吃著鹹菜下著稀飯，都是一種快樂。這些年以來，魏一明一個人過著生活，陪伴他的不只是寂寞，還有痛苦。因為寂寞可以用其他方式打發，但痛苦是來自身心，是一輩子的事。有很多個夜晚，魏一明都幻想著這一切都是在做夢，他明天就要回到那個曾經溫馨的家裏。可夢總有醒的時候，魏一明只能對著電視或者天花板發呆。因為這不是夢，是現實。魏一明也曾多次幻想過，妻子和兒子只是走親戚了，用不幾天就會回來，當他們提前或者突然回到家裏，給他的不只是驚喜，還有溫馨，但魏一明的這個希望到現在都沒有變成現實。是怨天還是怨地？魏一明誰也不怨，只怨他那時太年輕，沒有好好地把握住過一家人那種溫馨的生活。隨著年紀越來越大，魏一明的這種感覺也越來越強烈。因為年輕不懂事，等懂事時，人已老。這是何等的悲哀？魏一明曾多次暗自流淚，可這一切都無法挽回。因為世上沒有後悔藥，雖然有時光穿梭的說法，但這事情永遠都不會出現，至少現在絕沒有這種可能。

回想著過去的事，魏一明的臉上又有了淚痕，他找到餐巾紙使勁地擦了擦，眼淚可以擦去，但心中的傷痛卻永遠擦不去。

應該去看看慧通大師了。魏一明有了這個想法，他迫切地想見到慧通大師，只有慧通大師的佛法，可以讓他暫時忘記一切。近來一直忙工作，好些日子沒有去慈恩寺了，不知慧通大師怎樣了。魏一明打定主意，從沙發上站起來，兩腿不由打顫，想來自己坐得太久了。從早上來辦公室時，現在已經好幾個小時都沒出門，連廁所都沒去。魏一明苦笑了一下，便出辦公室。

魏一明沒有叫司機來接他，而是打的回到家裏，開上自己的小車，徑直去了慈恩寺。他感覺他有許多話要對慧通大師說，多麼希望慧通大師能點撥他，他的心結也會因此而解開。

第四十五章　意外收穫

九月五日下午十五時十分，東江市第一人民醫院。

沈雨薇花了好幾個小時，才把吳小田留下的那個檔案夾打開，裏面的內容令沈雨薇既失望又吃驚。她急忙趕到醫院裏找嚴立明正和李准。

「雨薇，從張國林嘴裏得到什麼消息了？」嚴立明見到沈雨薇急匆匆地趕來，忍不住問了起來。

「嚴局，李隊，先不談張國林的事，你們來看看吳小田留下的文件夾裏東西，保準你們看後會大吃一驚。」沈雨薇忍不住勝利的喜悅。

「丫頭，你又在搞什麼鬼？」沈雨薇的話引起了嚴立明的好奇心。

「嚴局，這檔案夾裏真還有一個比美國的ＦＢＩ的祕密還要祕密。」沈雨薇賣了個關子。

「還不拿來看看。」李准也被沈雨薇吊足了胃口。

「別急，我把電腦打開，讓你們看過夠。」沈雨薇說著把隨身帶的手提電腦打開後，找到那個檔案夾，輸入密碼，打開檔案夾，裏面只有幾張照片。有三張照片是李准見過，手裏還有紙質件，是從鄭廣德手裏得到的。還有一張是吳小田與江小麗親密的照片。

「你們覺得這照片有什麼不妥嗎？」嚴立明久久沒有把目光離開照片，像是在思索著什麼，又什麼都沒想出來，才問李准。

「嚴局，我打開這個檔案夾後，看到那三張照片覺得吳小田是想告訴我什麼真相，只是我一直都沒有想出答案來。」沈雨薇嘴快，把自己的想法說了出來。

「我問吳小田為什麼把與江小麗這親密的照片放到一起，還用那麼複雜的密碼鎖起來，你們不覺得有些奇怪嗎？」嚴立明不愧是老刑警，看事比別人多了一分疑慮。

「他與江小麗的戀人關係，他當然把這麼重要的照片放到一起啊，表示他們的關係非同一般。」沈雨薇不同意嚴立明的看法。

「雨薇，嚴局的疑惑沒有錯。吳小田之所以把這些照片與那三張照片放在一起，必有他的深意。」李准也同意嚴立明的看法。

「唉，你們不懂年輕人的心了。換了是我，我也會這樣做，這可是一生的甜美回憶啊。」沈雨薇還是不同意李准和嚴立明的看法。

「小女孩只知道談戀愛。」李准開玩笑地對沈雨薇說。

「人家才不是小女孩，再說人家還沒有談戀愛呢。」沈雨薇把嘴一翹。

「好了，雨薇啊，按照你的想法雖然沒有錯，但作為刑警隊員，得考慮到事情的多面性，李准在這方面就做得比較好。」嚴立明看到沈雨薇與李准爭執，立馬出面調停。

「雨薇的話也有一定的道理。吳小田與江小麗的戀情還沒有正式公開，把自己與心愛的人合影放在這個檔案夾裏，也是說明他對江小麗的愛意之深。但仔細一想，鄭廣德給了我們三張照片，這裏個檔案夾又加密了，仍然是這三張照片，使我不得不有其他想法了。因此，這個檔案夾裏的照片都別有深意，或者說別有用意。」李准詳細地解釋起來。

「如果是他放錯了呢？」沈雨薇仍然有些不甘心。

「我可以解釋你這個疑問。假如你把一個檔案夾設置了密碼，你應當用密碼試一試是否能打開，也就是說這個檔案夾吳小田在設置密碼後，他肯定又打開過。假如他第一次把照片放進這個檔案夾後，不小心誤把另外幾張照片放了進去，那他設置密碼後，再次打開這個檔案夾時，肯定會發現。這幾張照片仍然在裏面，難道不能說明問題嗎？」李准解釋說。

「我們不要把問題看得太簡單。李准的分析有道理，但不全面。」嚴立明說。

「有缺點？」李准和沈雨薇不約而同地問道。

「我們不能只想著這些照片是吳小田放進去的？」嚴立明略有所思地說。

「嚴局，你的意思是？」李准馬上聯想到另外一個人。

「你可以朝這方面多考慮，不要只把疑點放到吳小田身上。因為任何一個案情絕非偶然的，有必然的因素存在。」嚴立明見李准已經理解了他的意思，也便沒說透，把一邊的沈雨薇聽得雲裏霧裏的，眼睛睜得大大的。

「嚴局，你一句話點醒了我。這個案子本來就存在諸多疑點，一直沒有找到突破口，看來我們應當從多方位考慮事情的必然性和客觀性，才能對破案有所幫助。」雖然嚴立明沒有說，但李准聽了他的話後，突然一下子豁然開朗。

「你們到底在說什麼啊？現在我一句都聽不懂了。」沈雨薇見嚴立明和李准兩人說著打謎語的話，不由有些著急了。

「哦，把雨薇丟下了。雨薇啊，有些想法我們只是在猜測，具體是不是這麼回事，你們還要深入調查。」嚴立明趕緊向沈雨薇解釋。

「好了，不說這些了。雨薇，把你詢問張國林的事說說吧。」李准趕緊移開了話題，沈雨薇畢竟當員警不久。

「張國林起初什麼都不說，後來把有的事都推到了魏一明身上，說魏一明不答應苟東賢當公務員的事才導致吳小田失蹤，到最後吳小田的死亡。只是……」沈雨薇不願意說下去了。

「只是什麼？你儘管說，不要有顧慮。」李准見沈雨薇吞吞吐吐地，有些急了。

「只是後來張國林的手機響了，先是文聯的秦思思打來了電話，問張國林在幹什麼，後來有一個陌生電話，我查出是江建國，可打過去，他就關機了。沒多久，又有一個陌生電話，可這個電話號碼怎麼也查不出來真正機主是誰。」沈雨薇一口氣說了這麼多話。

「你的意思查不出真正的機主？」李准問。

「是啊。因為這個號碼是一家報刊亭賣出去的，他們沒有登記，所以不知道是誰買去的。而且這個電話再一次打來我接了，對方卻不說話。」

「你有沒有考慮是秦思思？」

「我試過，秦思思的手機關機了，也有可能是她換了個號碼打過來。」沈雨薇說。

「不一定。」一直在聽嚴立明說，「秦思思膽子特小，不可能再打過來。對了，雨薇，你對她說了些什麼？」

「她首先問我是誰，我說了實話，還問有什麼轉告張國林，她卻說是工作上事，接著便掛了電話。後來我就回撥過去，她就關機了。」

「看來，我們可以傳喚一下秦思思了。」李准徵求嚴立明的意見。

「還是等等，好戲還在後頭。李准你先休息，其他的事我們電話聯繫。我得回局裏去一趟，親自提審張國林。」嚴立明說完與沈雨薇走了出去。

第四十六章 意願成真

九月六日，上午八時三十分，魏一明辦公室。

苟東賢早早地起床，並特地化了妝，換了一套高級服裝，猛一看背影，還真分不出真實年齡，但從正面看，化妝品並未掩飾住他的皺紋和蒼老的神色，畢竟是五十八歲的人了，像秋風掃落葉，還能熬得過冬天？

夢寐以求的願望馬上就要實現了。苟東賢八時便來到組織部，見魏一明的辦公室的門開著，連門都沒有敲便走了進去。

「魏部長，是不是我心太急了？」苟東賢今天換了一種口氣。

「再心急，也要等到上班時間。」魏一明嘴上說著話，但手卻沒有停下來，每個檔案他都要仔細地看。

「魏部長，一個人突然有了喜事，你說他不心急嗎？當初我賺到第一筆錢時，曾經三天三夜沒闔眼，雖然只有幾萬塊錢，那可是我有生以來第一次賺到那麼多的錢，心情就不一樣啊。今天也是我苟東賢的好日子，同樣也是你魏部長的大喜日子啊。」苟東賢說著走到門前，把門關上後，從包裏掏出一張銀行卡很隨意地遞到魏一明面前。

「你這是幹什麼？」魏一明看到銀行卡，突然愣住了。這可是一把無形的匕首啊！

「魏部長，裏面可是兩百萬。」苟東賢誤會了魏一明的意思。

「苟東賢同志，你的事我按照上面的批示來做，也是按照工作程式來做的。我沒有理由收受你的任何饋贈，包括上次的那張銀行卡。今天我把你的事辦完，就把那張銀行卡一起退與你。」

魏一明的話語十分平淡，好像換了個人似的。

「魏部長，我就喜歡你這個勁，說話爽快，做事也爽快。那我也來個爽快的，卡我先收回來，你什麼需要我再給你。」苟東賢當然不相信魏一明對兩百萬不心動，魏一明現在不收這張卡是有他的想法。

直到八時半，魏一明才對苟東賢說：「你去隔壁辦公室裏把劉主任叫過來。」

苟東賢得到魏一明的命令，馬上去了隔壁辦公室。一會兒，劉主任就小跑過來：「魏部長，你找我？」劉主任之所以問魏一明，是因為以前魏一明叫他都是親自到他的門口喊他，或者用電話叫他。

「你幫著辦理一下苟東賢同志轉正之事。這是苟東賢同志的調令，你先去蓋上公章，再讓苟東賢同志拿過來我簽字。」魏一明說著把苟東賢調令遞給劉主任。

「苟東賢同志，請跟著我來一趟。」劉主任接過苟東賢的調令，讓苟東賢跟著去他去辦手續。

不大一會兒，苟東賢拿著蓋好公章的調令又來到魏一明的辦公室，把調令遞給了魏一明。魏一明又遞給了苟東賢，說：「苟東賢同志，趁我還沒有簽字，你可要看清楚了，只要我簽上意見和名字，你的事就算辦妥了。」

「魏部長，只要你簽上意見和名字就好了？」苟東賢拿著調令，真的不相信這是真的。他滿以為今天的事還要費些周折。

「你還想怎樣？」魏一明話雖然有些重，但在他的臉上看不出任何表情，讓人不寒而顫。

「我的意思是光轉成了公務員，恐怕有些不妥吧？你不是已經答應給我一官半職嗎？」苟東賢覺得魏一明今天有些捉摸不透，剛才也只顧著轉公務員之事，差點把魏一明答應當官的事忘記了。

「苟東賢同志，任命一個幹部，要經過很多部門審議，如果我有這麼大的權利，大家都來找我要官當。你說我該答應誰，不該答應誰？」魏一明仍然一臉的平淡。

「魏部長，你也知道我已經過了五十八歲了，你還是考慮考慮吧？」苟東賢有些不死心。

「你先去上任吧。至於你當官的事我肯定會考慮，你想想，就算我有手中有這個權利，今天又是星期一，我去撤誰的職？讓你去填補？總不能給你安一個空位置吧？」魏一明的眼裏明顯有些不屑，可他仍然耐著性子向苟東賢解釋。

「魏部長，這……」苟東賢想硬起來，可想到手中的調令拿來真不容易，又有些擔心魏一明把這張調令收了回去，於是又說，「那就謝謝魏部長了。」

「那我就簽字和意見了。」魏一明看了看調令，終於拿起筆在上面簽上了意見，又簽了他的名字，把調令遞給了苟東賢。苟東賢拿著那張調令看了許久，眼睛紅紅的，手中的調令，別看只是一張薄紙，那可是決定一個人的命運的紙啊。

「快去上任吧。我還要處理手中的工作。」魏一明下了逐客令。

「謝謝魏部長。」苟東賢再次感謝魏一明，然後拿著那張調令出了魏一明的辦公室。

「一個曾經連工作都沒有的小混混今天居然當上了公務員，真是一個天大的笑話。」魏一明苦笑了一聲，但他笑中有淚。

苟東賢拿著那張調令愛不釋手，看著魏一明那蒼勁有力的簽字，心裏充滿了無限感慨。只是他弄不明白，魏一明為什麼要先蓋章後簽字，再就是他在簽下意見的那句話中的問號是什麼意思：「同意苟東賢同志轉正公務員？魏一明簽發。」而且是豎著簽的字。苟東賢也簽發了不少檔案，每次只是簽下「同意」二字，然後再分行簽下自己的名字，但字是橫著寫的。

「這個老傢伙還別出心裁啊。」苟東賢冷笑了一聲，現在得把這個調令拿去與施莉莉分享。她一定會高興得跳起來，然後摟住自己，與自己美美地享受那天倫之樂。一想到施莉莉，苟東賢差點忘了，那天讓她去誣陷李准後就一直沒有聯繫，她現在會怎麼樣了？但現在應當先去秦思思那裏。打定主意，苟東賢給秦思思打電話。秦思思的手機關機，苟東賢又打到文聯，文聯的人告訴他，秦思思還沒來上班。苟東賢急忙掛掉手機直奔秦思思家。

第四十七章 形勢所逼

九月六日，上午九時十分，審訊室。

李准被嚴立明接回刑警支隊時，沈雨薇已經將抓回來的施莉莉帶了審訊室。當然李准這次是祕密回刑警支隊的。嚴立明還特地安排了局辦公室龔主任替李准住院，李准是扮成醫生走出醫院的。

在審訊室裏，李准見到了有意栽贓自己的施莉莉。只是一天不見，施莉莉已經蒼老了許多，面色也十分憔悴，哪裏還看得出她曾經是一個貌美如仙的女人。

「說說吧。你為什麼要陷害我。」李准脫去了白大褂，頭上的紗布還未拆去，往日的威嚴仍在。

「該說我的都已經交待了。」施莉莉顯得有些不情願地說。

「我只想聽聽你說出來。」這是犯罪嫌疑人的通病，所以，李准非常有耐心。

「你要我說什麼？」施莉莉還是不配合。

「從你為什麼要誣陷我和你與苟東賢的關係談起吧。」李准淡淡地說。

「我與苟東賢的關係大家都知道，我是他的情人。雖然他說過要娶我，卻一直沒有實現他的諾言。你也許問我為什麼偏偏對他癡情，他身上有一種與眾不同的男人味，自從第一次看到他到飯店裏吃別人剩下的飯菜時，我就發現他以後會發跡。」施莉莉淡淡地說。

「想不到你還會看相。」李准譏笑著說。

「不是我會看相，但現在的一切都已經說明我當初沒有看錯他。他從一無所有到現在的房地產開發商大老闆，在東江市除了死去的劉宇鳴和被判刑的吳家俞外，只有他做到了，他現在成了東江市第三大房地產的老闆。」

「這足可以說明你的魅力所在啊。」李准突然想到有人曾經說過，苟東賢之所以開發房地產成功，施莉莉的功勞不小。

「不是我的魅力大，是我相信他，他是值得一個女人依靠的男人。」施莉莉好像看到苟東賢正緩緩地向她走來，然後把她擁抱在懷裏，過著美滿而又舒適的生活。

「是嗎？我想這是你的一廂情願吧？如果一個男人值得依靠，難道他會讓自己心愛的女人犧牲一切嗎？包括色相？」李准冷冷地說。

李准的這句話擊在施莉莉心裏隱隱發痛。苟東賢有時候為了自己的利益，常常是不擇手段，這一點她施莉莉比誰都清楚。當時苟東賢提出讓她以色相來陷害李准的建議時，她是一百個不願意。可苟東賢卻說只有把李准「撂倒」，他才有機會當公務員。等他當上公務員就娶施莉莉為妻。這是一個令人誘惑的條件，但是當她站在東江大酒店的頂樓時，聲明要往下跳時才發現生命是多麼的美好，什麼功名利祿都是過眼雲煙。特別是從東江大酒店頂樓掉下來時，施莉莉在那一刻的心就死了，連命都沒有了，還能與誰共享榮華富貴？從那一刻起，她的命已經不屬於她的了。

李准見施莉莉不說話，知道已經說到了她的痛處，於是就單刀直如地問她：「你說說苟東賢為什麼要反指使你來誣陷我？」

「因為你不該查吳小田死亡的案子。」施莉莉終於說了這句話。

「為什麼？」

「苟東賢在轉正的時候，他不想任何人阻止他想要做的事。」

「這是主要的嗎？」

「……」

「要不要我把事情的經過說出來？」李准滿臉的嚴肅讓施莉莉不寒而顫。

「苟東賢一直都想當公務員，只是他的年齡已經偏大了。按照政策他這一輩子都甭想當公務員了。但秦思思替他出了個主意，說政府對特殊人才在年齡上有所照顧。但苟東賢在開發房地產時除了掙到錢外，什麼技術都沒有。用苟東賢自己的話說，他什麼都缺就是不缺錢。於是，他讓秦思思替他想主意。秦思思是文聯主席，可也沒有實權，但她讓苟東賢用錢買名氣。苟東賢這個特殊人才的稱號在秦思思幫助下得到的。」施莉莉說著，似乎感覺很累。

「你先喝口水繼續說。」李准把一杯開水遞給了施莉莉。

「他們走出第一步後，又開始為第二步作打算。苟東賢當公務員首先得過魏一明那一關。大家都知道魏一明是個難得的清官，是一個軟硬都不吃的人。為了攻克魏一明這一關，秦思思也絞盡腦汁，得從魏一明的愛好下手。魏一明沒別的愛好，但喜歡冒險。因此，在得知三個颱風過本市時，秦思思靈機一動，就召集了江建國和張國林把魏一明請到東海上來考察苟東賢。本來苟東賢所有的事情都算計好了，唯獨沒算到請來電視臺的記者吳小田會在那一刻失蹤。」

「苟東賢為什麼要當公務員？他有什麼樣的目的？」李准問道，「應當說苟東賢的錢多得幾輩子都用不完，他完全沒有這個必要轉公務員。再說，他已經五十八歲了，根本沒有資格當公務員，那他為什麼非要當公務員呢？」

「苟東賢說只有他當上了公務員才能娶我。」施莉莉回答得非常簡單。

「他的這個理由你相信嗎？」李准厲聲問道。

「起初我也不相信，但苟東賢發了誓後，我就相信了。」

「如果真像苟東賢所說哪樣，這對你有什麼好處？難道說他當上了公務員，他娶你你就成了浩命夫人？」李准的話有些刺耳，這絕不是因他受了施莉莉的誣陷而發洩，他覺得施莉莉在幻想之中，根本說出苟東賢當公務員的目的。

「其實我也想通了。苟東賢在乎的不是我，是他的房地產。我曾偷聽到他與別人通電話，他說他當上了公務員，可以當官，然後再利用手中的權利多弄些土地，他退休後多開發些房地產，多賺錢些。」施莉莉說到這裏，眼裏明顯有了淚水。

「你用不著替他藏著掖著。」李准見施莉莉終於說出實話，而且這話使施莉莉非常地傷心，換成任何一個女人都會傷心。因為她只是苟東賢手中的一枚棋子而已，在利用完之後，肯定會丟棄。

「苟東賢還給你說了些什麼？」

「我對他只知道這麼多，其他事你去問苟東賢吧。」施莉莉說著低下了頭，但李准看到她的淚水已經將胸口的衣服打濕。

第四十八章　割腕自殺

九月六日，上午九時三十分，秦思思家。

從魏一明那無奈的話中，秦思思幾乎感到了絕望。魏一明也是泥菩薩過河，哪能指望上他？突然，門外響起了急促的敲門。「這時候會誰會來敲門？難道是員警？」秦思思的心提到嗓子眼上。想不到自己一生為了東江市的文化事業，一步走錯，就步步走錯。秦思思想著眼裏有了淚水，便去臥室裏換上了一件平時不太喜歡的衣服，又去廚房裏拿上牙刷牙膏，又把茶几上的餐巾紙也裝進了一個口袋裏，等會兒員警進來了，就直接跟著他們走。

「秦主席，秦主席，快開門。我是苟東賢。」苟東賢在門外敲了半天門，見秦思思沒開門，就大聲喊了起來。

秦思思一聽是苟東賢，手中的東西全掉地上，整個人也癱軟下來，她極力穩住自己，才蹣跚地走過去打開門。

「我的事情已經辦妥了。」苟東賢春風得意地說。

「什麼辦妥？」秦思思還沉浸在傷心之中，沒聽懂苟東賢的話。

「魏一明在我調令上簽字了，我現在已經是公務員了。只可惜沒得到一官半職。」苟東賢說話的聲音很重，給人一種不可一世的感覺。

「老苟啊，給你安排一個官職，魏一明一個人肯定做不到。當初你也沒有提出轉成幹部。你突然提出來，這需要很多程序的。」秦思思對於如何任用幹部的程序比較清楚。

「秦主席，你也知道我今年五十八歲了，哪裏還有時間等？像你們這樣辦事，我看我退休了也等不到當官。」苟東賢見秦思思也站在魏一明那邊，火了，「忽」地從沙發上站了起來。

「你想幹什麼？」秦思思心裏極不舒服，不由大聲質問起來。

「秦主席，我託你們幫我辦這麼一點小事，你們都辦不成功。你們想想我苟東賢平時哪一點沒有遵照你們的意思辦事？潘雨欣的那幢別墅，她一分錢都沒有出。張國林的幾個親戚買房子，我連成本都沒收回來，雖然江建國給我與市裏的一些領導牽線搭橋，我給他的回扣還少嗎？再說說你，你們文聯哪次辦事，不是我苟東賢買單？沒有我苟東賢，你的那個九〇後書畫家的展覽弄得起來？沒有我，你能被評上『全省的文化大市先進工作者』？說近點，那天在遊船上我給你們每個人一張銀行卡，那裏面可是五十萬啊。你想想你們幾人就拿去了我多少錢？拿了錢都爭先恐後地跟在我屁股後面，等這個熱勁一過，人都不見了，連電話都打不通了。你說說你們是不是過河拆橋？」苟東賢說完，臉上的青筋也凸了起來。

「你現在不是已經拿到調令了嗎？」秦思思沒想到苟東賢剛拿到調令，就來與她翻臉。

「你真以為我稀罕這張破調令嗎？真有那麼值錢？我苟東賢把房價每平方米漲一塊錢，都比這破玩意兒來錢。再說，這調令是你們用什麼換來的？還不是我苟東賢自己爭取來的。」苟東賢越說越有氣。

「那你當公務員的目的是什麼？你的事現在辦成了，還想怎樣？」秦思思忍無可忍，對苟東賢也不客氣起來。

「我當公務員的目的是什麼，你管不著。但我託你辦的事還沒有完全完成——我要你去魏一明哪裏，向他說明我要當官，如果此事辦不成，我就會天天去找他，也會天天來找你。」苟東賢十分囂張。

「你想當幹部的事我作不了主，魏部長也作不了主。」秦思思看到苟東賢那囂張的樣子，心裏極苦，也後悔不已。

「秦主席，你是文化人，主意多啊。」苟東賢換了一種口氣說。

「你要去就自己去吧。我絕對不去。」秦思思失落到了極點，剛才還一直在擔心員警會找上門，可員警還沒有找到自己，自己恐怕會被眼前的這個人氣死。

「秦主席，我知道你與魏一明的關係。當初你在鄉裏不也是魏一明直接調到市文聯，現在又文聯主席。還聽說你馬上要升遷，難道你沒有使一點手段？」苟東賢的話是越說越難聽。

「你滾。馬上滾出去。」秦思思氣得眼淚都流了出來。

「秦思思，你就這樣絕情？」苟東賢拿起桌上的調令，站起來徑直往門邊走去。在拉開門時，苟東賢又回過頭來說，「秦思思，你知道李准住院的事吧？那就我苟東賢的傑作。我不希望你走他的後路。」苟東賢說完，然後走出去，把門狠狠地碰上。

「完了。這下真正的完了。」秦思思再也站不穩了，倒在沙發上望著天花板直發愣。現在不但員警那邊會來找自己，苟東賢也成了自己身上的一隻跳蚤，在身上四處遊竄，想抓又抓不著，不抓，又會在身上狠狠地咬你一口，天長日久，還會越咬越嚴重，直到把自己身上的血吸乾後才會消失。

「秦思思，秦思思，你這個傻女人。你本來工作得好好的，幹嘛要搞什麼文化事業啊，幹嘛要沾上苟東賢，你真是個傻子。」秦思思在心裏默默地念叨著，心裏絕望到了極點。現在無論是員警，還是苟東賢，都是自己最害怕見到的人。

在沙發上躺了許久，秦思思頭腦裏仍然是一片混濁，慢慢地站起來，朝臥室走去，從壁櫥的鏡子上看到自己，那衣服太合身了，而且顏色也適中，顯示出一個成熟的女人韻味來。只是那張憔悴的臉，多少讓人憐惜。

秦思思走到床邊的小櫃子邊，那裏面放著一把水果刀，那是秦思思用來防身的，萬一有壞人進來，她完全可以悄無聲息地拿出水果刀刺向壞人。現在看來這把水果刀要失去它應用的作用了。

秦思思拿起那把水果刀捏在手裏，手心裏的汗把水果刀把都打濕了，身子也直發抖。再看水果刀，因光的折射，刀片上映出了秦思思那變了形的臉。

「自己原來這麼醜啊。」秦思思一狠心，揚起水果刀就要往左手腕割去，沒有感覺到丁點痛。只是那鮮血像雨點一樣，滴在地板上……

第四十九章 實施抓捕

九月六日，上午十時二十分，東江市公安局。

案情一點一點地清晰起來，吳小田絕不是意外落水身亡，而是一場精心策劃的陰謀，真凶就是遊船上人中的一個，或者說是一群。根據施莉莉的供詞，李准覺得案情已經到了關鍵時刻，也是實施抓捕苟東賢的最佳機會。從審訊室出來，李准帶著沈雨薇來到嚴立明的辦公室，把自己的想法對嚴立明說了。

「李准，你的意見不錯。但我們抓他得有充足的證據，不然會帶來負面影響。苟東賢作為東江市的特殊人才，是公眾人物，不但市級媒體報導過，連省級的媒體也報導過，特別是一些網站為了提高點擊率，在別的媒體上看到了關於苟東賢的報導，根本沒有經過採訪就添油加醋地把苟東賢寫得神乎其神，並配上苟東賢那大頭照。」嚴立明很是擔心。

「其他的不說，單憑他行賄這條罪就夠判他好些年了。我們還有施莉莉這個證人。」李准當然明白嚴立明的意思。

「李准，你的意思我明白……」嚴立明的話還沒有說完手機就響了，便走到一邊去接聽電話，只見他臉色逐漸凝重起來，最後連臉色都變了。好一陣子，才闔上手機。

「嚴局，什麼事這樣嚴重。」李准從沒見到嚴立明的臉色這樣變化過。

「有人告狀了。」嚴立明氣憤地說，「有人說我護著你，不去查吳小田死亡的案子。另外一個壞消息：秦思思死了。上面要求我們在二十四小時之內把整個案子查清，要不然，他們就換人……」

「我們沒日沒夜的查案，居然有人說我們沒工作。」沈雨薇本想控制一下情緒，結果沒有控制住。

「雨薇，我想事情沒有這麼簡單。」嚴立明勸說沈雨薇。

「秦思思一死又少了一個知情人。又是誰害死了秦思思？」李准心裏的疑問加大了。

「李准，得首先查清秦思思的死因，這才是本案關鍵。」嚴立明說，「另外，荀東賢、江建國和魏一明先後去了城北的慈恩寺，我們應當去寺廟裏瞭解情況。」

「我已經派人去查當事人了。嚴局，看來有好戲看了。秦思思的死會帶走許多祕密，這個祕密恐怕一時難以知道了。」李准說得很輕鬆，可心裏也一點也不輕鬆。這個案子的背後隱藏著的一隻手在操縱，卻一直沒有出現，是男是女，是老是少都不清楚。

「李准，辦案講究的是證據，沒有證據一切都是在猜測。但我支持你有自己的主見。」嚴立明也知道這話不該從他這個局長的嘴裏說出來，可案情越來越複雜，再停留在以前的思維上，肯定會錯過很多有利的線索，到時候案子還沒有破，那些人不是逃的逃，就是死的死。

「嚴局，隊長，你們在打什麼啞謎，說出來我也分析分析啊。」沈雨薇一時聽不明白嚴立明和李准的話。

「我認為現在應該把他們幾個逐一抓起來了。只是先抓誰，再抓誰，或者說逐個擊破，再也不能讓他們逍遙法外了。」有了嚴立明的支持，李准說話的膽子也大了起來。

「李准，我知道你心中已經有數了，還是你來安排吧。」嚴立明見李准提出這樣的要求來，就知道李准已經知道該怎麼做了，因此，嚴立明馬上吩咐沈雨薇去把隊裏的幾個精幹員警叫到會議室裏，開一個會議。

待沈雨薇出去，嚴立明對李准說：「走，我們到會議室去，你把你的想法說出來，讓大家再提些意見。三個臭皮匠頂個諸葛亮嘛。」

待嚴立明和李准來到會議室裏，沈雨薇已經帶著幾個精明能幹的員警在會議室裏等候了。李准向眾人投去肯定的目光，他們跟著李准辦案多年，從沒讓李准失望過。

「李准，你把你的想法說說吧。」嚴立明坐下後，就李准說說案情。

「大家都知道，離電視臺的攝影記者吳小田死去有好幾天了，這個案子到現在都沒有破，責任在於我。我們單從吳小田死亡的案子來看，這只是一場簡單意外的死亡案，但經過這幾天的調查與取證，和根據兩個嫌疑人交待，我們發現這個案子有了變性：這不單單是一個死亡的案件了。這個案子涉及到了好幾個人，有組織部的魏一明、房地產開發商苟東賢、還有市稅務局副局長潘雨欣、市國土局副局長江建國、市文聯主席秦思思和城區宣傳副部長張國林等人。他們這樣做的目的就是為了讓苟東賢轉成公務員。可以說，苟東賢為了轉成公務員，不惜一切手段來達到他的目的。我們的職責就是讓壞人受到應有的懲罰，不是讓他們逍遙法外。根據監視他們的同志回來報告，潘雨欣和江建國已經開始外逃，監視他們的同志只能跟著他們走。已經到了我們收網的時候了。現在，我宣佈此次行動的方案：第一組去抓捕江建國，第二組抓捕潘雨欣，第三組去抓捕苟東賢……」李准一口氣把話說完。

「希望大家不要有所顧忌，放開手腳來辦案，但也要注意行動的隱蔽性，不能讓任何人知道。至於抓捕他們的手續我現在就去辦，你們只給我記住，見他們就祕密抓捕。」嚴立明又吩咐道。

「大家還有什麼要說的？」李准問道。

「魏一明和秦思思那裏誰去？」沈雨薇忍不住問道。

「這個我自有安排。」李准又強調說，「雨薇，這次的案子不同以往，你細心些。只許成功，不許失敗。我們失敗不起了。」

「大家行動吧。」嚴立明說著站起身來，剛要出門，一個員警進來報告，他們已經抓到了潘雨欣。

「這麼快就抓到了潘雨欣？」這讓李准和嚴立明都感到非常意外。

「快帶她到審訊室。」嚴立明的臉上露出喜悅的神色。

「嚴局，你認為我們為什麼這快就抓到潘雨欣？」李准開玩笑地問嚴立明。

「你說呢？你發動你那聰明的腦子想想，我們看看誰得出的結論是真的。」嚴立明開玩笑地回答李准。

第五十章 指點迷津

九月六日，上午十時三十分，魏一明辦公室。

魏一明坐在沙發上痛苦地閉上眼睛，時間又彷彿回到了二十多年前。那次家鄉發洪水時，他沒顧妻子的反對，也沒顧上剛剛出生的兒子，毅然去了抗洪前線。在抗擊洪水中，魏一明好幾次遇到危險，他記憶最深的一次，被洪水沖了幾百米，以為自己再也無法生還。但他抓住了一根木頭，在漂了幾公里後，他被人救起來。那時，他全身都是傷，很多人都勸他休息，醫生也要他住院觀察治療，但魏一明拒絕了。經過十天十夜的苦戰，堤壩保住了，沒讓一滴洪水沖進小鎮。魏一明也累倒了，也病倒了。

在那麼艱苦的條件下，又時時面對死亡，他魏一明都挺過來了，沒想到今天竟然為了一個房地產開發商的一張銀行卡威脅，明知是違反國家的政策，他還是親手給這個開發商辦了調令。魏一明想來都覺得好笑，可是笑中又有淚。

直到響起了敲門聲，魏一明才從回憶中驚醒過來。進來的人是辦公室劉主任，他見魏一明臉色不太好，小心地問道：「魏部長，感冒是不是還沒有好？要不要我讓司機送你去醫院？」

「不用。我沒事。」魏一明趕緊調整神態回答，又問道，「部裏有沒有其他事需要我簽字的？」

「沒有。倒是我剛剛聽到部的同事在議論，說文聯主市秦思思在家裏自殺了。」劉主任小心地說。

「什麼？秦思思自殺了？」魏一明大驚，秦思思自殺的事是真的，那他魏一明也可能走噩運了。

「目前還不知道為什麼。是文聯的辦公室主任見秦思思一直沒上班，手機關機，電話也不通，便去她家裏，結果聽到屋裏有人在呻吟，便報了警，轄區派出所的員警趕了過去，打開門見秦思思躺在臥室裏，血流了一地。當即把秦思思送往醫院搶救，結果在途中秦思思就死了。」劉主任不愧是辦公室主任，說話既不重複，又很簡潔地把事情的經過全說清楚了。

「哦，我知道了。」魏一明不得不相信劉主任的話，因為東江市只要發生了一點小事，要不了多久整個東江市都傳遍了，何況秦思思的事又是員警又是送醫院，這事假不了。

「魏部長，今天的例會什麼時候開？」劉主任試著問魏一明，因為以前每週一上午十時都要召開例會，今天魏一明一直沒有叫他通知讓大家去會議室開會，可大家都已經到會議室裏等待他，長時間都不見魏一明來，便讓劉主任到魏一明辦公室詢問。

「今天的例會就不開了吧。開來開去還不是那麼幾句老話，大家都聽得沒勁。」魏一明此時哪還有心情開例會，得儘快知道秦思思自殺的原因。

「那我去通知大家解散。」劉主任明白魏一明今天遇到了不順心的事，聯想到早上苟東賢來拿調令的事，心裏明白了幾分。

「去吧，大家該怎麼工作，照舊。我要出去一趟，沒有特別的事就不要聯繫我。」魏一明覺得事情嚴重，自己再不出去弄個明白恐怕自己也會走上秦思思的路。

「魏部長，那我叫司機在樓下等你。」劉主任仍沒有忘記自己的職責。

「你去工作。我自己叫他。」魏一明不想讓太多的人知道自己去調查秦思思的死因，便打發了劉主任。

下樓後，魏一明沒有叫司機，而是走到自己的私家車前，鑽進了車裏，看著這輛破舊的桑塔拉車，心裏也不由感慨萬分。這輛車跟了好些年頭了，老舊了，就像他魏一明的年紀一樣。只要他開這輛車出去，特別是去高檔酒店時，肯定會遭受到酒店的服務生鄙夷的目光。唉，一起為官幾個同事已換了好幾輛車了。曾經有同事勸魏一明換車，可他只是笑笑。不是他魏一明捨不得換，而是他的確沒有能力買更好的車，好在出入都有公車。去省裏，或者去下屬縣區用不著看別人的臉色。但也有一次去下面一個鄉開會，因單位的車子壞了，又抽不其他車，魏一明就開了這輛車去參加會議，停在鄉政府的一角落裏。待散會出來時，讓魏一明大跌眼鏡的是，除了他這輛車外，其他的都是高檔車，鄉政府的幾個搞衛生的家政人員把其他車擦得乾乾淨淨的，唯獨沒擦他的車。他苦笑了一下，也沒說什麼，便直接上了車回市裏，無論那個鄉長怎樣挽留，魏一明都沒留下來。那天，他不知道是在生自己的氣，還是在生清潔工的氣，回來後他就把車子開到單位的停車庫停下來，幾乎沒用過。

魏一明發動車子，頭腦裏一片茫然，去哪裏呢？為官這些年來，除了慈恩寺的主持慧通大師外，魏一明得罪了不少人。慧通大師雖然是出家人，與魏一明一見如故。昨天才去寺裏與慧通大師喝過茶，今天再去嗎？可這個心結又只有慧通大師才能解開。魏一明便把車朝慈恩寺開去。

第五十一章 推卸責任

九月六日，上午十一時十分，東江市公安局審訊室。

潘雨欣坐在桌前，心亂如麻，原本打算逃跑到外地去，現在的科技這麼發達，被抓是遲早的事。與其被動不如主動出擊。因此，潘雨欣在得知秦思思自殺後，以最快的速度趕到東江市公安局自首。

坐在潘雨欣對面的人是李准和沈雨薇，他們的臉上的表情都顯得十分嚴峻。潘雨欣與李准沒打過交道，只是從電視上見過他，他的事蹟也是聽說和從新聞上得知的。只是潘雨欣沒想到李准本人比在電視上更顯得英俊。其實像李准這樣的男人正是許多中年婦女的夢中情人，也是女孩心中的偶像。

「潘小姐，請你說說吧，說說清楚吧。」沈雨薇見潘雨欣神魂顛倒的樣子忍不住問。

「哦，我說到哪裏了？」潘雨欣被沈雨薇的話嚇了一大跳。

「你還沒有說呢。」沈雨薇只能耐著性子解釋。

「潘雨欣，你是來自首的，我希望你好好配合我們。」李准淡淡地說。

「我說我說。吳小田的死，當時我們都在船艙裏，接著苟東賢出去了一趟，回來時臉上的表情不太自然，他對我們說吳小田不在了。我想吳小田的死肯定與苟東賢有莫大的關係。」潘雨欣一邊說一邊比劃著。

「他出去了多少時間？是吳小田失蹤前出去的，還是吳小田失蹤後出去的？」李准問。

「是吳小田失蹤前。苟東賢出去大概有兩分鐘，因為他出去時大家都在激烈地向魏部長替苟東賢說情。苟東賢進來後馬上給幾個男人發香煙。因為吳小田不抽香煙，但我當時沒有見到吳小田。這個情節我之所以記得非常清楚，是因為我我對香煙過敏，對抽香煙的人非常反感。」潘雨欣怕李准不相信，又舉例說明她對香煙過敏來佐證。

「你敢肯定嗎？」李准說這話時眼睛一刻都沒離開潘雨欣，因為女人的眼睛往往會告訴你，她是否在說謊。

「我敢絕對保證。」潘雨欣喝了一口水，又繼續說，「苟東賢轉公務員的事都是秦思思出的主意。她說苟東賢屬於特殊人才，十分難得，政府應當特殊對待。還說像苟東賢這樣的人不轉成公務員，實在是可惜。因為，秦思思就去找張國林和江建國，他們一起策劃怎樣讓苟東賢當上公務員。」

「那你是怎麼摻和進來的？」沈雨薇忍不住插了一句話。

「我是被秦思思和江建國逼的。秦思思在一次宴會上把她的這個想法對我說了。我覺得秦思思管事太多，勸她不要攬上這事，因為大家都知道苟東賢的年齡已經很大了，按照國家的政策，他根本沒有機會當公務員了。可秦思思說政策都人定的，可以變通嘛。苟東賢給東江市文聯出力不少，特別那群九〇後書畫家，他們的書畫得不到認可，如果不是苟東賢出錢出力，他們根本無法辦展覽，東江市也就不會成為省裏的文化大市。幫苟東賢達成心願——轉成公務員，是文聯和她秦思思義不容辭的責任。她這樣做也代表市文聯報答苟東賢的恩情。我還是極力反對，說這是違反政策的事，結果被秦思思給酒醉了。我在醉酒後收下了苟東賢的一張銀行卡，裏面有五萬塊錢，直到第二天我才知道這件事，馬上找到秦思思讓她幫我把卡還給苟東賢，可秦思思說什麼也不肯，還說這事苟東賢已經拍了照，就這樣我被秦思思拉下了水。」潘雨欣十分委屈地說，從她那誇張的表情看出，她的確被冤枉。

「就這麼簡單？那麼在遊船上，苟東賢送給你的銀行卡呢？」李准冷不丁說出這句話來，把潘雨欣嚇了一大跳。

「銀行卡在我身上，我今天也帶來準備上交。」潘雨欣說著摸出一張銀行卡遞給李准。

「裏面有多少錢？」沈雨薇問道。

「我也不知道，因為當時大家都收了銀行卡，如果我不收，苟東賢又會拿以前的照片來威脅，李警官，我收下這張銀行卡也是被逼的啊。」潘雨欣向李准訴苦。

李准心知肚明，秦思思現在已死，潘雨欣就來投案自首，把一切責任推到秦思思身上，自己就可逃避法律責任。如果再與她這麼糾纏下去，也難從她嘴裏得到一些實際的線索，倒不如給她來點狠的。因此，李准不動聲色，裝作一副不在意地樣子，與沈雨薇聊起了家常：「雨薇，聽說你剛才去醫院瞭解情況，碰到了誰？」

「隊長，我碰到了我大學時的同學，他現在醫院裏給一位老醫生當學徒呢。聽說今天送來了一個自殺的病人，他參與了搶救。」沈雨薇明白李准的用意，便接下話題。

「那個病人搶救過來沒有？」

「我問了。說那人雖然割腕自殺，幸好搶救及時，目前沒有生命大礙，估計過幾天就能出院了。」

「哦。原來如此啊，記住啊，女人就不能隨便割腕自殺，留住命多好。」

李准與沈雨薇在一邊一唱一和，聽得潘雨欣頭都大了，心裏不由嘀咕起來，難道說自己的消息有誤，秦思思真沒有死？

「唉，潘雨欣，你怎麼啦？」李准看到潘雨欣頭上流汗，故著驚訝地問道。

「沒，沒什麼，我想喝水。」潘雨欣見李准開始注意她，馬上借喝水來掩飾心中的不安。

「喝吧，喝完了，有什麼話想說，你就說出來，或許會痛快些。」李准做出一副無關緊要的樣子說話。

「我說。」潘雨欣喝了一口水，汗水更多了，「其實，我與組織部的魏一明走得比較近，苟東賢就千萬百計地拉攏我，腐蝕我。加上秦思思說苟東賢手裏有那張照片，我不得不按照他們的要求辦事。那天魏一明本來不去東海上考察苟東賢，禁不住我的糾纏才答應的。吳小田失蹤後，魏一明立即停止了對苟東賢的考察，回到酒店裏，無論我如何勸說，他都答應苟東賢轉公務員的事。又加上江建國說吳小田攝影機裏的那張硬碟不見了，大家都慌了神。我怕你們來抓我，因為這事是由我引起的，所以我才躲起來。」

「就這麼簡單？」沈雨薇問道。

「就這麼簡單。」

「好吧，我希望你說的都實話。不說實話的後果你是清楚的。」李准說著與沈雨薇出了審訊室。

第五十二章　不仁不義

九月六日，中午十二時十分，東江市某賓館內。

賓館房間雖然舒適，卻不如自己的家。電視裏正放著新聞，江建國卻把頭扭在一邊，臉上充滿了痛苦的表情，嘴裏不停地罵道：「苟東賢，老子被你這龜孫子害得有家不能回，還要逃命天涯。」

作為國土局的副局長，江建國自然離不開與眾多的開發商一起吃飯喝酒。自從在酒桌上認識荀東賢後，江建國就成了他手中的一條大魚。荀東賢除了給江建國送東西外，就一而再再而三地利用他替他拉關係。令江建國最難忘的事，是荀東賢找他託關係把臨省一個山區的希望小學承建了。修建希望小學盡義務占多，而且又是一個小工程，對於賺大錢的荀東來說純粹是多此一舉。現在，江建國終於明白荀東賢承建希望小學不為了賺錢，而是賺名聲。

雖然江建國出門了，不想讓任何人知道他的行縱，可他還沒有離開東江市，不是他沒地方可去，而是捨不得離開東江市。東江市已經成了他這一生的夢想，一旦他離開了東江市，就成了聾子，成了啞巴。無論東江市發生了什麼事，他都不能在第一時間裏知道，也不敢向別人打聽。因此，江建國用朋友的身份證在東江城郊一家賓館悄悄地住了下來。

早上，終於有了一個最新消息：魏一明居然給荀東賢簽發了調令。他以為魏一明一定會為難荀東賢，自己再去跟著摻和肯定會得罪魏一明，將會為自己帶來許多不便。自己已經讓荀東賢害成這樣子，以後不知道會被荀東賢折磨成什麼樣子。

但是，江建國現在卻坐不住了，也後悔不已，因為先是秦思思割腕自殺的消息傳到他的耳朵裏，接著是潘雨欣被抓了回來。

江建國欲哭無淚。平心而論，秦思思是一個好女人，也可以作為了一個好妻子好母親，但作為文聯主席，她有決心卻沒主見，雖然她處處小心行事，但最終卻走上了這條不歸路。江建國現在沒有心情來思考這件事，現在最要緊的是弄清秦思思為什麼要割腕自殺，是有人逼她？無論是對於東江市文聯，還是荀東賢個人，秦思思都出了不少的力。她為東江市的九〇後書畫展花費了不少的心血，比如與市委宣傳部要對接，與賓館聯繫客人的住宿，為展覽尋找場地，雖然不是她親自去做，可她要思考。每一場展出側重點在什麼地方，每一次展出應該找哪些媒體來報導。這些都要事先考慮周到才行，無論哪一個環節出一點差錯均有可能導致「全盤皆輸」。無論是展出，還是媒體方面，秦思思均做到了沒有一點差錯。因此，那次九〇後書畫展才能成功展出，受到有關部門的高度讚賞。那次展出，苟東賢可謂鞍前馬後，勤勤懇懇出力，也是因為如此，苟東賢被秦思思作為特殊人才向市裏有關部門推薦，這為苟東賢轉成公務員打下了良好的基礎。在苟東賢轉公務員提上議程的時候，秦思思又出力不少。苟東賢能夠當成公務員，秦思思功不可沒。

潘雨欣這個女人，一看就不是什麼好鳥，可她偏偏與魏一明的關係非常近。按理說只要她在魏一明面前使點美人計，苟東賢的事就會事倍功半，可這個女人卻不怎麼賣力，才讓苟東賢的事這麼費勁。現在她又回到東江市，進了公安局，她能把得住口風嗎？

苟東賢拿到調令，他那張調令能讓他成功上任嗎？這一切都是未知數。還有那張硬碟，雖然苟東賢在吳小田的屍體裏翻到了，可裏面什麼東西都沒有。如果真是吳小田攝影機裏的那張硬碟，怎麼會一點東西都沒有呢？苟東賢費那麼大的勁打這張硬碟的主意是為了什麼？如果說是苟東賢使的一個詭計，那麼苟東賢為什麼要這樣做？他的目的又是為了什麼？如果說是繼續想捆綁住大家，他也沒有必要在那個時候做那樣的蠢事啊？江建國的頭緒像一團亂麻，是剪不斷理還亂。

李准是何等人物，是東江市最好的員警，他破的案子沒有一百，也有九十九，自己為什麼要與苟東賢去陷害他？想著那天，自己與苟東賢慫恿施莉莉去陷害李准，江建國覺得自己是一個十足的蠢貨。在東江市惹誰都可以，就是不能惹李准。李准又出來了，誰能保證他不報被陷害之仇？這真是明知老虎的屁股摸不得，還要去拔老虎的鬍鬚。

再說魏一明，這老傢伙一直裝清高，還不是被苟東賢的銀行卡打倒？很多事只要你睜一隻眼閉一隻眼就過去了。這個老傢伙偏偏要裝清高，大家都在渾水裏走，你想清高能行嗎？要是魏一明早答應，在酒店裏吃頓飯、喝頓酒，不就把苟東賢給考察了嗎？幹嘛要去東海上呢？況且在那颱風即將來臨之際？你自己不答應就算了，幹嘛把大家都拉下水？

江建國又想到吳小田。這個死人，你想死就死吧，你可以跳河，可以碰車，為什麼在考察苟東賢的時候就死在東海裏呢？這不是害大家嗎？你一個電視臺的小小記者，能翻天不成？江建國想到這裏自己也不由苦笑。可是這次吳小田真的翻天了。

想到這裏，江建國覺得似乎忘了一個人，就是江小麗。大家對江小麗的印象就是她長得太漂亮。那天她也在現場。在吳小田失蹤後沒有跟著大家一起回酒店。有傳言，她與吳小田是戀人。這些天大家都把她給淡忘了，難道說這一切都是她安排的？江建國又覺得不可能。

唉，那天，吳小田到底是怎麼失蹤的？然後又死在東海裏？還有那張硬碟，到底是怎麼回事？江建國覺得頭痛不已。

眼見那天在場的人死的死，被抓的被抓，只剩下自己與苟東賢了。員警會這麼輕易地放過自己嗎？根本不可能。加上現在的科技這麼發達，自己能逃到哪裏去？出國，可自己沒有那麼多的錢；去自首？還不是等於把自己往監獄裏送？

第五十三章　兩情相悅

九月六日，下午十三時三十分，東江市公安局。

派出去的幾路人馬連江建國和荀東賢的影子都沒有抓到。這是李准辦案以來遇到最棘手的事，不禁讓他陷入了深深的思慮中。

「該如何是好呢？」李准背手在辦公室裏來回走動著，沈雨薇突然推門進來，她對李准說：「隊長，江小姐想見你。」

「哪個江小姐？」李准還沉浸在案情的思考中，不禁脫口問道。

「電視臺的江小麗啊。」沈雨薇向門招了招手，把江小麗引進屋裏。

「是江記者，我有話要問你呢。」李准見到江小麗，突然覺得有很多疑問要向江小麗問個明白。那天在醫院裏江小麗交一個隨身碟，儘管沈雨薇運用了各種技術手段，裏面除了幾張照片外，未找到其他的隱藏文件夾。李准一直沒有琢磨透徹，江小麗來得正好，可以問問她。

「李警官，兇手都抓到了嗎？」江小麗的眼圈紅紅的，顯然她哭過，而且傷心過度。

「江記者，你轉給我們的隨身碟，已經通過技術已經打開了，你來看看。」李准說著走到電腦跟前，打開了那個檔案夾，指著那幾張照片問江小麗，「江記者，吳小田檔案夾裏只有這些照片，特別是這幾張，他與你十分親密……」

「啊，是這幾張照片……」江小麗話未說完，淚已經出來了，接著失聲痛哭起來，而且一發不可收拾。李准只得沈雨薇使眼色。沈雨薇領意馬上勸說江小麗。沒多久，沈雨薇讓江小麗止住哭聲。

「兩位警官，請原諒我失態。這張照片對我與吳小田的意義太大了，只是沒想到他會把這張照片放在這樣一個加密的檔案夾裏。看到這張照片，彷彿讓我又回到過去……」江小麗說著，把她與吳小田從認識到相知再到相愛的事情說了出來。

江小麗說她與吳小田的認識是一個偶然的機會。那天，江小麗與臺裏的另一個記者出去採訪，在電視臺門口看到一個與門衛爭執得面紅耳赤的年輕人。江小麗看到這個年輕人長得眉清目秀，對他有了一種好感，便下車問門衛為什麼爭吵。門衛說這個人叫吳小田，到電視來應聘主持人。可臺裏剛剛下了通知已經招到了主持人，讓門衛不再放應聘的人進去。吳小田認為門衛在騙他，於是兩人爭執了起來。

臺裏的確已經招到了主持人。江小麗還是評委之一，因此，她便告訴吳小田門衛的話是真的。但臺裏還差一個攝影記者，如果吳小田願意的話，她可以帶他去報名。也許是吳小田找工作心切，當即答應下來。江小麗便把吳小田帶進臺裏，因為江小麗的緣故，臺長把吳小田留了下來。就這樣，吳小田成了東江電視臺的一名攝影記者。

也許是為了感謝江小麗對他的幫助，吳小田在領第一個月工資後請江小麗去吃飯。在飯桌上她發現吳小田是一個不太喜歡說話的忠厚老實人。後來，一直跟著江小麗的攝影記者因職位變動，就把吳小田要了過來。兩人經常出去採訪，久之，江小麗發現吳小田不但可愛，還非常有學問，還是一個熱血青年。正是她一直苦苦尋覓的另一半，因此對吳小田有了愛慕之情。

有一天，兩人去鄉下採訪回來的途中，看到一個中年婦女挑著擔子往城裏趕。吳小田讓司機停車，把那個婦女捎帶到城裏。事後，江小麗問吳小田為什麼要捎帶一個不相干的人進城。吳小田告訴她，他們有車，又順路，這是舉手之勞之事。雖然這只是一件小事，卻讓江小麗發現了吳小田善良的一面，因此，她漸漸地喜歡上了吳小田，一直在等待吳小田向她表白。後來，他們去黃山旅遊時，吳小田終於向她表白了。並在黃山山頂上照了幾張照片，意思是說他們的愛情就像黃山的青松一樣長青。但是這幾張照片後來被江小麗不小心從電腦裏誤刪了。她哭了好一陣子，沒想到這張照片卻在吳小田的電腦裏，還專門設了個加了密的文件夾。

「兩位警官，你們一定查清事情的真相。還吳小田一個公道。苟東賢為了當公務員，為什麼要到東海上去？那天風大雨大，難道他們不知道那裏有危險嗎？」江小麗邊說邊哭，她那撕心的哭聲，把一旁的沈雨薇也感染了，陪著流淚。

「江記者，不要哭壞了身體，我們東江市畢竟好人多，你還要為他們作報導呢。」李准說著遞給江小麗一張紙巾。

「李警官，吳小田肯定是被人害死的。你要為我作主啊，抓住那個陷害他的真凶，將他繩之以法。」江小麗哭著的時候仍沒忘記讓李准查出真凶來。

「江小姐，你放心，我們一定還吳小田一個公道。」沈雨薇邊擦眼淚邊說。

「江記者，你放心，如果不抓出真凶，還吳小田一個公道，我李准就對不起我頭上的國徽。」李准堅決地說，又問江小麗，「你能告訴我，吳小田的攝影機硬碟丟失是否是真的？」

「是真的。」江小麗肯定地說。

「那張硬碟至今沒有下落。」李准歎息著說。上次在醫院裏，江小麗已經說過她不知道硬碟到底在哪裏，因此李准也不想再問江小麗。因此，他對沈雨薇說，「雨薇，你扶江記者先到會議室休息一下。」

沈雨薇應了一聲，她明白李准是在下逐客令，可又不好意思說出來。因此，她馬上走到江小麗面前，扶著江小麗往會議室走去。

待沈雨薇和江小麗出去，李准又陷入了沉思之中。他又何嘗不想立刻把案子查清楚？這個看似簡單的案子卻越來越變得複雜化了，讓人捉摸不透，到底哪一點才是案情的最主要的。特別是幾個在場的人除苟東賢、江建國和魏一明未歸案外，其他的人都交待了他們的事實。可案情的矛頭都指向了苟東賢，難道說吳小田的死是苟東賢所為？苟東賢在遊船上是為了當公務員的事，他不會傻到在那個節骨眼上害死吳小田。如果不是苟東賢又會是誰呢？如果吳小田不是意外掉進東海死亡，在船上的人都有作案嫌疑。根據他們的口供，當時大家都在船艙內為考察苟東賢的事作準備，吳小田是怎麼失蹤的都不知道，這到底是怎麼回事情呢？另外，吳小田為什麼他與江小麗親密的照片放在一個加密的檔案夾裏呢？而江小麗看到這些照片就哭個不止，這是否與吳小田的死亡有直接聯繫？

第五十四章　真假調令

九月六日，下午十四時十分，魏一明家。

從慈恩寺回來，魏一明雖然把幾十年的心結解開了，他不但沒有高興，反而越發覺得心酸。與妻子鬥了幾十年的氣，現在該是結束的時候，應當去找找她了，向她好好地悔過。畢竟夫妻一場，也許會得到她的原諒。二十多年吶！

魏一明收拾好東西，剛拉門就見苟東賢站在門口。苟東賢二話沒說，側身擠進了屋裏，把手中的那張調令往魏一明跟前一丟，大聲怒罵道：「魏一明，你幹的好事，老子尊你是組織部部長，才再三低聲下氣地找你。你給老子一張假調令，安的是什麼心？」

「什麼假調令？」苟東賢來得這麼快，而且突然，令魏一明措手不及。

「你還狡辯？老子拿著這張調令去上任，結果被告知是假的。」苟東賢非常地惱怒，指著魏一明的鼻子罵道，「咱們打開天窗說亮話，你要多少錢才給老子開一張真正的調令？」

「上面有我的簽名，還有組織部的公章，你憑什麼說調令是假的？」魏一明哪容得苟東賢發飆，也火了。

「你說這調令不是假的，我拿去怎麼上不了任？」苟東賢指著調令著說，「好你一個魏一明，還跟我玩文字遊戲。我苟東賢雖然讀書不多，這調令是紙包不住火的。」

原來，苟東賢拿著調令去單位上班，誰知當班的領導看了調令，遲遲不給他安排工作。苟東賢急了，質問為什麼不給他安排工作。當班領導惹不起苟東賢，只得對苟東賢說了實話：這是一張假調令。苟東賢怎麼也不相信，自己親自從魏一明手裏拿回的調令竟是假的。當班領導指著魏一明的簽字告訴苟東賢，魏一明簽發的調令有一個不成文的規矩，凡事他同意的，只在上面簽署「同意」和名字都是橫著寫，如果他簽署「同意」和名字豎著寫，就表示是假的。而且這張調令上還有魏一明簽署的特別意見：「同意苟東賢同志轉正公務員魏一明簽發」。這句話可以理解成：「同意苟東賢同志轉正公務員？魏一明簽發。」也可以理解成：「同意苟東賢同志轉正公務員，魏一明簽發。」雖然中間只有一個標點符號不同，既可以理解成是問號，也可以看成是逗號。

苟東賢認為當班領導有意為難他，又找了幾個熟人詢問，得到一樣的答案。苟東賢急忙拿著調令去組織部找了魏一明，得知魏一明去了慈恩寺，便立即趕往慈恩寺，最後才找到魏一明家裏。

「這調令白紙黑字，公章又那麼顯眼，豈能是兒戲？」魏一明嚴厲地說。

「魏一明，你別給我耍把戲，在東江市誰不知道你魏一明想做一個清官，你清得了嗎？還是不是把我的銀行卡收下了？你這是虛偽。」苟東賢出口就是髒話。

「你……你這個混帳……」苟東賢的話說得魏一明心裏難受，恨不得找條縫鑽下去：自己幾十年清白毀在苟東賢手裏，還被他抓住了把柄。

「魏一明，是不是說到了你的痛處？」苟東賢沒想到會被魏一明耍了，心裏窩火。

「你……你……你給我滾。」魏一明見苟東賢竟然說出這樣不屑的話來，心裏對苟東賢又多了幾分厭惡。但也說明他批的那張調令沒有錯，如果自己真把這張調令批成了真的，這不是禍害了東江人民？就憑苟東賢這樣的為人，他豈能當公務員？這是給所有公務員抹黑，丟臉。魏一明又為自己的決定感到高興，在關鍵時刻他還是盡到了一個組織部副部長應盡的責任，沒有讓一個不學無術，戕害百姓的人當上公務員。魏一明早就料到苟東賢不會善罷甘休。

「魏一明，你別在這裏給我裝清高，你總得為你的家人著想，你的底細誰不知道？他們都掌握在我手裏。」苟東賢見魏一明軟硬不吃，便以家人來威脅。

「你這個雜種。當年就是你弄得我差點家破人亡。今天我就找你算總帳。」苟東賢一提到往事，魏一明的眼睛憤出了怒火。如果不是在慈恩寺瞭解到當年的事情真相，魏一明至今還被蒙在鼓裏，都怪自己當年沒有弄清真情的真相就離家出走。二十多年前，自己從抗洪前線醫院回家見到的那個男人竟然是苟東賢。這些年來，一直耿耿於懷。真是造化捉弄人啊。害得自己妻離子散的仇人就站在眼前，他豈能不激動？

「連這事你都知道了？哈哈，老子都差點忘了。魏一明，你還記得啊，知道老子的厲害了吧？如果你識相的話，今天給我一張真正的調令，以後還是好朋友。」苟東賢從一個小混混到今天的房地產開發商老闆，並非他有多大的真本事，而是他玩陰謀。他想要什麼，就會想盡各種辦法去爭取。

「你膽敢再在這裏胡說一句，老子今天與你拼了。」魏一明見苟東賢十分囂張，心裏的火一下子全發了出來，手中的拳頭也揚了起來。

「好你一個魏一明，你敢打我嗎？」苟東賢是一個從來不吃虧的人，知道現在爭執下去必定會遭到魏一明的報復。再說他苟東賢雖然人高馬大，但比起魏一明來，是小巫見大巫，而且魏一明又比他年輕，真正動起手來，苟東賢必定吃虧。苟東賢是有名的無賴，他豈能吃眼前這個虧？因此，他站起身來往房間外面走，一邊走一邊罵魏一明，「老傢伙，別太倡狂了。如果我苟東賢當不上公務員，你等著員警給你收屍吧。」

嚇走了苟東賢，魏一明也癱倒在沙發上。苟東賢的確太倡狂了，真沒想到他竟然是二十多年前害自己家妻離子散的人。可就是這樣一個人，現在威逼自己，自己盡拿他沒有辦法。如果從法律武器來保護自己，事情已經過去了二十多年，哪裏還有證據？再說自己離家出走二十多年，沒有見到妻子兒子。特別是慧通大師說過，冤冤相報何時了？慧通大師的話是真理。這些年，如果沒有慧通大師的指點，自己哪裏還能像現在這樣過日子？

魏一明的氣還未消下去，又響起了敲門聲，他只得起身去打開門，卻見嚴立明與幾個員警站在門外，旁邊還有紀委書記。魏一明想說點什麼，只聽到嚴立明說：「魏部長，請跟我們走一趟吧。」

第五十五章　硬碟祕密

九月五日，下午十四時三十分，東江市公安局

追查了好幾天，都沒有追查到硬碟的下落。李准坐在桌前把所有的事前思後想了一遍，突然發現，他們忘記了一個人——江小麗。江小麗也是現場的目擊者，她會不會把硬碟拿走了呢？如果硬碟真是她拿走的，說明她與吳小田之間存在著某種默契。李准正準備打電話給沈雨薇，沈雨薇卻拿著一封信風風火火地跑來了，說是江小麗託慧通大師捎來的。李准打開信封一看，裏面是一張硬碟，更是吃驚不已。

「雨薇，我們去會議室，看看這張硬碟裏到底藏有什麼祕密。」

很快，硬碟裏的圖像出現在螢幕上，卻是吳小田自錄的錄影。吳小田端正地坐在辦公室桌子前，對著攝影機開始說起話來。

李准：

作為多年的朋友，如果你看到這段錄影，說明你已經介入此案，而且已經查到了很多線索。在此，我表示向你祝賀，你不愧是東江市的著名偵探。你一定非常好奇，我為什麼

要錄這段錄影，請先聽一段故事吧：

二十多年前，有一對十分恩愛的小夫妻，婚後生下了一子，一家人過著美好的生活。但這美好的生活在有一天被打破了。緣起一場罕見的洪水災，男主人不顧家人的勸阻去抗洪。這一去就是十天，待男主人星夜回家時，發現屋裏多了一個陌生男人，這個陌生男人與女主人爭執。陌生男人說要把小男孩抱走，女主人說什麼也不肯，還勸陌生男人死了那條心。男主人在窗外聽了勃然大怒，馬上衝進屋去要打那個陌生男人。陌生男人見男主人回來，馬上吹滅了油燈，趁黑跑出了屋子，儘管男主人追了出去，只看到那個陌生男人的背影。之後，男主人心裏多了一層陰影，質問女主人那個陌生男人是誰，這個小男孩到底是誰的種。女主人淚著流告訴男主人，那個陌生男人是她的初戀戀人。因為他不能生育，想抱養這個小男孩。可男主人說什麼也不相信，一氣之下便離家出走。女主人在家等了男主人一年，男主人也沒回來。後來，那個地方因年年受洪災，政府決定將這裏的人遷走，女主人沒有等到丈夫回來，失望地跟其他人搬走。女主人一個人含辛茹苦地把小男孩養大，卻處處遭受白眼，說小男孩是一個野種。小男孩也因此養成了一個內向的性格，但他卻非常懂事，讀書非常用功，後來考了東江大學，並留在了東江電視臺工作。李准，那個小男孩就是我。

我在東江電視臺工作，多次想把母親接來與我一起生活，可母親不願意跟我到城裏來生活，她說她在等待一個人，我知道她在等待我父親回來。

我在東江電視臺工作了一年後，有一次去市裏採訪時，發現一個人與我非常地相像。

同行的江小麗說，那個人就是我的父親。當時，我不可否認，我與那人幾乎是一個模子裏刻出來的。

那個人就是市委組織部的副部長魏一明。後來，我曾多次與江小麗去採訪過魏一明，但每次都發現他與我有很多的共性，有一次在一桌吃飯時，我發現他與我一樣用左手吃飯，連吃飯的樣子也非常地相似。後來江小麗得知了我的身世後，就說魏一明肯定是我的父親。為了證實魏一明是否是我的父親，我有一次回家裏，便追問母親，我父親叫什麼，結果從我母親的嘴裏證實了我父親的名字叫魏一明。天下同姓同名的人太多了，又怕弄錯了。後來，我有了與魏一明單獨談話的機會，從而證實了魏一明的確是我的父親，我高興得幾乎想認他。可魏一明是市委組織部的副部長，如果冒然相認，他肯定一時接受不了。再說，魏一明在市裏的口碑非常好，他又是大家公認的清官，我不想擾亂他現在的生活，更不想因為他的過去，更不想成為他仕途上的絆腳石。當時我痛苦不已，本想我知道父親的下落的消息告訴母親，又怕母親一時接受不了。

直到前些日子，我得知患了絕症，不久將不於人世。因為我今生除了照顧母親外，最希望的一件事，就是替母親完成心願——她與父親團聚，把當年的心結解開。我們一家人還沒有團聚，我就要離開人世，有些不甘心。於是，我決定在我離開人世時，一定讓父母團聚。就在正準備實施這個計畫時，我發現父親被秦思思勸去東海上考察苟東賢當公務員的事。苟東賢是誰？他就是二十年前到我家的那個陌生男人，是他害了我一家不能團聚，我絕不能讓他當上公務員。因此，我知道這個消息後，就極力向臺長自薦，讓我和江小麗去採訪報導這件事。

在東海上，我那可敬的父親居然接收了苟東賢受賄的銀行卡，因此，我不能讓他還未與我母親見面就進了監獄。我只有選擇了自殺來阻止我父親。如果你看到這裏，肯定要問攝影機裏的硬碟是怎麼回事。這是我提前錄下來。你還會問這張硬碟怎麼被人取走的。是我上遊船後就把硬碟取了出來，藏在遊船上某個地方，當然會有人把這個硬碟取走。

李准，我知道你一個優秀的員警，沒有你破不了的案子。如果我的父親真的犯了法，請你把這段錄影給我父親看看。李准，我的病情又發作了，得去服藥了。

最後，我請求你一件事，如果我父親出了事，請你一定要照顧我的母親。我不想她一輩子都生活在苦水裏，沒了兒子，又沒了丈夫。

拜託了。你的朋友吳小田。

九月二日晚

看完錄影，李准和沈雨薇陷入了沉思之中。

「吳小田就這樣死了？難道說遊船上的人都沒有罪，他們就可以逃脫法律的制裁？可惜的上一明或許還不知道吳小田就是他的兒子。」沈雨薇話未說完眼淚先流了出來。

「這事還沒有結束。」李准不動聲色地說，「看似吳小田的死雖然是他個人行為，但這錄影是吳小田頭一天晚上錄的，誰能保證第二天發生的事與錄影中一樣？如果苟東賢他們沒有做見不得人的事，為什麼要誣陷我？」

「或許苟東賢根本不知道硬碟裏的內容。」沈雨薇擦乾眼淚說。

「你這話只對了一半。這張硬碟為什麼會在江小麗手裏？她肯定看過硬碟的錄影，為什麼不早點交與我們，她的目的是什麼？」李准反駁說。

「或許她打不開硬碟的密碼。」沈雨薇解釋說。

「你這個推理根本站不住腳。江小麗是電視臺的記者，拿到硬碟後難道不會試一下嗎？要知道事情的真相，我們還得繼續查下去。」李准冷靜地說。

「那我們下一步該怎麼辦？」沈雨薇問李准。

「老辦法，一個個地查下去。」李准斬釘截鐵地說。

「隊長，你就下命令吧。」沈雨薇有些迫不及待地想追查下去。

「不要著急，我們現在最關鍵的一步，就是把苟東賢抓捕歸案，或許從他嘴裏會得到我們意想不到的答案。」李准感覺到有一雙無形的手在指揮自己。

這時，嚴立明走了進來，李准急忙把那張硬碟的錄影給嚴立明看了。

「想不到事情竟然是這樣啊。」嚴立明長長地歎了一口氣，說，「李准，我把魏一明帶了回來，你把這盤錄影帶給他看看吧。或者他還能提供一些線索，也有可能為抓苟東賢的提供一些證據。」

第五十六章　愛人無過

九月六日，下午十五時十分，東江市公安局審訊室。

老天給魏一明開了一個玩笑，夢裏尋找二十多年的親兒子竟然在身邊。魏一明的眼睛久久沒有離開錄影，因為畫面定格是吳小田的一張最燦爛的笑臉。像這樣的笑臉曾在魏一明腦海裏閃現過無數次，但魏一明恰恰沒想到這樣的笑臉一直在他的眼皮底下出現過無數回，這張笑臉每次面對魏一明時，魏一明的眼睛只注意對面的攝影機，而忽略攝影機背後的人。如果早一天知道隱藏在攝影機背後的那張笑臉就是自己的兒子，他寧可在攝影機面前少說兩句話，也會與兒子多說一會兒話，哪怕只是一句親切地問候，也不會造成今天的遺憾。魏一明記得這張笑臉最後一次是把他扶進船艙時，不住地叮囑他小心，外面風大，要注意安全，還要注意身體。這是親情，只有親情的關係，才會有這種特別的叮囑和安慰，可自己連一聲「謝謝」都沒有說。這是兒子在用生命來喚醒自己，魏一明明白這一切時已經晚了。

「想哭就哭出來吧，你心裏也許會好受些。」李准看著一直發愣的魏一明，心裏也陣陣酸楚。當年，李准也這樣與父親李鑫富坐在一起。父親的行為是可惡的，但做為父親，李鑫富又是一個慈祥的人。

「謝謝……」魏一明的話音未說完，兩行渾濁的淚水終於流了出來。魏一明現在的淚水與夢裏不一樣，既是親情的淚水，也是為自己悔過的淚水。雖然魏一明在慈恩寺裏聽到事情的一些真相，可他沒有想到事情竟然是如此地蒼白與淒涼。

「魏部長，希望你把你知道的都說出來。」李准把一張紙巾遞給了魏一明，讓他擦乾眼淚。

「李准，我會把知道的全說出來。」魏一明在這一瞬間蒼老了許多。

「秦思思死前的最後一個電話是打給你的，她對你說了些什麼？」

「她讓我把苟東賢的事情辦妥。如果我不辦，她就一直哭。」魏一明現在想到秦思思那撕心的哭聲，心裏還隱隱作痛。

「秦思思是你一手從一個邊遠的鄉政府調到市文聯的啊。」李准漫不經心地說。

「秦思思是寫詩歌的，她的詩歌寓意深厚，同時也表達了她對生活的嚮往，更主要的是她對東江市的大文化懷著一顆火熱的心。在文聯缺人時，我就推薦了她，儘管有人反對，但大家考察秦思思後，都覺得秦思思是能勝任文聯主席的位置，但安排工作時，秦思思只是文聯的辦事員，直到幾年後她才當上文聯主席。這幾年，秦思思的成績有目共睹。」魏一明突然覺得自己這些一直在跟著秦思思的步伐，她只是文聯主席啊。

「秦思思到不到文聯好像與你無關？」李准雖然覺得魏一明說的是實話，有些不可思議。

「我年輕時候也寫過幾首詩，但始沒發表過，因此對能寫詩的人懷著一種崇高的敬意。秦思思的詩歌不但在國內外發表，而且還獲了不少大獎。她一直在邊遠的鄉裏工作，她對詩歌的熱愛是有口共睹的，況且她在鄉裏分管文化這一塊，做得有聲有色。組織了不少愛寫作的小青年。單從這點，她對東江市的文化就起了很大作用。把她調到文聯只不過是發揮她更好的特長。」魏一明對秦思思的調動沒有一點私心，當年也有許多人誤會了魏一明，但後來大家都釋懷了。

「那再說說在遊船上你收下了苟東賢銀行卡的事。」

「這卡是秦思思交與我的，但我一直沒有動。今天中午我已經裝在一個信封裏，讓辦公室的劉主任交到紀委去了。」

「那你為什麼開始不交上去？直到現在才交？」李准覺得非常奇怪，魏一明以前是東江市出了名的清官，不會傻到現在才把卡交出來。

「我有我的打算。因為在遊船上的那一刻，我就知道我已經被他們拉下了水。如果我那時把銀行卡交出來，事情肯定比現在還要糟。我之所以選擇現在交卡，是為了懲罰苟東賢。」魏一明的眼睛仍然無光，好像所有的事與他無關一樣。

「願聞其詳。」李准仍然沒有離開過魏一明的眼睛。

「我想秦思思的死與苟東賢有關。如果真是苟東賢逼死了秦思思，我就可以這樣推理。苟東賢來找我轉公務員的事已經不是一次兩次，每次都拿來了銀行卡，但我每次都退還了他，但每次都會有人來關照，我不得不考察他。我考察了他，如果我不收他的銀行卡他肯定不願意，認為我不會幫他轉公務員。雖然我收下了他送的銀行卡，但他仍不能當公務員。」

「為什麼？」

「因為我給他一張假調令。他根本上不了任，而且我把銀行卡了交了出去，紀委肯定要查我，你也要查我。這樣我就可以躲在這裏。」

「你躲在這裏？」李准心裏一驚，依照苟東賢在東江市的勢力，魏一明豈能是他的對手？李准何嘗沒嘗領教過苟東賢的兇狠？看來魏一明在處理這件事的確經過精心的準備，為了保全自己。出了審訊室，李准說幾乎是咬牙切齒地說：「我們現在該出手了，不能讓苟東賢再逍遙法外。」

「隊長，這個光榮的任務就交給我吧。」沈雨薇聽說現在可以抓捕苟東賢，頓時來了精神。

「好，這個任務就交與你，這件事要保密，不能讓別人知道了。」李准叮囑沈雨薇。

「隊長，你放心。我知道該怎麼做。」沈雨薇向李准立下了「軍令狀」。

「我還是一起去吧。」李准還是有些不放心，這事太重大了。

第五十七章　此案未完

九月六日，下午十六時三十分，東江市公安局審訊室。

苟東賢從魏一明家裏出來後徑直去太和茶樓喝茶。一喝就是半天，直到下午四時，才想起手機好長時間沒響過，急忙從包裏掏出手機一看，差點氣瘋了，原來手機不知什麼時候關機了。他趕緊把手機開了，發現有幾十個未接電話，他正想撥回去，手機就響了起來。一個手下告訴他，秦思思自殺身亡，李准也從醫院裏出來了。

「秦思思自殺了？李准出來了？」苟東賢手一鬆，手機掉在地上。自己爭這個公務員就一直不順，吳小田死亡的事情還沒有查清楚，現在秦思思又死了，這該如何是好？

思來想去，苟東賢覺得事情非常嚴重，這個公務員當不當已經無所謂了，只有保住自己不進監獄，到哪裏不能掙錢？自己開發房地產掙到的錢，夠自己幾輩子都花不完。唉，當初自己真是昏了頭，當什麼公務員？自己這些年沒有當公務員，江建國、秦思思和潘雨欣等人還是乖乖地聽自己的話？連出了名的清官魏一明到頭來還不是乖乖地把調令給了自己？這公務員有哪點好處？如果再不離開東江市，就成了李准的甕中之鱉了。得，趕緊溜，反正自己在外地也存了許多錢。令苟東賢沒想到的是，他剛剛從沙發上站起來，門就被推開了，進來的人除李准和沈雨薇外，還有幾個員警。

「苟老闆，這茶味道不錯吧。」李准斜著眼問苟東賢。

「原來是李警官和沈警官啊，既然來了，我請你們喝茶。」苟東賢心裏慌得不得了，邊說話邊想借機會溜走，卻被李准攔住了去路。

「苟老闆，茶還沒有喝完就要走？」李准端起苟東賢的茶杯放在鼻子前聞了聞，說道，「雅興不錯啊，這是正宗西湖龍井茶。」

「李警官不愧是高人，只聞了聞這茶就知道是正宗西湖龍井。」苟東賢見李准攔住了去路，尷尬地笑了笑。

「我不是高人，只是一個員警，是專門抓壞人員警，也是為百姓辦事的員警。」李准冷冷地說。

「是啊，是啊。在東江市誰不知道李警官的大名？是出了名的神探？在東江市破的案子不計其數。」苟東賢附和著說。

「謝謝誇獎。我有那麼大的能耐，就不會被人打暈了。」李准半開玩笑地說。

「李警官是我們東江市的名人，應當好好地品嘗一下這裏的西湖龍井茶。」苟東賢還在找機會想溜走。

「不啦。你還是跟我們回局裏喝喝苦丁茶吧。」李准已經有些不耐煩了，話音剛落，一直未說話的沈雨薇手一揮，兩個員警迅速走到苟東賢身邊，把他拷了起來。

李准回到了局裏，把苟東賢直接帶進了審訊室。

「苟東賢，你說說吧，你開發房地產，賺了不少的錢。根據我們掌握你在銀行的存款，那些錢夠你幾輩子都花不完，為什麼還要千方百計擠進公務員行列。我想，你不可能只是為了那點工資吧？」李准的聲音很冷，卻透出一股威嚴。

「國家哪條法律就規定我不能當公務員？」苟東賢還是十分囂張。

「國家有明確規定，凡是年滿五十歲的人，無論貢獻有多大，都不能當公務員了。我想你不是不清楚吧？」李准忍住心中的怒火。

「這事好像不歸你管。」苟東賢仍然是一副傲慢的態度，極力迴避李准的提問。

「好，就算我問走了問題，那現在請你談談在遊船上的事吧。」李准見苟東賢囂張，便直奔主題。

「這些事你不都已經掌握了嗎？還來問我幹什麼？我不知道。」苟東賢想與李准來個硬到底。

「你不說，那我來把那件事說明一下吧。」李准已經火了，但他還是耐著性子把事情講了出來，「你讓秦思思約魏一明到遊船上考察你，你認為只要把錢撒出去，你當公務員的事就能百分之百穩定。因為跟著去的江建國、秦思思、張國林等人都得了你的好處。可惜，你千算萬算沒算到吳小田會那麼巧地失蹤。與此同時張國林發現吳小田攝影機裏的硬碟不見了，這讓魏一明立即中止了你的考察。大家都認為吳小田攝影機裏的硬碟裝有你們那見不得人的事。你正好利用這個機會，逼迫魏一明給你轉公務員，又逼迫江建國給你去找硬碟，其實，你早就暗中拍了下來，以此來要脅他們。」

「你只說對了一半。」苟東賢在證據面前不得不低下了頭，「其實，我給了吳小田兩萬塊錢，讓他把我給他們銀行卡時的事拍下來，然後再刻成光碟。吳小田收下了我給他的錢，也答應了我辦事。可是他失蹤了，硬碟也不見了，我以為吳小田拿著硬碟逃走了，因此非常著急。想儘快找到這個張硬碟，但是當時風大浪大，吳小田怎麼逃走？我一直想不通。所以我急忙夥同江建國去了吳小田的老家，結果發現吳小田不但沒有回去，就連我布在東江市的眼線也沒有發現他的蹤跡，我這才擔心他是真的掉進東海裏了。」

「可惜你沒有想到吳小田死了，以為這事就了了，江建國卻逼著你去殯儀館翻動吳小田的屍體？」

「如果不從吳小田身上找到一張硬碟，江建國肯定不會甘休。在事前我就已經考慮到了，因此，我找了一張假硬碟趁江建國不注意放進吳小田的屍體上。」

「江建國也就成了任你擺佈的傀儡，你讓他做什麼他就做什麼，我被陷害也是你的主意？」

「江建國這些年得了我不少好處，我每次都拍了下來，如果他不從，我就拿那些錄影威脅他。雖然我從沒有威脅過他，但他卻知道在暗中做手腳的事。因此我要做什麼事他都非常賣力。」

「秦思思的死與你有莫大的關聯吧？」李准冷峻的神色讓人不寒而顫。

「秦思思的死是我沒想到的。我一直以為她很堅強，她也是我的大恩人。如果沒有她的策劃，我根本連公務員的邊都沾不上。我怎麼會害死她呢？」苟東賢心中既害怕又後悔，為什麼去秦思思家，逼迫她去魏一處給自己要官？

「不是你沒想到，是你報復的吧。秦思思已經把你去她家與她談話都錄了音，現在就放給你聽聽。」李准說完，讓沈雨薇把秦思思的錄音放了出來。原來，在得知秦思思割腕自殺後，李准覺得非同小可，馬上命沈雨薇去現場查找線索。功夫不有心人，沈雨薇竟然發現了秦思思家的電話把她與苟東賢的對話錄了下來。

聽完錄音，苟東賢的臉漸漸地變白了，他沒想到看上去文文弱弱的秦思思竟然留了這麼一手。

「你還有什麼可以辯解的？」李准聽完苟東賢像狂獅一樣的吼叫，心裏的怒火幾乎壓不下去。

「你說說你當公務員的動機是什麼？」沈雨薇的再也忍不住了，看著苟東賢，也是怒氣衝天。

「東江市的房地產越來越難開發了。地王多，我拿不到好地塊，只能往公務員隊伍裏混。畢竟當上公務員，可以與不同部門扯上關係。為退休後多拿地、拿好地打下基礎。」在證據面前苟東賢不得不低頭，說出了實情。

「你為了自己的利益，竟然讓這麼多人跟著受牽連。」沈雨薇想罵苟東賢一頓，可她是一個員警，只能把心中的怒火壓制下去。

「苟東賢，你就等著人民來審判你吧。」李准心中的怒火也燃燒了起來。對於苟東賢這樣的人，為了自己的利益不顧別人的死活，還把許多人拉下了水，這種人死一百次也不夠解恨。

第五十八章　希望工程

九月六日，下午十八時五十分，鄭廣德家。

審訊完苟東賢，大家都鬆了一口氣，可李准的臉色越來越嚴峻，沒有絲毫的喜悅。他總覺得這個案子遠遠沒結束，比想像中還要複雜。按理說苟東賢歸案，所有的案情水落石出，為什麼這個案子比想像中還有差距呢？

「雨薇，我們一直都忽略了一個人，她才是案情中的關鍵人物，只是她偽裝得太好了。」李准說。

「隊長，你是說江小麗？」沈雨薇當然明白李准說的那個關鍵人物。

「對，我們一直把江小麗排在懷疑對象之外，但她也是現場目擊者，也是一個嫌疑人。吳小田的電腦裏那個加了密的檔案夾是她給我們的，為什麼一個加了密的檔案夾裏會是他們親密的照片？還是在我們對苟東賢是否採取強制措施時，她又在這個時候出現，向我們哭訴她與吳小田的感情是如何的深厚。這些都說明了什麼？」李准把心中的疑惑全說了出來。

「她非常憎恨苟東賢。我想他們之間肯定發生過什麼事。」沈雨薇聽了李准的分析，突然想到了這一層。

「你的分析很對。只是我一直沒有想通，江小麗與苟東賢之間有什麼關聯，或者說她為什麼要非要置苟東賢於死地？如果江小麗出於正義不讓苟東賢轉成公務員，她完全可以寫舉報信啊。」

「江小麗是不是為了給吳小田報仇呢？因為吳小田的死對江小麗打擊很大，她會不會借這個機會來報復苟東賢？她故意把案情引向苟東賢，致使苟東賢所有的罪責都暴露出來？」沈雨薇問道。

「有這個可能，但有幾件就解釋不清楚。第一，吳小田得了絕症的事，江小麗是否知道？如果她知道肯定會極力陪吳小田去醫治；如果不知道，那麼她給我們硬碟中的錄影是她在吳小田死後才得到的，還是通過看錄影才知道這一情況的？如果是後者，江小麗報復苟東賢的事還能說得過去。如果是前者就說不過去了，你想想，江小麗既然知道了吳小田得了絕症，她怎麼能忍心讓吳小田走這條路？我們現在有必要把江小麗請來解釋一下了。」經這麼一分析，沈雨薇覺得案情的眉目越來越明顯了。

「我派去幾個跟蹤她的同事剛剛打電話給我，說江小麗今天下午已經坐長途汽車離開本市了。」

「她離開東江市，更能說明我們的分析是對。」

「她能到什麼地方去呢？」

「有一個人肯定知道。我們也把他忘了。」

半個小時後，李准與沈雨薇來到了東海邊上的鄭廣德家。鄭廣德正一邊喝著小酒，一邊哼著曲子。看到李准和沈雨薇這麼晚來到他家裏，非常意外，問道：「李警官和沈警官這麼晚來我這裏有什麼急事？」

「老爺子，我們不是刻意來打擾你，只是有幾個問題一定要請教你。江小麗去哪裏了？」李准直奔主題。

「江小麗？哪個江小麗？」鄭廣德問。

「老爺子，咱們就不要打啞謎了。在吳小田出事那天，我們來這裏查案，你將我們引到你屋裏，拿出三張照片給我們。其實，這照片是江小麗給你，而不是吳小田。」

「……」鄭廣德驚得站了起來，張大嘴聽李准說話。

「其實，我們來這裏調查後，回去時，路上被一棵大樹擋住了去路，接著後面的司機就來幫忙抬樹，他對我說，那天早上吳小田給他說了很多話。他的話中特別提到了吳小田的家世。我當時回局裏彙報後，然後去了吳小田的家鄉，見到吳小田的母親——一個平凡女人。從而把我們引向別的事情……」

「我說。」鄭廣德手中的酒杯掉在地上，長長地歎了一口氣，「想不到江小麗如此妙計，還是被你這個大偵探識破了。罷了，她走時給我交待過，如果你來找我，就讓我把她的去處告訴你。」

「那她去了哪裏？」沈雨薇迫不及待地問。

「她去了我們市去年修建的那所希望小學。她去那裏還債了……」鄭廣德說到這裏，便老淚縱橫。

「還債？」李准和沈雨薇聽到江小麗去還債，同時吃了一驚。

「你們去了就明白了。」鄭廣德的臉色暗淡下來。

鄭廣德提到去年東江市修建的那所希望工程小學，李准當然記憶猶新。在修建的過程中，《東江日報》和東江電視臺一直跟蹤報導。學校竣工後，《東江日報》和電視臺又大幅度報導。其實，給李准印象最深的是市政府招標階段的過程，據說市政府下文招標時，許多開發商都爭著去奪標，但最終被荀東賢奪標。經過幾個月的奮戰，那所希望小學提前完工，並裝修一新，結束了那裏學生住在危房的歷史。李准從報導上還得知，那所希望小學是按照東江市最好的小學設計的，還請了市裏有關領導去剪綵。後來，這所希望小學還被當作全省的示範工程，省裏的媒體都來東江市請荀東賢介紹經驗。荀東賢也因此成了名人，也是被市裏評為特殊人才的原因之一。

作為希望工程，那是一個不賺錢的工程，為什麼市裏那麼多的開發商都要爭著承建。那份招標書，李准也在報紙上看到過。市政府提出的要求，說是那是希望工程，買材料的錢都是大家捐獻的，但修建一所像樣的學校還遠遠不夠，因此，承建單位不但不會賺到一分錢，倒貼了工錢不說，還要貼材料的費用。就是這樣一個工程，開發商們紛紛去爭奪。李准當時實在想不通，他們去爭這樣一個賠本買賣是為了什麼。十個開發商，十個奸，他們放著白花花的票子不賺，去做那樣一個出力還賠錢的買賣。但現在李准終於明白了：修建希望小學，開發商賺的不是錢，賺的是名聲和市政府的信任。為他們以後拿到更好更多的地打基礎。這就不難解釋苟東賢為什麼要拼死拼活奪下標權的原因了。

「隊長，我們現在該怎麼辦？」沈雨薇見李准站在那裏不說話。

「我們馬上去那所希望小學。」李准醒悟過來。

「現在就走？」沈雨薇有些不解地問，又指了指外面，說，「我們現在去？不請示一下嚴局？」

「你先向局長請示。」李准又對鄭廣德說，「老爺子，那就委屈你了，我們的同事會來找你談話的。」

沈雨薇馬上掏出手機向嚴立明打電話，簡單地把他們在這裏的情況說明了一下，又向他請示去希望小學的請求。嚴立明當即答應，並說他馬上把那所希望小學的詳細位址和有關情況發到李准的手機上，最後又囑咐他們一路小心。

接到了嚴立明的批准，李准和沈雨薇馬上出了鄭廣德的家，駕駛著車子向不遠處的國道飛奔而去。

第五十九章 佳人淒淚

九月八日，下午十三時四十分，東江市公安局審訊室。

李准與江小麗面對面地坐著。李准今天並沒有穿警服，是因為江小麗在李准眼裏不是一個壞人，相反，她還是個功臣。他要以談心的方式與江小麗聊聊這幾天發生的事情。

「你問吧，我一定知無不言。」顯然，江小麗有心裏準備。

「是有幾個問題要請教你。」李准把話說得非常客氣，「第一，談談你與吳小田的關係吧，換句話說，你們好到了什麼程度。」

「我與吳小田是戀人關係，在臺裏是公開的祕密。但是你們有不知道的一面，吳小田並不喜歡我。但吳小田越是這樣我越是喜歡他。我不自戀自己長得有多美，只要我走在大街上，回頭率肯定是百分之百。可我在他眼裏，我的美與醜好像與他沒有多大的關聯。直到有一天，我從他的日記裏看到了他的一個祕密，這個祕密讓我痛苦了許久。」

「是什麼祕密讓你那麼痛苦？」江小麗的話讓李准有些驚奇。

「他有戀父情結。後來，我才得知他從小失去了父愛，雖然他現在長大了，卻很想有一個父親愛撫他。我摸準了他這個習性後，開始以長輩的口吻與他說話，果然他就非常聽我的話。」江小麗說到這裏，停了下來，喝了一口李准遞給她的開水，眼裏噙滿了淚水。

「不要說這個問題了。你是否知道吳小田已經得了絕症？」李准又問道。

「不知道，他那麼壯的身體會得什麼絕症？」

「江記者，你在撒謊。其實，你早就知道吳小田得了絕症，只是你不敢面對這個事實。」李准長長地歎了口氣。

「我不懂你在說什麼。」

「既然你這麼說，那就讓我來說說吧。其實你早就知道吳小田患有絕症，但你接受不了這個事實。因此，你極力規勸吳小田去省城醫治。可吳小田不願意去，還做了最壞的打算，把他的一切都錄了下來。你在一個偶然的時間裏看到這段錄影，你的心就碎了。但就在此時，秦思思來找到你，要求你與吳小田去東海上拍魏一明考察苟東賢的事。本來，你不願意答應這件事。但吳小田卻找到你，讓你跟他一起去採訪。在遊船上，你看到魏一明收下苟東賢的那張銀行卡時，你的心碎了，為吳小田有這樣一個父親不值。可你有什麼辦法來阻止這件事呢？因此，你的心思亂了，以至於沒心思背臺詞，更沒有注意到吳小田悄悄地走出了船艙。直到你發現吳小田失蹤了，便印證了吳小田在實行他的諾言。你心裏悔恨啊，便心生了一個報復苟東賢的主意——趁亂取走了吳小田攝影機裏的硬碟，然後把張國林引到攝影機邊，讓張國林發現攝影機裏沒有了硬碟，此時大家更加驚慌，懷疑吳小田把硬碟藏了，或者拿著硬碟走了。你利用了大家的驚慌和大風暴雨，不能仔細辯別事情真相，洗脫了你的嫌疑。」

「這……」

「你現在可以談談那張攝影硬碟的事吧。」

「我談什麼硬碟？你說的話我越來越聽不懂了。」

「你不懂？笑話。其實吳小田攝影機裏的那張硬碟就是一張空白硬碟，作為一個老攝影記者，出去採訪不可能不帶硬碟。你卻把吳小田自拍那張遺言的硬碟作了加工處理。你應當知道我的助手沈雨薇不但是我們刑警支隊的技術人員，還是一個電腦高手。我們在拿到硬碟後，就看了裏面的內容，但沈雨薇發現裏面吳小田後面說話的節奏，與前面略有不同。通過技術處理，我們聽到吳小田後面的真實話語。那就是，他要苟東賢還母親一個清白，可父親居然成了考察他的官員，讓他心裏難過又悲痛。可他有病在身，希望在遊船上向魏一明說明自己的身份，又怕魏一明懷疑，或者說不相認。所以，他非常為難。」

「你們解開了硬碟裏的錄影？」

「儘管你做得天依無縫，但我們還是弄清楚了吳小田原來的話。」

「……」

「說說你與苟東賢的事吧。」

「唉。我說。」江小麗沒想到李准能把硬碟裏的事都能弄清楚，知道沒有再隱瞞下去的必要了，「這事還是從那所希望小學開始。從苟東賢一開始修建那所學校，我與吳小田就一直在跟蹤報導，沒想到竟然出事……」

「如果不是我們親眼所見，根本不相信這是真的。」李准與沈雨薇到達那所希望小學時，被眼前的景象的確嚇了一大跳：操場上已經是吭吭哇哇，原有的水泥面，已經看不到一丁點水泥。教室更是一片狼籍，牆上的縫隙大的有好幾公分寬，最窄的也能把手掌伸進去，學生的宿舍樓已經傾斜了。用沈雨薇的話說：這哪裏是新建的學校，完全是一片危房啊。當然不止沈雨薇心痛，李准也心痛。這所學校建成一年還不到，就成了這樣的景象，怎能不令人心痛？這與原來報紙、電視上美麗的照片和如詩如畫的圖像與眼前的景象完全兩樣。儘管李准還能從一些地方與電視上的畫面結合起來，仍然不敢相信這是真的。

「我們派到希望小學做跟蹤採訪時，發現苟東賢在修建學校時有許多地方的品質不合格，吳小田每次都要把這些不合格的鏡頭拍下來。但回來我勸吳小田把這些鏡頭刪除掉，可吳小田不答應，我們就吵架。吳小田說品質不合格就是不合格，我們都按好的報導遲早會出事的。我想學校還沒有正式竣工，苟東賢應當會發現這些的，於是我找到苟東賢，把這些情況給他說了。苟東賢答應把學校不合格的地方全部重新修建。後來我們再去拍攝做報導時，果然看不到一點質量問題。吳小田也放心了。可是在前不久，我與吳小田再次去哪裏，準備做一個學生入住新學校的報導，發現學校牆上有裂縫，下沉的下沉。特別是學生宿舍樓已經傾斜了。吳小田當時就非常生氣，說釀成這樣的後果是我當初阻止他報導事情真相所造成的。這次，我們沒有拍攝做報導，各懷心事，吳小田也因此與我疏遠了。」江小麗說著，眼淚如雨般掉了下來，還不住地抽泣。

「吳小田為什麼會掉進東海裏被淹死？」李准等江小麗止住哭聲後，再次發問。

「因為我們每次去採訪時，那些學生都要把我當成貴客。可就是我們這樣的貴客害了他們。那晚，我們倆又為學校的事吵了一架。吳小田說他犯的罪太重了，他只能以死來回報那些學生。我以為吳小田在生我的氣，說的是氣話，誰知他還真的跳進東海裏。因為在我叫他拍攝時發現他不見了，就知道他在實現他的諾言。我心裏痛苦極了，可又不敢表現出來。」

「你因此把吳小田的攝影機裏的硬碟取了出來，又把張國林引到攝影機邊，說沒攝影機裏沒有硬碟？」

「是的。我痛苦之後，非常痛恨苟東賢，這一切都是苟東賢造成的。我要他以他的命還給吳小田。如果苟東賢當時聽我的話，學校也不會修建成那個樣子，而且我去問那裏的人，他們說是那恩人修建的，根本不願意上告。那可很多人出錢出力修建的希望工程，現在卻搖搖欲墮，讓人心寒。」

「於是，你就製造了一系列的事情？」

「是的。我是希望他們相互咬起來，然後讓苟東賢暴露出來，更不能讓他當上公務員。只要他當上公務員，以後那樣的事情會越來越多，誰也阻止不了。」

江小麗的話沒有錯，苟東賢不顧幾百個學生的生命危險修建所劣質學校，那是很多人一分一釐捐獻的錢啊，竟然給造成了一豆腐渣工程。李准沉默不語。

「你為什麼把吳小田的三張照片放到鄭廣德哪裏？」沈雨薇忍不住問了一句。

「李准是東江市有名的員警，肯定會把吳小田死亡的案子查個清楚。其結果發現吳小田是不小心落水身亡或者說是自殺，那麼吳小田的仇永遠都報不了，而且那所學校的真相也不會及時揭開，或者苟東賢當上公務員後，就算你要查下去，苟東賢那時會攏絡很多人與你作對，到時你無法查下去，這件事也會不了了之。因此，我必須把你引向吳小田的家裏。讓你去吳小田的老家去查，其目的是讓你們看到吳小田的家境，對吳小田產生同情心，然後非要把這個案子破了。因此，我才把那三張照片給了鄭廣德，讓鄭廣德轉交給你。」

「那給我吳小田電腦的那個加密的檔案夾是怎麼回事？」李准問。

「雖然吳小田加了密碼，可他用的是我的生日作為密碼，所以我不用費力就解開了。我之所以把我與吳小田最親密的照片放在裏面，是想你看到我與吳小田親密的樣子，一切事情都不會懷疑到我身上，而是直接把矛頭對向苟東賢。」

「你可謂用心良苦啊。」所有的事情已經真相大白，李准也不想問下去，這些事情與他推測的完全一樣。江小麗為了苟東賢伏法，可謂用心良苦。李准猶豫著要不要把這些事情全部報上去。報上去，肯定對江小麗不利，不報上去，這又不是他李准的作風。想著，李准的頭痛得要命。

第六十章 尾聲

九月十日，下午十五時五十分，李准辦公室。

案情的真相終於大白於天下，整個東江市轟動了。魏一明、苟東賢、張國林、江建國、潘雨欣等人即將由檢察院移交法院，法院也將擇日對他們作出審判，東江市民奔相走告，無不拍手稱快。

好幾天沒闔眼的李准靠在辦公室裏的椅子上竟然睡著了，連嚴立明和沈雨薇進來都全然不知。沈雨薇想叫醒李准，嚴立明向她做了一個手勢，但沈雨薇的腳步聲還是驚醒了李准。見到嚴立明和沈雨薇正朝他微笑，李准馬上從椅子上彈跳起來，問道：「嚴局、雨薇，怎麼啦？是不是又有什麼新案子？」

「哪裏有什麼案子，你累了好幾天，我們不該進來打擾你休息。」從嚴立明的聲音裏也判斷出他也非常地疲憊。

「隊長，你連睡覺都還想著案子，看來你破案已經上癮了。」沈雨薇用羡慕的神情對李准說，「是這樣的，今天來了許多媒體的記者點名採訪你呢，都被嚴局拒絕了。他們還是不死心，守在門口等待你出去呢。」

「要採訪也得採訪嚴局啊，我有什麼好採訪的？破這個案子都是我的本職工作。」李准苦笑著說，「這些記者啊，應當去那所希望小學那裏去採訪，多做些報導。」

「李准，你說得對。破案子是我們本職工作，維護一方治安也是我們的本職工作。沒有什麼值得炫耀的。」嚴立明不無感歎，「只是苦了江小麗。唉，這麼好的一個女孩子……」

「江小姐的確是個好人。作為媒體記者，她敢對不公的事情說不，只是她的方法不對。」沈雨薇也不無感歎地說，臉上還有露出一些惋惜的神色。

「江小麗是一個多情的女孩子，她的做法沒有錯，幫我破了一個大案子，讓我們市的聲譽得到了恢復。但這一切的罪魁禍手是苟東賢，如果他不是為錢財，一個希望工程，怎麼建造成那個樣子？出了質量問題，當地人還不敢上告，可見他一手遮天。要是東江市多一些像江小麗這樣的人，又何愁不把東江市的治安搞好？東江人民又何愁沒有幸福感？」李准一說到苟東賢，牙齒癢癢的。

「李准，你說得對，是壞人都應該遭到審判。苟東賢這樣的人根本不配當公務員。他的錢多得幾輩子用不完，可他仍不甘心，連希望學校的錢都賺，還全部使用劣質材料，真是喪盡天良。他又有何資格當公務員？他又算什麼特殊人才？如果真要說特殊的話，那就是他喪盡天良，居然還能人模人樣的地活在這個世界，給我們人類抹黑。」嚴立明經過這次案情的調查，心裏也多了幾分惆悵。

「是啊，他根本不配當公務員，有了錢，不圖施善，只會鑽營，做喪盡天良之事，真是我們東江市的敗類。只是我們沒有早早發現他的罪證，要不然，也不會造成那麼大的損失。這些都是我們的過錯啊，很多措施沒有做到位，讓苟東賢這樣的人鑽了空子。要不是江小麗，我們至今還被蒙在鼓裏。」李准想到江小麗和好友吳小田，不由得有些失落。

「嚴局，隊長，你們就不要在這裏感歎了，案子破了，你們是不是有什麼打算啊？」沈雨薇看到兩人還要議論苟東賢這個案子，都陷入了深深地自責之中，怕他們又傷心起來，趕緊岔開了話題。

「有什麼打算？遇到案子查案子罷，只是希望不要出現類似苟東賢這樣的案子，這是我們公安人員的尊嚴問題。」李准說。

「是啊，我也只真希望我們東江市能夠平平安安的，不再有什麼案子發生。」嚴立明說。

「嚴局，萬一遇到類似的案子，我們是不是還要查下去？」沈雨薇故意問嚴立明。

「你這個傻丫頭，是明知故問嘛。好了，你們倆都該休息一下了，我放你們幾天假。」嚴立明說完轉身走出李准的辦公室。

看著嚴立明那花白的頭髮，李准的眼睛有些濕潤了，嚴立明在東江市做了多年的公安局長，但每次遇到大案子他都親自到場，而且不到案子破了，他是絕不睡覺。這就是自己學習的榜樣啊。以後無論遇到什麼樣的案件，自己一定要像嚴立明一樣做一個對得起人民、對得起帽子的國徽的員警……

推理之眼2　PG0940

詭異死亡
——李全懸疑官場小說

作　　者 / 李　全
責任編輯 / 劉　璞
圖文排版 / 彭君如
封面設計 / 王嵩賀

發 行 人 / 宋政坤
法律顧問 / 毛國樑　律師
出版發行 / 秀威資訊科技股份有限公司
114台北市內湖區瑞光路76巷65號1樓
電話：+886-2-2796-3638　傳真：+886-2-2796-1377
http://www.showwe.com.tw
劃撥帳號 / 19563868　戶名：秀威資訊科技股份有限公司
讀者服務信箱：service@showwe.com.tw
展售門市 / 國家書店（松江門市）
104台北市中山區松江路209號1樓
電話：+886-2-2518-0207　傳真：+886-2-2518-0778
網路訂購 / 秀威網路書店：http://www.bodbooks.com.tw
國家網路書店：http://www.govbooks.com.tw

2013年3月BOD一版
定價：320元

國家圖書館出版品預行編目

詭異死亡 : 李全懸疑官場小說 / 李全著. -- 一版. -- 臺北市 : 秀威資訊科技, 2013. 03

面； 公分. -- (推理之眼2 ; PG0940)

BOD版

ISBN 978-986-326-086-8 (平裝)

857.81　　102003823

讀者回函卡

感謝您購買本書，為提升服務品質，請填妥以下資料，將讀者回函卡直接寄回或傳真本公司，收到您的寶貴意見後，我們會收藏記錄及檢討，謝謝！

如您需要了解本公司最新出版書目、購書優惠或企劃活動，歡迎您上網查詢或下載相關資料：http:// www.showwe.com.tw

您購買的書名：________________________________

出生日期：________年________月________日

學歷：☐高中（含）以下　☐大專　☐研究所（含）以上

職業：☐製造業　☐金融業　☐資訊業　☐軍警　☐傳播業　☐自由業

☐服務業　☐公務員　☐教職　☐學生　☐家管　☐其它____

購書地點：☐網路書店　☐實體書店　☐書展　☐郵購　☐贈閱　☐其他

您從何得知本書的消息？

☐網路書店　☐實體書店　☐網路搜尋　☐電子報　☐書訊　☐雜誌

☐傳播媒體　☐親友推薦　☐網站推薦　☐部落格　☐其他________

您對本書的評價：（請填代號　1.非常滿意　2.滿意　3.尚可　4.再改進）

封面設計____　版面編排____　內容____　文／譯筆____　價格____

讀完書後您覺得：

☐很有收穫　☐有收穫　☐收穫不多　☐沒收穫

對我們的建議：________________________________

____

____

____

請貼
郵票

11466
台北市內湖區瑞光路 76 巷 65 號 1 樓
秀威資訊科技股份有限公司 收
BOD 數位出版事業部

（請沿線對折寄回，謝謝！）

姓　　名：＿＿＿＿＿＿＿＿ 年齡：＿＿＿＿ 性別：□女　□男

郵遞區號：□□□□□

地　　址：＿＿＿＿＿＿＿＿＿＿＿＿＿＿＿＿

聯絡電話：(日) ＿＿＿＿＿＿＿＿ (夜) ＿＿＿＿＿＿＿＿

E-mail：＿＿＿＿＿＿＿＿＿＿＿＿＿＿＿＿